JN179671

婆娑羅太平記

道誉と正成

安部龍太郎

集英社文庫

婆娑羅太平記　道誉と正成

目次

主要登場人物一覧

佐々木道誉——近江を拠点とする武将
楠木正成《まさしげ》——河内を拠点とする武将
楠木正季《まさすえ》——正成の弟
楠木正行《まさつら》——正成の嫡男
後醍醐天皇——大覚寺統の天皇
大塔《だいとうの》 宮《みや》護良《もりなが》親王——後醍醐の皇子
千種《ちぐさ》忠顕——後醍醐の側近
北畠顕家——多賀城で奥州経営にあたる公卿・武将
足利高（尊）氏——のちの室町幕府初代将軍となる武将
足利直義《ただよし》——高（尊）氏の弟
高《こうの》　師直《もろなお》——足利家の執事
新田義貞——鎌倉幕府の御家人
北条仲時——六波羅探題

婆娑羅太平記　道誉と正成

第一章　正成挙兵

一

奈良盆地は冬の色を帯びていた。

陽《ひ》は山の彼方《かなた》に落ち、夕焼け空が次第に灰色から鉛色へと変わっていく。それにつれてあたりには薄闇が迫り、吹き来る風が冷たく感じられた。

刈り取りが終った田は鋤《す》き返されて黒っぽい地肌を見せている。

二上山《ふたかみやま》から葛城山《かつらぎさん》へつづく山々をおおっていた紅葉は散り果て、枝ばかりとなった雑木が寒々と立ちつくしていた。

高野詣《こうやもう》でに姿を変えた佐々木道誉《どうよ》の一行は、葛城連山のふもとの道を御所《ごせ》に向かって黙々と歩いた。

総勢五十人ばかりで、厚手の小袖に裁《た》っ着《つ》け袴《ばかま》という平服である。だが引き馬の背につけた俵の中には、鎧《よろい》、刀、弓などを忍ばせていた。
御所は奈良盆地の南西に位置する宿駅《しゅくえき》である。奈良から五條《ごじょう》に抜ける道に面してい
て、高野山への参詣人でにぎわっている。
この宿駅の南のはずれに、万寿寺《まんじゅじ》という荒れ寺があった。
かつては東大寺の末寺として栄えていたが、昨年（一三三二）以来天下をゆるがした
元弘《げんこう》の乱に巻き込まれて焼き討ちにあい、広大な敷地には阿弥陀堂《あみだどう》と僧坊が残っている
ばかりだった。
道誉《どうよ》の一行はこの寺に入り、馬の荷を下ろした。境内に人の気配はない。急いだ甲斐《かい》
あって他より早く着いたようだった。
「秀綱《ひでつな》、皆に物具《もののぐ》をつけて腰兵糧《こしびょうろう》を使うように伝えよ」
道誉は嫡子秀綱に命じ、阿弥陀堂の戸を開け放って本陣とした。
「父上はお着替えになりませぬか」
秀綱が従者に鎧櫃《よろいびつ》をはこばせた。
「出家の身だ。小具足《こぐそく》だけつけておこう」
道誉は床几《しょうぎ》に腰をおろし、小手《こて》と脛当《すねあて》をつけさせた。
近江の佐々木家は、宇治川の先陣争いで有名な佐々木四郎高綱《たかつな》の流れをくむ武門の名
家である。

道誉も鎌倉幕府の評定衆《ひょうじょうしゅう》として重く用いられていたが、六年前に執権北条高時《たかとき》が出家したのに相伴《しょうばん》して剃髪《ていはつ》した。

その時以来高氏《たかうじ》という名を捨て、道誉という法号を名乗っている。年は三十七になるが、武芸できたえ上げた固太《かたぶと》りの体は若々しい精気に満ちていた。

「ご出陣、お待ち申しておりました」

いつの間に現われたのか、庭の暗がりに溶け込むように多賀音丸《たがおとまる》が平伏していた。

「九品寺《くほんじ》の様子はどうだ」

「変わりございません。夕刻より参籠《さんろう》に名をかりた者たちが三々五々集まっております」

「監視に抜かりはあるまいな」

「寺の内に一人、まわりに七組の配下をひそませております。異変があればすぐに知らせが参りましょう」

「もうじき皆が到着する。それまでこちらの動きを悟られぬようにせよ」

道誉が手勢をひきいて御所まで乗り込んできたのは、楠木正成《くすのきまさしげ》らが挙兵をくわだてているとの報を得たからだった。

昨年の八月、後醍醐《ごだいご》天皇が笠置山《かさぎやま》へ走って倒幕の兵をあげ、元弘の乱を引きおこしたが、そのさきがけとなる働きをしたのは正成だった。

畿内の十数ヵ所に所領を持ち、鈴鹿川《すずか》から木津川《きづ》、淀川《よど》、大和川《やまと》をむすぶ水運を掌握《しょうあく》している正成は、その力量を大塔宮護良親王《だいとうのみやもりなが》に見込まれて天皇方となり、後醍醐天皇を笠置山に招いて諸国の身方に決起をうながした。

正成自身も南河内《みなみかわち》の赤坂城で挙兵し、周辺の土豪たちに参集を呼びかけたが、このことあるを察していた幕府の対応は早かった。

天皇方が笠置山に立てこもった翌日には、一万余の軍勢をさしむけて猛攻を加えた。鎌倉からも足利高氏らが大軍をひきいて応援に駆けつけ、反乱の鎮圧《ちんあつ》にあたった。

一ヵ月後の九月二十八日、幕府勢は笠置山を陥落させて天皇を捕えたが、護良親王の行方《ゆくえ》を突き止めることができず、吉野への脱出を許した。

その後正成は親王と連絡を取りあって大和や紀州の山間部に潜伏し、諸国の土豪たちと連絡をとって再起をはかり始めた。

そのことを察知した道誉は、音丸らを敵地に潜入させ、ひそかに様子をさぐらせた。

すると半月ほど前、正成らが土豪たちに廻状《かいじょう》を送り、法会《ほうえ》に事寄せて九品寺に参集せよと呼びかけていることを突き止めたのである。

（あの正成のことだ。ただ事ではあるまい）

そう察した道誉は、六波羅探題《ろくはらたんだい》の北条仲時《なかとき》に報告して対応をはかった。

世情不穏な折でもあり、昨年の天皇の反乱に神経をとがらせていることもあって、早急に手を打って大乱の芽をつもうとしたのである。

ところが昨年以来出兵をくり返してきた配下の大名たちは、武具や兵糧の調達におわれて困窮しきっている。費用を用立ててもらわなければ馬草《まぐさ》も買えぬと、外聞もはばからずに苦境を訴えた。

両者の板ばさみになった道誉は、身銭をきって費用を貸し付けることで大名たちの了解を取りつけ、隅田次郎左衛門《すだじろうざえもん》と糟谷宗秋《かすやむねあき》、それに赤坂城の城番をつとめている湯浅孫六《ゆあさまごろく》に出兵を命じた。

道誉は三人に持ち場と役目をわりふり、正成らが法会にあらわれるのを待って一網打尽にしようと、高野詣でに姿を変えて御所までやって来たのだった。

やがて思い思いに姿を変えた家臣たちが到着し、総勢は五百ほどになった。そのうち騎馬の武士は六十余、他は従者や足軽たちだった。

「父上、隅田どのが参られました」

秀綱が次郎左衛門を従えてきた。

紀ノ川（吉野川）ぞいの隅田（和歌山県橋本市隅田町）を本領とする勇猛な武将で、元弘の乱が起こって以来軍奉行《いくさぶぎょう》として反乱の鎮圧にあたっていた。

「おおせの通り、九品寺の南に五百の兵を配しました。ご下知をいただければ、いつでも踏み込めまする」

い」

「寺には我らが踏み込む。その方らは大魚を逃がさぬように網を張っているだけでよい」

「このあたりの地形には、我らの方が通じていると存じますが」

「地形はわしも承知しておる。案ずるには及ばぬ」

「さようでござるか。して決行は？」

次郎左衛門は不服を押しかくした仏頂面をしてたずねた。

「明日の明け方になろう。それまで敵に気付かれぬように心せよ」

「心得た。ご下知をお待ち申す」

あとは糟谷宗秋の兵五百が、寺の北側の通路を固めれば包囲網が完成する。正成を捕える絶好の機会なので手落ちがないようにと厳命していたが、夜半になっても糟谷の兵は到着しなかった。

（あの強情者めが、まさか出陣命令に背くつもりではあるまいな）

道誉は出陣直前になって銭を突き返してきた宗秋の心中を推しはかりながら、冷えた目で闇の一点を見据えた。

約束の戌《いぬ》の刻（午後八時）が過ぎても、糟谷宗秋の軍勢は到着しなかった。

彼が持ち場につかなければ、九品寺を包囲する計略に齟齬《そご》をきたす。あれほど強く念を押したのにと、道誉は不安と怒りを抑えながら時の重みに耐えていた。

東国から上洛《じょうらく》した武将たちの窮状は、道誉もよく知っている。

知っているからこそ出陣の費用を貸し付け、兵糧も配給することにしたのだが、宗秋は出陣直前になって「他家の助けを借りるほど落ちぶれてはおらぬ」と突き返してきたのだった。

(坂東の猪《いのしし》武者どもは、銭の力というものが分っておらぬ)

道誉は腹立たしげに舌打ちをして、音丸を呼び寄せた。

「糟谷勢は、まだ現われぬか」

「大和川まで物見を出しておりますが、知らせはございません」

「九品寺は」

「五十人ばかりの土豪が集まり、正成どのの到着を待っております」

あたりが夜の闇に深々とおおわれた頃、葛城山から金剛山《こんごうさん》へとつづく尾根の一点にかがり火が灯った。

一度、二度、三度……。

松明《たいまつ》が闇の中で炎を上げ、あたりをはばかるように素早く消えた。

手勢の配置を終えたことを告げる湯浅孫六の合図だった。

夜半になり風が出てきた。

北からの冷たい風が雲を呼び、闇はいっそう深くなった。

東の山中で、山犬がふいに遠吠《とおぼ》えをあげた。

切なげに張り上げた声が長く尾を引いて消えかかる。するとそれに呼応するように金剛山のあたりから声が上がった。

まるで闇にまぎれて秘密の合図を取り交わしているようである。万寿寺の境内で出陣の下知を待っている兵たちは、気味悪げに身をすくめて互いに顔を見合わせた。

時は刻々と過ぎていくが、糟谷の兵は現われなかった。

来ないのか、それとも不慮のことがあって来られないのか。道誉は音丸に様子を確かめに行かせることにした。

「二十人ほど連れていけ。正成が河原の者に手を回して、行手をはばんでいるのかもしれぬ」

「承知いたしました」

音丸は選《え》りすぐりの者たちを連れ、足音もたてずに出ていった。

夜明けまではあと二刻《ふたとき》（四時間）ほどしかない。もはや糟谷の参陣はないものと諦め、新たな策を講じておく必要があった。

道誉はあたりの地形を思い描き、頭の中で兵を動かしてみた。

正面から寺に踏み込んだなら、正成らは葛城山に逃れようとするはずである。

だが背後の尾根には湯浅孫六の兵三百が待ち構えているので、山の中腹を伝って北へ向かわざるを得なくなる。

その鼻先に立ちはだかって取り押さえるには、山中での戦に慣れた屈強の兵がどうしても必要だった。

秀綱に二百ばかりの兵をつけて向かわせようかとも考えたが、おびき出されている疑いも捨てきれないので、本陣には手勢をそっくり残しておきたかった。

「殿、猪が柵に入り申した」

正成が寺にやってきたと、音丸の配下の猿丸《さるまる》が告げた。

小柄で身が軽くどこにでも忍び込めるので、寺に潜入している坊人《ぼうじん》との連絡にあたらせていた。

「一行は二十人ばかり。平服を着たままでございます」

その程度なら、隅田の兵を二つに分けて寺の南北に配しても取り逃がすことはあるまい。

道誉はそう判断し、命令の変更を伝えた。

半刻ほどして次郎左衛門の使者がやって来た。おおせの通り二百五十の兵を寺の北側に移したという。

こまかい雨が降り始めたらしく、使者がまとった鎧がしっとりと濡《ぬ》れている。そのせいか造りの悪い鎧の皮がむっと臭った。

「ご苦労。夜明けとともに寺に打ち入る。合図の鏑矢《かぶらや》を待てと伝えよ」

万全の手を打ったつもりだが、頭の片隅にぬぐいきれない不安がある。

道誉は作戦に手落ちがないかもう一度入念に洗い直し、本堂の壁にもたれて夜明けを待つことにした。


いつの間にか眠りに落ちていたらしい。

道誉は浅いまどろみの中で不吉な夢にうなされていた。

正成らを包囲したつもりが、気がつけば数万の大軍に包囲され、逃げ場を失って立ち往生していた。

もがけばもがくほど深い谷間に追いつめられ、大木や大岩を落としかけられて家臣たちが次々と命を落としていく。

「引け。引くのじゃ」

道誉は喉がさけるほどの叫びを上げ、自分の声に驚いて目を覚ました。

すでに夜が明けていた。

夜半の小雨のせいか山裾には霧がかかっている。九品寺のあたりにも、横に一筋白い霧の帯がたなびいていた。

道誉は悪夢をふり払い、手早く鎧を着けて出陣の下知をした。

秀綱に二百五十人をひきいて寺に踏み込むように命じ、残りは後方に配して不慮の事態にそなえさせた。

「相手は奇計をもって鳴る正成だ。攻めあぐむようなら寺に火を放て」

九品寺は葛城山の中腹からふもとまでを境内とする巨刹《きょさつ》である。中央に本堂へつづく長い石段があり、両側に子院や僧坊が建ち並んでいる。

秀綱が人数を分けて寺を包囲するのを待って、合図の鏑矢を射込ませた。矢の先につけた鏑が、風を切る乾いた音をあげて合戦の始まりを告げた。

それを待っていたように寺の南門が開き、三頭の裸馬が飛び出してきた。そ尻を突かれて猛《たけ》り狂った馬が、たてがみを逆立てて葛城古道を南に向かっていく。その後ろから、刀や長巻《ながまき》を手にした百人ばかりが走り出てきた。

驚いたことに胴丸と呼ばれる軽便な具足をつけている。包囲されるのを承知で、事前に運び込んでいたにちがいなかった。

（やはり、その手か）

こちらの計略を察知し、おびき出す策を取ったのである。

しかし道誉もこうした事態にそなえて二百五十の兵を本陣に残している。どんな動きにも対応できる自信があった。

南へ向かう楠木勢を、秀綱が手勢をひきいて追い始めた。

逃げる先には、隅田勢が待ち構えている。

秀綱らは敵をはさみ討ちにしようと猛然と追いかけたが、隅田勢は三頭の暴れ馬に恐れをなして道を開けた。

その先は霧におおわれ、野も山も白く煙っている。楠木勢は霧の中に走り込み、秀綱勢と隅田勢が一手になって追いすがった。

「殿」

重臣の一人が追撃せよとうながした。

葛城古道の東には、下の道と呼ばれる新道が並行して走っている。ここを騎馬で駆ければ、敵の前に回り込むことができる。

「まあ待て。まだ早い」

道誉は応じなかった。

正成のことだ。あと一つや二つは策をめぐらしているにちがいないと様子をながめていると、霧の中から叫び声が上がり、身方の兵が逃げもどってきた。

この先には一言主《ひとことぬし》神社があり、道は直角に折れ曲がっている。

正成はそこに兵を伏せて道誉勢に横矢を射かけ、九品寺から新手をくり出してはさみ討ちにしようとした。

「出《い》でよ。あの兵を蹴散らせ」

道誉は五十騎を出し、新手の背後から急襲させた。

一本道を走っていた楠木勢は、思わぬ敵の出現に恐慌をきたして山の斜面を逃げ上がった。

道誉は使い番を出し、秀綱や隅田の手勢を下の道まで誘導して陣形をととのえさせた。

「面目ございません。敵は数日前から僧坊に兵をひそませていたようでございます」

猿丸が木々を伝って舞いもどってきた。

「もう新手はおらぬか」

「おりません。この目で確かめてまいりました」

「正成もおるまいな」

道誉は正成を捕える計略の失敗を悟り、敵の掃蕩《そうとう》に全力をそそぐことにした。

「貝を吹け。総攻めにせよ」

葛城山に向かって合図のほら貝を吹かせ、尾根に伏せている湯浅孫六の兵三百に敵の背後をつかせようとした。

だが、山は動かなかった。

霧につつまれたまま静まりかえっている。東の空の雲の切れ間から薄陽がさし、稜《りよう》線《せん》を影絵のように浮き上がらせた。

風が出てきたらしい。霧が渦を巻きながら北へ流れていく。その流れの速さが、湯浅勢が動かぬことへの苛立《いらだ》ちをつのらせた。

（まさか、あやつ……）

寝返ったのではないかと疑いながら、もう一度ほら貝を吹かせた。

ややあって、山上から応答があった。こちらより何倍も大きな音が、頭上から地をおおうように降りそそいできた。

それに呼応して、背後の高取山や南の吉野口からもほら貝が鳴った。まるで夜半に鳴き交わしていた山犬のような音のつらなりである。

道誉は不吉な胸騒ぎを覚えて境内に走り出た。

山々をおおった霧は、陽射しにつらぬかれて少しずつ薄れていく。乳色から白へ、白から淡い水色へと変わるにつれて、冬枯れの山が姿をあらわした。

落葉を終えた木が尾根に寒々と立ちつくしている。その間に小さくはためく白いものがあった。

菊水紋を描いた楠木の旗を、大柄の男が左右に打ち振っている。その合図に呼応して、まわりの山々にも数百本の旗がざっと立った。

道誉は悪夢のつづきを見ているような錯覚にとらわれ、葛城山から金剛山、そして東の高取山までぐるりと見渡した。

予想をはるかに超えた包囲網だった。

このままでは袋のねずみにされかねない。道誉はすぐに使い番を走らせ、半里ほど北にある大願寺まで退却するように命じた。

大半の者が無事に大願寺にたどり着いたものの、敵の思わぬ攻勢にあって浮き足立っている。互いの不甲斐なさをなじり合い、つかみ合いの喧嘩《けんか》を始める者もいるほどだった。

道誉は主立った者を本堂に集めて茶をふるまった。出回り始めたばかりの栂尾《とがのお》の本茶だが、味はいつになく苦かった。

「さて、この先どうするべきか」

皆の気持が落ち着くのを待って、評定に移った。

正成がこれだけの仕度をして待ち構えていたのは、こちらの内情が筒抜けになっていたからにちがいない。呼びかけに応じて集まった土豪たちの所領でも、すでに挙兵の用意をととのえているはずだった。

「すみやかに兵を返すべきと存じまする」

秀綱は思わぬ大敗にも冷静さを失っていなかった。

野伏《のぶせり》や足軽とはいえ、相手の意気はさかんである。裏をかかれて術中にはまったのだから、不利な場所に長居をするべきではないと主張した。

「しかしそれでは、我らの面目が立ち申さぬ」

隅田次郎左衛門が反対した。

「ならば敵方にくみした九品寺を焼き払い、以後の見せしめとすればよいと存ずる」

「とんでもござらぬ。九品寺は行基菩薩《ぎようきぼさつ》が開かれ、弘法《こうぼう》大師が再建された由緒正しき寺じゃ。そのような罰当《ばちあ》たりなことをせずとも、我らが一手になって攻めかかれば敵は逃げ散りましょう。山上に旗をめぐらしているとはいえ、それだけの兵がいるとはとうてい思えませせぬ」

次郎左衛門は強攻策を取りたがった。

「確かにあの旗は虚仮《こけ》おどしかもしれぬ」

道誉は二杯目の茶をゆっくりと飲み干した。

「されど、兵がいないという証拠もない。虚か実か定かならぬまま、むやみに戦を仕掛けることはできぬ」

「それでは敵に時を与えるばかりでござる。そもそも今度の出陣は、探題どのが幕府の威信をかけて決行されたことじゃ。敵を目の前にして逃げ帰っては、どのようなそしりを受けるか分りませせぬぞ」

次郎左衛門は殺気立っている。これ以上口論をつづけたなら、隅田家の手勢だけで敵中突破をはかると言い出しかねなかった。

道誉は黙って席を立った。

「待たれい。どこへ行かれる」

次郎左衛門が鋭く呼び止めた。

「小用じゃ。思いのほか冷え込みが厳しいのでな」

小便が近くなっていかぬとぼやきながら、険しい間合いをはずして厠《かわや》へ向かった。

「殿、大和川ぞいに楠木の兵が動いております」

音丸がいつの間にか庭先にひそみ、あたりをはばかって小声で急を告げた。

「糟谷宗秋どのの手勢は、彼らにはばまれて川を渡ることができなかったのでございます。すでに正成どのは、赤坂城も手に入れておられるそうでございます」

「湯浅は、やはり寝返ったか」

「いえ。楠木勢の計略にはまり、あえなく落城したそうでございます」

道誉の背筋をぞくりと寒気が走った。

城を乗っ取った後、正成は湯浅孫六になりすまして六波羅からの使者に応対していたのである。こちらの計略が筒抜けになるのは当たり前だった。

「すべてを承知の上で、大和に誘い出したということか」

「戦の手始めに我らを血祭りに上げ、身方に決起をうながすつもりのようでございます。

やがて吉野でも、護良親王が兵を挙げられましょう」

音丸は楠木勢にまぎれ込んで相手の動きをつぶさにつかんでいた。

楠木勢が大和川にも布陣していると伝えると、さしもの次郎左衛門も押し黙った。

敵が北の通路をふさぐ前に大和川を渡らなければ全滅する。一千余の軍勢は焦燥にかられ、平野の中の真《ま》っ直《す》ぐな道をひたすら走った。

途中に大きな公孫樹《いちょう》があった。

木のまわりは散り落ちた黄色い葉で埋めつくされている。大人二人が手を回しても届かないほど大きな幹の根方に、僧衣を着た若い男が縛り上げられていた。

九品寺にもぐり込んでいた多賀衆の坊人である。猿ぐつわをかまされたまま気を失っているが、命に別状はなかった。

「殿、懐にかような物が」

音丸が悔しげに立て文を差し出した。

正成から道誉にあてた書状である。

開いてみると「ねずみを一匹お返し申す。いずれご拝顔の折に」と、軽やかな書体で記されていた。

二

山にかかっていた霧も晴れ、うすい霞《かすみ》となって空の彼方に消えていった。四方を山に囲まれた奈良盆地が、淡い陽射しに照らされて広がっている。この広大な景色の中では、一千余人の幕府勢も蟻《あり》の行列のように小さく見える。敗走の混乱で隊列が乱れているので、なおさらみすぼらしかった。

楠木正成はこの有様を竹内峠《たけのうちとうげ》からながめていた。

合戦だというのに鎧も着ていない。小袖にくくり袴という身軽な出立ちで、腰には一尺八寸ばかりの刀をさしていた。

「大将、もうひと当ていたしませぬか」

側《そば》に控えた橋本右京亮《うきょうのすけ》が、このまま見逃してはもったいないと進言した。

「まだ策の用意があるか」

「大和川の北の河原に、印地《いんじ》の衆を伏せてあります。敵が川の中ほどにさしかかった時に馬に向かってつぶてを打てば、大混乱におちいりましょう。そこを南から攻め立てれば、半数ばかりは討ち取れまする」

今度の計略を立てたのは正成だが、実際の指揮は老練な右京亮がとっている。合図のほら貝さえ吹けば、印地打ちたちがいつでも立ち上がる手筈《てはず》になっていた。

「いや、やめておこう」

「敵に情《なさけ》をかけられますか」

「戦は六分の勝ちがよい。勝ちすぎれば敵の恨みを買い、身方の油断をさそうことになる」

「戦でござるぞ。敵の恨みを買うのはいたし方ありますまい」

「見事に勝てば、敵の心さえ動かすことができるものだ。そうして身方をつのっていかねば、回天の志をとげることはできぬ」

正成は道誉の気性をよく知っている。世人は勝手気ままな放埓《ほうらつ》ぶりに眉をひそめるが、こちらが義を示せばかならず応える男だと見込んでいた。

「まことにさようかな。入道どの」

皮肉屋の右京亮が、降人《こうにん》となった湯浅孫六に押しつけがましくたずねた。

「貴殿も見事に負けられたが、殿がおおせられる通り、身方になっていただけようか」

「応とは申さぬ。されど正成どのの兵法には感服いたした」

入道ながら黒々とひげをたくわえた孫六が、かみつくように言い返した。

十日前、赤坂城を落とした正成の手並みは鮮やかだった。

赤坂城は金剛山の西のふもとにある小城である。正成は昨年の元弘の乱の折にこの城にこもって挙兵したが、幕府の大軍に攻められて脱出せざるを得なくなった。

その後に城番に任じられたのが、紀伊国の阿弖川《あてがわ》荘（和歌山県有田《ありだ》郡有田川町）や紀ノ川ぞいの挊田《かせだ》（和歌山県伊都《いと》郡かつらぎ町）を領する孫六だった。

赤坂城の守備兵は三百である。これを正面から攻めては犠牲が大きいと見た正成は、五百ばかりの手勢で城に攻め寄せ、遠巻きに包囲する構えを取った。

あわてた孫六は完全に包囲される前に兵糧を運び込もうと、挊田に急を告げて三百俵の米を送らせた。

正成はこれを待ち伏せて奪い取り、配下の兵を人足に仕立てて城に向かわせた。

まんまと城内に入った正成の配下たちは、俵の中に隠していた胴丸や刀を取り出して武装し、またたく間に城を乗っ取った。

こうして河内に進撃する足がかりを確保した上で、大和や紀州の土豪衆を九品寺に集めて挙兵を呼びかける計略だったが、道誉が送り込んだ坊人にそのことを察知された。

そこで急きょ予定を変更し、幕府軍をおびき出して痛撃を加えたのだった。

「六波羅の力は、いまやこの程度のものでござる。入道どのも強情を張らず、我らの身方になられてはいかがかな」

右京亮が勝者の余裕を露骨にみせてさそいをかけた。

「敵は六波羅ばかりではない。関東の大軍が攻めてきたなら、昨年の二の舞になるのが関の山じゃ」

孫六は唇をひん曲げて強情に言い返した。

「それなら何ゆえ我らの後について回られる。大将は自由にしてよいとおおせゆえ、さっさと所領に引き上げればよいではござらぬか」

「そ、それはだな」

孫六は不義の現場でも押さえられたように赤面した。

赤坂城で降伏したとはいえ、捕われの身になったわけではない。正成の温情によって自由を許され、一族郎党はことごとく所領に引き上げている。

それなのに孫六だけは立ち去りかねて行動をともにしていたのである。

「それは、つまり……、正成どのの戦ぶりに心を動かされたからかもしれぬ」

孫六は赤くなった顔を両手で叩《たた》き、動揺を悟られまいとした。

「ほほう。やはり動かされ申したか」

右京亮はどこまでも追及の手をゆるめなかった。

「い、いささかな。それにご当家には昔から世話になっておる」

湯浅家と楠木家は川船輸送に従事し、昔から協力しあってきた間柄だった。

「ならば身方になられよ。ともに幕府を倒し、新しい世の中をきずこうではござらぬか」

「そう簡単にゆくものではあるまい。たとえ幕府を倒したとしても……」

孫六はふいに口をつぐんで黙り込んだ。

「どのような事態になるか分らぬ。そうお考えのようでござるな」

正成は孫六の胸の内を見抜いていた。

「まあ、あり体に言えば、その通りでござる」

「ならば宮さまに会われるがよい。この先どうすべきか、心が定まるはずでござる」

「宮さまとは、大塔宮さまのことでござるか」

「さよう。ご在所をたずねる用事もあるゆえ、お望みなら案内いたしましょう」

「お目にかかったとて、身方するとは限りませぬぞ。それでも構わぬとおおせられるなら、行ってみるのも一興じゃが」

「宮さまはそれほど了見の狭い方ではござらぬ。吉野詣でのつもりで参られるがよい」

正成は右京亮に赤坂城の守備をまかせ、孫六と数人の家臣をつれただけで大和への道を下っていった。


楠木家は大和や河内に大きな勢力をきずいていたが、もともとの本貫《ほんがん》は駿河《するが》の楠木《くすのき》村（静岡市清水区大字楠）だった。

代々清水港を拠点として海運業に従事してきたが、鎌倉時代になると内管領《うちかんれい》として幕政の実権をにぎっていた長崎家に仕え、地頭に取り立てられて伊勢に赴任した。

歴代の当主は商才にたけた者が多く、所領経営のかたわらに流通業や金融業をいとなんで財をなした。

たくわえた銭を荘園領主や幕府の御家人《ごけにん》に貸し付け、返済できなくなった者から担保《たんぽ》にした土地を没収した。それが積み重なって、伊勢ばかりか大和、河内、摂津にまで土地を持つようになった。

やがてその才覚と経済力を買われ、正成の父正遠《まさとお》の頃には東大寺の雑掌《ざっしょう》に任じられた。雑掌とは寺の雑役や年貢の徴収にあたる下級役人のことである。

貨幣経済の浸透にともなって困窮する村々が多くなり、年貢の徴収もままならなくなった大手の寺社は、経済力のある有徳人《うとくにん》を臨時の雑掌に任じ、年貢の徴収を請け負わせたのである。

この役を進んで引き受けた正遠は、幕府の有力者である長崎家の被官人でありながら東大寺の雑掌もつとめるという二つの地位を手に入れ、東国と畿内の両方に活躍の場を広げることに成功した。

伊勢での拠点は鈴鹿川の河口にある楠港《くす》（三重県四日市市楠町）だったが、正遠は奈良盆地の最南端の葛村《くず》（奈良県御所市）にも第二の拠点をもうけた。

正遠はこの二つの拠点を中心にして、伊勢の楠港で荷揚げした東国の産物を鈴鹿川、大和川、紀ノ川の水運をもちいて畿内の各地に売りさばいた。

正成はこの事業をさらに拡大し、楠港と鎌倉をむすぶ海運業に乗り出して巨万の富を得たのである。

ところが文永《ぶんえい》十一年（一二七四）と弘安《こうあん》四年（一二八一）におこった元寇《げんこう》後の混乱が、楠木家のような商業的武士団の立場を次第に危うくしていった。

幕府は元軍の三度目の来襲にそなえて防衛態勢の確立を急いだが、中でも重要なのが合戦のための兵員と、兵員や兵糧を輸送するための船の確保だった。

兵員を確保するためには守護や地頭、御家人に、所領に応じた軍役をはたさせる必要がある。ところが彼らは貨幣経済が浸透するにつれて困窮し、与えられた所領を借金のかたに手放していたために、とても軍役をはたせる状態ではなかった。

また、船をもちいて流通業や漁業に従事している者たちは、もともと朝廷や寺社に属してきた伝統を持ち、おいそれとは幕府の命令に従おうとしなかった。

こうした状況を打開するために幕府がとった秘策が、楠木家のような商業的武士団が買い集めた土地を没収し、幕府の扶持《ふち》を受けた正当な持ち主に返すことだった。

これを徳政令というが、いかに幕府でも一方的に所領を取り上げたのでは世論の支持が得られない。そこで目をつけたのが、神仏の力にすがって元軍を撃退するという気運の高まりだった。

幕府は寺社に夷狄《いてき》の調伏を依頼し、霊験があらわれた場合には寺社がかつて持っていた荘園を恩賞として与える政策をとった。

これを神領興行法と呼ぶ。神仏の所領を正当な持ち主に返して再興するという意味である。

楠木家のような商業的武士団がこれに反発して自力で所領や船を守ろうとすると、神仏に反する謀叛人《むほんにん》という意味をこめて「悪党」と呼び、武力によって弾圧するようになった。

こうして悪党を叩くことで、守護や地頭、御家人の所領も取り返そうとしたのである。

そのために対立はいっそう激化し、各地で悪党たちが蜂起するようになった。

その代表格が楠木正成や赤松則村《あかまつのりむら》（円心《えんしん》）、名和長年《なわながとし》などで、彼らはやがて後醍醐天皇や護良親王の倒幕運動とむすびつき、元弘の乱を引きおこした。

この乱は幕府によって鎮圧され、天皇は隠岐《おき》に流罪となったが、正成は護良親王を奉じて再起をめざしていたのだった。

葛村は寺の門前町と同じ造りだった。

山裾の高台に瓦屋根の東長寺《とうちょうじ》がそびえ立ち、数段低くなった所に百戸ばかりの家が整然とならんでいる。

集落の北と南に高取山から流れ出した小川があり、北に流れる曽我《そが》川とともに外堀の役目をはたしていた。

ここに拠点をきずいたのは、正成の父正遠である。

東大寺の雑掌に任じられた正遠は曽我川の東に広がる荒地を買い取り、東大寺から僧を招いて東長寺を創建した。

東大寺の末寺であれば守護不入なので、幕府の権力はおよばない。しかも東大寺の手形があれば関所通行の自由が保証されるので、寺の内の者という資格で門前に一族郎党を住まわせたのである。

集落の中心に位置する館に、正成は孫六を案内した。板屋根の大きな家の玄関先で、弟の正季《まさすえ》が出迎えた。

「ご無事で何より。皆の衆がお堂で待っておりまする」

正季は正成に似ず小柄な男だが、肩の肉が盛り上がったがっしりとした体付きをして、誰にでも打ち解ける愛想のよさがあった。

「こちらは湯浅孫六どのだ」

正成は孫六に引き合わせてから、褒美の仕度はととのっているかとたずねた。

「昨日のうちに船で運んでおります。ご安心を」

正季は粒のそろった白い歯を見せて胸を叩いた。

館の一角には毘沙門天《びしゃもんてん》をまつったお堂があった。

母が信貴山《しぎさん》に参詣し、毘沙門天の示現によって正成をさずかったというので、朝護孫子寺《ちょうごそんしじ》（信貴山寺）の許しを得て勧請《かんじょう》したのである。

お堂には大和や紀州の土豪たちが参集し、船頭や水夫《かこ》、船引きたちも廻《まわ》り縁《えん》にひかえていた。

正成は中央に安置した小ぶりの毘沙門天像に戦勝を報告し、皆の方にゆっくりと向き直った。

「衆中の方々、お働きご苦労にござった」

まずお堂の上座にならんだ土豪たちに礼を言った。

「廻状を送った時には、このような仕儀になるとは思っておりませんでした。ところが幕府方の密偵にかぎつけられたために、おびき寄せて攻める策に転じたのでござる。その点はお許しいただきたい」

「わびることはありませぬぞ。お陰で我々も胸のすく思いをさせていただいたのじゃ」

土豪の一人が機嫌よく応じた。

「そうじゃ。昨年打ち負けたうっぷんが晴れ申した。手勢をつれておれば、もう少し痛い目にあわせてやれたのじゃが」

未練がましく腕をさする者もいた。

「戦はこれからでござる。それぞれ所領にもどり、できるだけ多くの兵をもよおしていただきたい」

正成の合図を受けて、正季が黒漆でぬった唐櫃《からびつ》を土豪たちの前に運ばせた。

中には元から輸入したばかりの真新しい銅銭がぎっしりと詰っていた。

「些少《さしよう》ですが、物具や兵糧をととのえる足しにしていただきたい。宮さまのご下知があり次第兵を挙げますので、くれぐれも手抜かりなきように」

銭を受け取った土豪たちが退出した後には、廻り縁にいた船頭や水夫、船引きなどの頭たちが残った。

派手で風変わりな服をまとった異類異形の者たちだが、彼らが正成の交易を支えている。戦となれば二百、三百の手下をひきいて駆けつける頼もしい男たちだった。

正成は彼らを車座にして輪に加わり、家の者ににぎり飯を運ばせた。

「どうだ三太。都の侍と戦った気分は」

正成は梅干を入れたにぎり飯をほおばりながら、船引きの頭に声をかけた。

「どうもこうもねえよ。あれはお頭の戦で、俺たちのもんじゃねえ」

身の丈六尺ちかい浅黒い顔をした若者が答えた。

「ほう、どうしてだ」

「言われた通りにしたら、相手は手もなく逃げていった。まるで筋書きのある芝居のようで、味気ないもんだったよ」

「おい三太。よくもそんなことが言えたもんだな」

古参の水夫頭が茶々を入れた。

「敵の本陣から馬を乗りかけられた時、真っ先に逃げ出したのはどこのどいつだ」

「あれは怖がって逃げたんじゃねえぞ。かなわぬ相手とは打ち合うなとお頭が言わしゃったで、それに従ったまでだ」

「三太の言う通りだ。皆がまっとうに生きられる国を造るために、我らは関東の幕府を倒すまで戦いつづけなければならぬ。この勝負に勝つまで、身をつつしんで手下たちをまとめ上げてくれ」

正成は本堂に二つの唐櫃を運び込ませた。

頭たちはそれぞれの働きに応じて銭を受け取り、手下のもとへ帰っていった。

「ずいぶん豪気なことでござるな」

大盤振舞いを目の当たりにして、湯浅孫六はすっかり気を呑《の》まれていた。

「あの者たちは命をかけて戦ってくれた。領国を持つ武士なら土地を分けてやることもできようが、それがしにはこれくらいのことしかできないのでござる」

正成はこともなげに言って、孫六を館の母屋に案内した。

そこにはすでに酒肴《しゆこう》の用意がととのえられ、正成の妻の菊乃《きくの》と嫡男の正行《まさつら》、弟の正季がひかえていた。

菊乃は伊賀の服部《はつとり》家の出で、親類縁者には忍びの技にたけた者が多い。正行はまだ七歳だが、いかにも利発そうなりりしい顔立ちをしていた。

「この戦に勝つまで酒を断っておりますが、わざわざお越しいただいたゆえ」

正成は形だけ付き合うことにして、孫六に酒を勧めた。

「かたじけない。有難く頂戴《ちようだい》いたす」

孫六は菊乃が注いだ酒をひと息に飲み干し、折敷《おしき》の上に盃《さかずき》を伏せた。

「今日はこれで充分でござる。それより教えていただきたいことがありまする」

「何でしょうか」

「楠《くす》どの、いや楠木どのが分限者《ぶげんしや》だとはかねがね聞いておりましたが、これほどとは思いませんでした。先年の戦に敗れた身でありながら、あれほどの銭をいったいどこで手に入れられたのでござろうか」

「それは弟の方が詳しいので」

正成は正季に話をゆずった。

「これは当家の秘中の秘でしてな。身方かどうかも分らぬ御仁《ごじん》に、お話しすることはできませぬ」

正季がきついことを言って孫六の反応をうかがった。

「それを聞かねば身方をしていいものかどうか分らぬゆえ、恥を忍んでたずねておる」

わずかの酒に酔った孫六が、入道頭を赤くして言い返した。

「孫六どのは銭のために動かれますか」

「無礼を申すな。女子と銭には見向きもせぬが、家臣や領民を養わねばならぬゆえ、知らんふりもできぬまでじゃ」

「それは重畳《ちょうじょう》、私と同じではございませぬか」

正季が軽妙に応じ、二人は顔を見合わせて笑い出した。

少しの湿りもない孫六の笑い声に心を許したらしく、あの銭は東大寺さまから受け取ったものだと打ち明けた。

楠木家は東大寺の雑掌として荘園の年貢の徴収を請け負っているが、その数は今や八ヵ国、十七ヵ荘におよんでいる。

徴収の手数料として二割を受け取るので、一国を領する守護大名に匹敵するほどの収入になるが、その金に頼らなくてもいいほど楠木家には余裕がある。

そこで正季は年貢の全額を東大寺に納め、楠木家の取り分は寺に預けることにした。

しかも寺の下人たちを雇って庶民に貸し付け、日に一分の利息を取った。

これを日銭屋と呼ぶが、この収益も寺に預けているので、必要な時にはいつでも引き出すことができるのだった。

「なるほど、東大寺を勧進元とするとはよい思案でござるな」

孫六は一応うなずいてみせたが、腑《ふ》に落ちない顔をしてさらなる質問を投げかけた。

「しかし、幕府に逆らえば寺社ともうまくいかなくなりましょう。何しろ坊主どもは、我らを目の敵にしておりますからな」

「それは神領興行法のことでございましょうか」

正季も兄に似て察しが早かった。

「さよう。今はまだ東大寺も中立の立場を取っておるゆえ、このような便宜もはかってくれよう。されど幕府軍と全面的な戦になったなら、そうもいくまいと存ずる」

そこをどう乗り越えるのか、孫六は聞きたがった。

「それは兄者の持ち場でござる。私には分りません」

正季が頃合いを計って正成に話をゆずった。

「確かにこれまで、我らと寺社は不幸な対立をつづけて参ったが」

こうした状況を乗り越える方法が、ひとつだけあると正成は言った。

「ありまするか。そんな手妻《てづま》のようなやり方が」

孫六は疑わしげだった。

「幕府を倒して、帝《みかど》を中心とした国をきずくことです。されば寺社は朝廷に従い、我々は征夷大将軍《せいいたいしょうぐん》になられた大塔宮さまに従いまする。幕府や北条得宗家《とくそうけ》の所領は、身方となった者たちに恩賞として分け与えればいいのでござる」

翌朝早く、二人は吉野へ向けて出発した。

三里ほど歩くと、下市口《しもいちぐち》の渡し場についた。数日前の雨で水量を増した紀ノ川が、深緑色の激流となって流れている。

このような山奥なのに川幅は広く、深さも一丈ばかりありそうだった。

渡し場に人はいない。この水量では船を出さないのではないかと案じていると、

船頭の権次《ごんじ》が番小屋から出てきた。

「これはお頭、お山詣でですかい」

「そうだが、船は出せないようだな」

「これくらいの小濁《ささにごり》なら、どうってことはありません。ちょっと流されますがね」

権次は二人を渡し船に押し込み、手早く艫綱《ともづな》をといた。

竿《さお》を押して岸をはなれると、船は横からの力をまともに受けて押し流されていく。

それでも権次は平気な顔で艣《ろ》をこぎつづけ、かなり下流で向こう岸にたどりついた。

「昨日はうちの三太が世話になりやした。仰山《ぎょうさん》な褒美までもろうて」

権次は三太の親分にあたる。川船を何艘《そう》も持ち、紀ノ川の水運業で財をなしているが、お山への恩返しがしたいと日頃は渡し船の船頭をつとめていた。

「今度はわしも行かせてもらいます。四、五百人はつれていきますから、使ってやっておくんなさい」

「頼りにしているぞ。風邪などひかぬようにな」

水しぶきでずぶ濡れになった権次をいたわり、正成は孫六をつれて先を急いだ。

紀ノ川をさかのぼり、支流にそった道に分け入って黙々と歩いていく。

「宮さまとは、どのようなお方でござるか」

孫六がためらいをふり切ってたずねた。

「ひと口には申せませぬ。金剛蔵王権現《こんごうざおうごんげん》さまの化身とでも言えば良いのか」

「それでは何のことやら分り申さぬ」

「権現さまのようにすべてを見通し、人の世の不正を怒り、正しき道に導こうとしておられるのでござる」

「それではまるで神仏じゃ」

孫六は失笑をもらしたが、正成は真顔だった。

吉野山の結界にさしかかった時、前方の切り立った岩の上に真っ白な犬が現われた。

純白の毛並みがあざやかで優しげな目をした中型の犬が、じっと二人を見つめている。

「おお、隼女《はやめ》。迎えに来てくれたか」

だ。

正成は親しげに声をかけ、客人を引き合わせたいので宮さまに取り次いでくれと頼ん
隼女と呼ばれた雌犬はふさふさした尻尾をひと振りすると、あっという間に木立の中に消えていった。

「あれは、何事でござる」

孫六がいぶかった。

「宮さまのお使いでござるよ。隼女、隼人《はやと》というて、番《つがい》でお仕えしておる。我らが来るとお知りになって、迎えによこして下されたのじゃ」

「昨夜のうちに、先触れでもつかわされたか」

孫六は敵の本陣に連行される捕虜《ほりょ》のように神経質になっていた。

「宮さまは居ながらにして遠くのことを察知なされる。使いを出さずとも、我らが来ていることはとうにご存知なのでござる」

やがて道は川ぞいから吉野山の尾根へと向かっていた。

険しい斜面を細い道がつづら折りになってつづいている。山一面が神木の桜で埋めつくされ、落葉を終えた細い梢《こずえ》が冷たい風にゆれている。

桜の名所として知られた下千本だった。

空はどんよりと曇り、ちらほら雪が舞い始めている。花の時期とは対照的な、忍耐の

冬が始まろうとしていた。

尾根に上がると参道がつづいていた。幅三間ほどしかないやせ尾根を掘り切って空堀を造り、一人しか渡れない細い橋をかけている。

敵の攻撃に備えてきずいたもので、橋の向こうにはいかめしい棟門が立っていた。

「楠木多聞兵衛《たもんのひょうえ》でござる」

正成は警固の兵と顔見知りなのですぐに通されたが、孫六は厳しく拒まれた。いかに正成の連れとはいえ、宮さまの許しがなければ通せないという。

「それは慮外な。今までそのようなことを言われたことはなかったが」

押し問答をしていると、巴紋《ともえもん》を染め抜いた大紋を着た若侍がやって来た。

大塔宮に近侍している赤松律師則祐《りっしそくゆう》。播磨《はりま》の悪党として名高い赤松円心の三男だった。

「宮さまのお許しは得てある。早々にお通し申し上げよ」

則祐の一喝におそれをなし、兵たちは道を開けて二人を通した。

「ご無礼をいたしました。隼女の言伝《ことづて》は受け取りましたが、迎えに出るのが遅くなりまして」

則祐が恐縮して案内役をつとめた。

「ここでは犬が言伝をするのでござるか」

孫六はますます不審をつのらせていた。

「宮さまが隼女の心を読まれるのでござる。犬が話すわけではござらぬ」

大塔宮との対面を前に、正成もいささか緊張していた。

巨大な仁王門をくぐると、金峰山寺《きんぷせんじ》の蔵王堂がそびえていた。東大寺にも劣らぬほどの大伽藍《だいがらん》である。

堂の入口の階《きざはし》の両側に、白い犬と黒い犬が控えている。さきほど使いした隼女と、精悍《せいかん》この上ない顔をした隼人である。

薄暗い堂の中には御座《ござ》がおかれ、烏帽子《えぼし》、水干《すいかん》をまとった大塔宮が着座していた。年は二十五になる。弱冠二十歳で天台座主《ざす》に任じられた逸材だった。

「正成、九品寺での働き、苦労であったな」

宮は下ぶくれのおだやかな顔立ちだが、濃い眉がきりりと伸び、切れ長の目が強い光を放っていた。

「宮さまのお指図《さしず》のおかげで、無事に賊徒を追い払うことができました」

正成は深々と頭を下げた。

九品寺での計略が敵に筒抜けになっていることが分った時、それを逆手に取っておびき出せと言ったのは大塔宮だった。

「私は考えを口にしたばかりだ。そなたの才覚がなければ、あのように見事に成し遂げることはできなかった」

「有難きお言葉、かたじけのうございます」

「客人とは、そちらの御仁か」

宮は孫六に面《おもて》を上げよと申し付け、じっと目を見つめた。

孫六はその凝視に耐えられなくなったのか、入道頭に汗を浮かべてひれ伏した。

「阿弖川荘の湯浅孫六どのでございます」

「よく来てくれた。湯浅家は紀国造《きのくにのみやつこ》の流れをくむ名門だ。明恵上人《みょうえしょうにん》の出られた家でもある。たいしたもてなしもできぬが、ゆっくりしていってくれ」

「おそれ入ってござります る」

孫六は自分の知らないことまで言い当てられ、ますます恐縮して身動きがとれなくなっていた。

「さて、正成」

宮は表情を険しくして戦の話に移った。

「六波羅は今度の負け戦にこりて、関東から大軍を呼び寄せるであろう。その時には大和、紀州の兵をもよおし、天王寺《てんのうじ》あたりまで出勢するがよかろうと思う」

「四、五千の兵は集まりましょうが、幕府の主力軍と平野で戦う力はないものと存じます」

正成の手勢は悪党、野伏、あぶれ者の類《たぐい》が多い。奇襲や山岳戦には力を発揮するものの、幕府軍と正面からぶつかって勝てるほどの力はなかった。

「それは分っているが、平野でも敵の不意を突く手はあろう。二、三度相手と刃《やいば》をまじえ、敵《かな》わぬと見たなら赤坂城まで退けばよい」

「敵を引き付ける策でございましょうか」

「そうだ。幕府軍の主力が赤坂城を取り巻く頃を見計らい、赤松や河野が兵を挙げて背後をおそう」

すでに両者に令旨《りょうじ》を下し、挙兵の仕度をととのえさせている。幕府が畿内での戦に手を取られている隙に、主上も隠岐を脱出されるはずだと、宮は正成が思ってもいなかった計略をねり上げていた。

「主上がお戻りになるのでございますか」

「もうじき、そうなるであろう」

「脱出の手筈は、ととのっているのでしょうか」

「名和や塩冶《えんや》など、心当たりの者に令旨を下してある。案ずることはあるまいと思う」

「承知いたしました。さっそく仕度にかかりまする」

「恐れながら申し上げます」

亀のようにちぢこまっていた孫六が、入道頭をがばりと上げた。

「天王寺での先陣、それがしにお申し付け下さりませ」

「よく言った。正成と力を合わせて、国のために尽くすがよい」

その下知を受け、二人は新たな力を吹き込まれたように意気揚々と蔵王堂を後にした。

第二章　両雄会談

一

道誉は近江の柏原《かしわばら》（滋賀県米原《まいばら》市）の館に引きこもっていた。

御所《ごせ》での作戦の失敗を六波羅探題北条仲時にとがめられ、責任をとって謹慎したのである。

あの時点では早々に退却することが最良の選択だったが、血気盛んな仲時は敵の旗を見ただけで逃げ帰った臆病者だと決めつけた。

「ならばお目にかなった御仁《ごじん》を、軍目付《いくさめつけ》に任じられればよろしかろう」

道誉はかっとして啖呵《たんか》を切り、その日のうちに柏原に引き上げてきたのである。

柏原は近江と美濃《みの》の国境《くにざかい》に位置している。関ヶ原から東山道（中山道）を西に向かうと、二里ばかりで柏原宿に着く。東国から畿内に入る際の喉首にあたる要所だった。

佐々木氏の父祖秀義《ひでよし》は源頼朝が伊豆《いず》で挙兵すると聞いていち早く駆けつけ、太郎定綱《さだつな》、二郎経高《つねたか》、三郎盛綱《もりつな》、四郎高綱、五郎義清《よしきよ》とともに華々しい活躍をした。

この戦功により十数ヵ国の守護に任じられ、一族は近江や中国、四国に大いに栄えた。

近江の本家は太郎定綱の四男信綱《のぶつな》が継ぎ、信綱の子の代になって二つに分れた。

三男の泰綱《やすつな》が六角《ろっかく》氏を称して近江の南半国を、四男の氏信《うじのぶ》が京極《きょうごく》氏となって北半国を領するようになった。氏信の四代後が高氏（道誉）である。

道誉の時代になると東国と西国の交易がさかんになり、この道を通って畿内に持ち込まれる商品が増大したために、佐々木家の財政は豊かになった。

所領を通過する商品にかける関税や、琵琶湖の港を利用する船にかける港湾利用税だけでも莫大《ばくだい》な額になった。

先見の明のある道誉はこれだけではあきたりず、商人や流通業者まで支配下に組み込み、営業の安全を保証するかわりに利益の一割を上納させた。

また日本海沿岸に所領を持つ佐々木一門の者たちを組織し、元国や高麗との貿易も行なった。

そこから上がる桁《けた》はずれの収益があるために、糟谷や高橋の出兵費用を肩がわりすることができたし、人目を驚かす贅沢《ぜいたく》もできるのだった。

道誉は反骨の男である。

柏原の館に引きこもってからも、探題仲時など何するものぞと言わんばかりに、連日大宴会をもよおしていた。

この日も近江の猿楽一座をまねき、広々とした庭にしつらえた舞台で芸をきそわせている。頃は一月半ばであたりは厚い雪におおわれているが、周囲にかがり火を赤々とたかせて暖を取っていた。

舞台では敏満寺《みまじ》座の忠阿《ちゅうあ》が「釣狐《つりぎつね》」を演じていた。

金右衛門という狐狩りが好きな男に悩まされた古狐が、何とか狩りをやめさせようと一計を案ずる。

金右衛門の伯父である和尚に化けて、殺生をやめるように戒めようとするのである。ところが化け方が不充分で、大きな尻尾がのぞいている。

その尻尾を衣にかくしながら説教をするが、あやしんだ金右衛門はいろいろと問答を仕掛け、古狐を窮地に追い詰めるという筋書きだった。

この狂言の見所は、和尚に化けた狐が尻尾をかくしながら取りすました顔で説教する滑稽《こっけい》さだが、忠阿の芸はいまひとつだった。

滑稽さばかりを出そうとして、狩りをやめさせたい古狐の必死さが伝わってこない。その懸命さが欠けているために、滑稽さも上すべりの下品なものになっていた。

「中の下だな」

舞台の正面に陣取った道誉は、味気ない思いで盃《さかずき》をほした。

敏満寺座はその名の通り敏満寺《びんまんじ》に属する猿楽の一座だが、近江では下座に番付けられている。日吉《ひえ》大社に仕える山階《やましな》、下坂、日吉の上三座にくらべるとどうしても見劣りがするのだった。

「殿、都からの使者が参りました」

音丸が足音もたてずに現われ、巻物にした書状を差し出した。

都に残した嫡男秀綱からのもので、去る一月十七日の天王寺の戦いで、隅田、高橋の軍勢が楠木勢に大敗したと記してあった。

道誉らを打ち破り、天下の耳目を集めて挙兵した正成らは、正慶《しょうけい》二年（一三三三）の年明け早々に河内、和泉《いずみ》へ進出して幕府方の軍勢を破り、淀川にかかる渡部橋の南まで兵を進めた。

これに対して仲時は、軍奉行の隅田次郎左衛門と高橋刑部《ぎょうぶ》に五千あまりの兵を付けて討伐に向かわせた。

正成は少人数の先陣をおとりにして彼らをおびき出し、道の左右に本隊を伏せて痛撃を加えた。

五千の兵はあわてて敗走を始め、人より先に橋を渡ろうとして転落したり、川を渡ろうとして溺れ死ぬ者が続出した。

このありさまを見た京童《きようわらわ》は、

渡部の水いかばかり早ければ
高橋落ちて隅田流るらん

という落首を作ってあざけっているという。

「して、楠木はどうした」

「渡部の南に陣を張ったまま、動こうとなされませぬ。六波羅では関東からの軍勢がそろうのを待って、一気に天王寺を攻めるそうでございます」

道誉らが御所で敗北した直後に、仲時は鎌倉に急使をつかわして援軍を求めた。幕府はこれに応えて二階堂道蘊《どううん》、阿曽時治《あそのときはる》らを大将とする三万の大軍を送った。

仲時はその全軍がそろうのを待って、一気に賊徒を鎮圧しようとしているのだった。

「それは妙だな」

正成が都を攻めるつもりなら、東国の軍勢が上洛《じようらく》する前に兵を進めるはずである。淀川の南にとどまっているのは、何か策があるからにちがいなかった。

「身方が兵を挙げるのを待っているのではないでしょうか」

「いや、それればかりではあるまい」

楠木勢は平野での戦いでは幕府軍に歯が立たない。正成は敵の大軍が攻めて来たなら、赤坂城に引きこもって山岳戦に持ち込むつもりにちがいなかった。

「誰か、矢立てを持て」

道誉は大和にひそんでいる音丸の配下に密書をしたため、できるだけ多くの米を秘密《ひみつ》裡《り》に買い占めるように命じた。

「たとえ値が二倍三倍になり候とも苦しからず候。敵に気付かれざるように買い集め、用心堅固の地にこめ置くよう、急度《きっと》申し付け候」

そう記して使者に託した。

事態は道誉の見込んだとおりに推移した。

上洛を果たした東国の軍勢が天王寺に攻めかかると、正成は抵抗する構えを見せただけで赤坂城に引きあげた。

勝ちに乗った東国勢は河内の奥深くまで攻め込み、赤坂城を攻め落とそうとしたが、山岳戦には慣れていない。しかも降りつもった雪と寒さに苦しめられ、何の戦果も上げられずにいたずらに時を過ごしていた。

吊《つ》り籠《ごも》り、という。いかにも戦巧者《いくさこうしゃ》の正成らしい計略だった。

その苦境を狙いすましたように、赤松円心が播磨で兵を挙げた。大塔宮の令旨《りょうじ》を得て、正成に呼応したのである。

困り果てた仲時は、二月初めになって道誉に出仕せよと命じてきた。

道誉は一千余の精兵に真新しい鎧《よろい》をまとわせ、今浜（滋賀県長浜市）から大津まで大船に乗り、二月五日に高辻《たかつじ》京極の屋敷に入った。

翌日六波羅に出仕すると、仲時が不機嫌きわまりない顔で迎えた。

「すぐに評定を開く。関東の歴々もおられるゆえ、心して意見をのべよ」

出仕を止めたことなど忘れたように高飛車に命じた。

評定所には二階堂や阿曽ら、源氏、平氏の名族がずらりと顔をならべている。幕府の要職にある者も多く、さすがに堂々たる押し出しだった。

これに対して隅田、高橋、糟谷らは、反乱を抑えきれなかった負目をかかえて肩身を狭くしている。仲時が仕方なく道誉を呼び戻したのは、彼以外に関東の重鎮らと渡り合える者がいないからだった。

「方々、寒中のご上洛、大儀にござる」

道誉は少しも気おくれしていない。鎌倉の評定所で顔を合わせていた同僚が多いので、平然と再会の挨拶をした。

「さすがの道誉どのも、こたびは手痛い目にあわれたものでござるな」

長老格の道蘊がからかった。

高時の出家に相伴した仲間で、鎧直垂《よろいひたたれ》がわりに僧衣を着ていた。

「手痛い目ではござらぬ。野に伏した龍を、水火をいとわず起こしてまいったのじゃ」

「さようか。ならば起こした龍をどうなされる」

「それがしはすでに軍目付の任を解かれており申す。この先の兵法については、採題どのにご指南いただきたい」

「余は身を慎めと申しただけじゃ。解任したわけではない」

仲時がそ知らぬ顔で言いつくろい、考えをのべよと申し付けた。

「それでは申し上げまする。楠木勢は山の民、川の民、道々の輩《ともがら》を主力としておりますゆえ、山岳戦においては無類の強さを発揮いたします。それゆえすみやかに平野まで兵を返し、敵が出てくるのを待つのが上策と存じます」

「道誉どの、それでは我らの気がすまぬのじゃ」

道蘊は東国勢の面目にこだわった。

「ならば、まず吉野を攻められるがよい」

敵の首魁《しゆかい》は吉野にいる大塔宮で、楠木家の拠点は吉野に近い葛村にある。大軍を送ってこれを一掃すれば、正成は赤坂城、千早《ちはや》城で孤立する。

「この周囲に付け城をきずいて兵糧攻《ひようろうぜ》めにすれば、五千ばかりの兵でこと足り申す。残りの軍勢は天王寺まで退却させ、新たな異変にそなえさせるべきと存じまする」

道誉はそう進言した。

「されど吉野は金峰山寺のご境内、葛村の東長寺は東大寺の末寺で、いずれも守護不入の地でござる」

隅田次郎左衛門が異をとなえた。

「その定めを破って寺社に兵をこめたのは敵方でござる。それを許した寺社も責任を負わねばならぬ」

道誉は寺社の権威を認めてはいない。むしろそうした悪弊を改めなければ、新しい国はきずけないと思っていた。

「承知いたした。吉野攻めはそれがしがお引き受けいたそう」

道蘊が名乗りを上げ、千早城、赤坂城へ向かう武将と人数を定めた。総勢五万にもおよぶ大軍だった。

「しかし探題どの、気がかりなのは兵糧でござる」

長駆上洛した東国勢には、兵糧の用意がない。冬場なので村々にも貯《たくわ》えはなく、現地で押し取ることもできない。安定した補給がなければ困窮することは目に見えていた。

道蘊はそれを何とかせよと迫ったが、財政が逼迫《ひっぱく》している六波羅には兵糧をまかなうだけの力はなかった。

「この件、いかがじゃ」

仲時は困り果てて道誉に助けを求めた。

「当分の間、それがしが立て替えましょう」

道誉はこうなることを見越し、大和ばかりか近江や美濃、伊勢でも米を買い占めていた。

「そのかわり、ひとつだけお聞きとどけいただきたい」

「何じゃ」

「米の買い入れや運搬には、厳正を期さなければなりませぬ。それゆえ補給路の管理は、すべてそれがしに任せていただきたい」

「そちがすべて取り仕切るなら、願ってもないことじゃ」

仲時は道誉の真意に気付かず、渡りに船とばかりに全権をゆだねた。

翌日、東国勢を中心とした幕府軍は、陣容をととのえて出発した。

北条一門である阿曽時治は、二万の兵をいったん天王寺にとどめ、身方が配置につくのを待って赤坂城まで兵を進めた。

二階堂道蘊がひきいている八千の兵は、奈良街道から大和に入り、葛村の東長寺を焼き討ちにして吉野の金峰山寺へ向かった。

長崎四郎左衛門がひきいる二万余人は、同じく奈良街道を通り、御所から水越峠《みずこし》をこえて金剛山に近い千早城を包囲した。

この日の四郎左衛門の装束は、紫下濃《むらさきすそご》の鎧に白星の五枚兜《かぶと》をかぶり、銀のみがき付けの脛当《すねあて》に、金作りの太刀を二振りはいた見事なものだった。

この意気込みには理由がある。

先にも記した通り、楠木家は幕府の内管領である長崎家の被官人だった。

数代前に伊勢の地頭として赴任し、やがて流通業に乗り出して財をなし、正成の父正遠の頃に東大寺の雑掌《ざつしょう》に任じられた。

そうした両属的な立場を手に入れたことでますます事業を拡大していったが、正成は大塔宮の誘いに応じ、長崎家との縁を切って討幕軍に身を投じた。

これを放置しては、主家である長崎家の面目は丸潰れである。主《あるじ》である北条家や他の大名家に対しても申し訳が立たない。

そこで長崎高資《たかすけ》は嫡男の四郎左衛門を大将にし、長崎家の総力をあげて逆臣の討伐に乗り出したのだった。

この動きを横目で見ながら、佐々木道誉は兵糧の補給路の整備に忙殺されていた。米はすでに潤沢に買い占めている。

だがこれを大和や河内へ運ぶための水運網は、正成に心を寄せる地下《じげ》の船頭や水夫《かこ》、船引きたちに牛耳られたままだった。

そこで兵糧の補給を名分として配下の流通業者を要所に送り込み、武力で立ち向かう者は六波羅軍に鎮圧させ、金になびく者にはふんだんに銭を配って着々と勢力を伸ばしていった。

その間にも、幕府軍は着実に戦果をあげていた。

二階堂道蘊は吉野を攻め落とし、いま一歩で大塔宮を捕えるところまで追い詰めた。

阿曽時治らは赤坂城の水の手を切り、城に残っていた者たちを降伏させた。

残る千早城には長崎四郎左衛門が猛攻を加えたが、正成にひきいられた城兵は頑強に持ちこたえていた。

出陣から一ヵ月が過ぎた閏《うるう》二月の初め、道誉は三百人ばかりをひきつれて千早城の視察におもむいた。

金剛山から西へつづく尾根にしがみつくように、千早城は建っていた。

東西に走る尾根のひときわ高くなった所を本丸とし、二の丸、三の丸を連郭式に配している。北と南は深い谷になっていて、攻め登ることなどとてもできなかった。

長崎四郎左衛門は、西側の山のふもとに陣を張っていた。

三つ鱗《うろこ》の紋を描いた陣幕の内に、名越遠江《なごしとおとうみ》入道や新田義貞《にったよしさだ》ら十人ばかりを集め、薪《たきぎ》をたいて暖を取りながら評定《ひょうじょう》を開いていた。

「佐々木入道どの、よう参られた」

四郎左衛門が席を立って出迎えた。

まだ童顔の青年である。道誉は鎌倉の長崎邸にも親しく出入りしていたので、幼い頃から見知っていた。

「なかなか手を焼いておられるようでござるな」

「取るに足らぬ小城ですが、ご覧の通り険しい山々に守られております。尾根に雪がある上に、守りが厳重で攻め込めませぬ」

「攻めずとも良い。こうして東西の尾根を固めておれば、やがて城中の兵糧は尽きる。楽な戦をなされよ」

「それでは手ぬるいと存ずる」

遠江入道が横から口をはさんだ。

北条氏の一族で、先の笠置山の戦いでも手柄を立てた剛の者である。額から左の耳にかけて生々しい刀傷の痕《あと》があった。

「すでに半月になるが、兵糧が尽きた様子はない。雪のおかげで飲み水にもこと欠くまい。この寒空での長陣となれば、我らの方が先に力尽きてしまいまするぞ」

「攻めれば敵の思う壺《つぼ》と存ずるが、まずはその小城とやらを見せていただこう。ご案内下され」

道誉は四郎左衛門と遠江入道らを従え、城の大手道を登った。

敵が奇襲をかけてくるおそれがあるので、黒糸おどしの鎧を着けた義貞が二百の兵で警固にあたった。

「城から見えるのか。我らの姿が」

道誉は頭上を見上げたが、雪におおわれたつづら折りの道がつづくばかりだった。

「見え申さぬ。されど向かいの山に見張りを立て、旗を振って合図を送っているのでござる」

義貞は三十ばかりのいかにも武張った感じの男だった。

道は狭く険しかった。右に折れ左に折れしながら蟻《あり》の行列のようになって登っていくと、尾根の両側が深い谷になっていることがよく分った。

南が妙見谷《みようけんだに》といい、谷ぞいの道は久留野《くるの》峠をこえて大和の五條へつづいている。北は風呂谷《ふろだに》で城の搦手口《からめてぐち》につづいている。

山はうっそうたる原生林におおわれ、谷の底にはかすかに霧がかかっていた。

道誉は登るたびに雪が深くなる坂道を歩きながら、こんな所におびき出された幕府軍の愚かさを笑いたくなった。

四半刻（約三十分）ほど歩くと、千早城の四の丸に着いた。

東西八十間（約百四十四メートル）、南北二十間ほどの広さを持つ曲輪《くるわ》が、昨夜降ったばかりの純白の雪におおわれていた。

四の丸は千早城の出丸にあたる。楠木勢も初めはここを死守しようとしたが、幕府軍の猛攻にさらされ、櫓《やぐら》や板塀に火を放って三の丸まで退却した。

その後に幕府軍が陣小屋をきずき、攻撃の足がかりにしていた。

四の丸と三の丸の間には、幅十五間ほどの巨大な堀切があった。

犬走りの外側には逆茂木《さかもぎ》をすきまなく植えて敵の侵入を防いでいるし、三の丸のまわりにも板塀をめぐらし、小さく頑丈な棟門をもうけていた。

道誉は堀切の際《きわ》に立って城の様子をうかがった。

こんな小城ひとつと幕府勢が甘く見たのも無理はない規模である。

だが攻めかかってみると意外なほど堅固で、正成の縦横無尽の戦術に翻弄《ほんろう》されつづけているのだった。

「やはり攻めては損な城のようじゃ。兵糧攻めにするしかあるまい」

「貴殿はあとどれほどで敵の兵糧が尽きると考えておられるのじゃ。それをお聞きしたい」

遠江入道が喧嘩腰《けんかごし》で迫った。

「そんなことは分り申さぬ。早ければ半月、長くて一月くらいでござろうか」

「適当なことを言われては困る。われらとて兵糧が底を尽きかけておるのじゃ」

「攻めれば正成の術中にはまるばかりでござる。もし命にそむいて勝手をいたさば、即刻陣払いをしていただく。さよう心得られよ」

道誉は厳しく申し渡し、雪の中の持久戦にそなえさせた。

四の丸には長崎、名越、新田の手勢が千人ばかり詰めていた。

ふもとより四十丈ほど標高が高いので、冷え込みが厳しく風が強い。陣小屋も充分ではないので、夜営する者たちの苦労は筆舌につくしがたいほどだった。

道誉も役目柄、前線の将兵の状況をつかんでおく必要がある。ためしに陣小屋に夜営してみたが、陽《ひ》が落ちてからの冷え込みは凄《すさ》まじかった。

道誉のように板壁の陣小屋があれば、まだ恵まれている。当番の将兵は近くの雑木林で生木を切り、雨露をしのげる程度の小屋を造るのが精一杯なので、吹きさらしの場所にいるのも同然だった。

これでは戦をするのは無理である。

かじかんだ手で弓を引くことは不可能だし、冷たさにすくんだ体は緩慢にしか動かない。鉄や革をふんだんに使った鎧や兜は凍ったように冷たくなるので、とても着けてはいられなかった。

道誉は将兵の窮状を目の当たりにし、この時期を選んで兵を挙げた正成の軍略の冴《さ》えに舌をまいた。

正成らは山の寒さにも険しさにも慣れている。しかも籠城にそなえて充分な仕度をしているのだから、その有利さははかり知れないほどだった。

数日後の明け方、四の丸の東の攻め口で騒ぎが起こった。ここを受け持っていた名越遠江入道の陣所に、楠木勢が攻撃を仕掛けてきたのである。

陣小屋の中で鎧もつけず刀も持たず、芋虫のように丸まって明け方の冷え込みに耐えていた名越勢は、何の抵抗もできなかった。すぐには起き上がることもできず、正成が山岳戦用に考案した直刃《すぐは》の薙刀《なぎなた》に串刺しにされていった。

その数は二百五十人にものぼる。しかも三本唐笠《さんぼんからかさ》の紋を描いた旗や陣幕まで奪われ、城の大手口にさらされる始末だった。

「これは皆、名越どのより賜ったものじゃ。御紋がついたものゆえ、他人のためには無用でござる。身内の人々がおられるなら、ここに来てお持ち帰りになるがよい」

城兵はいかにも勝ち誇った言い方をして、名越家の主従をはずかしめた。

武勇をもって鳴る遠江入道はこの仕打ちに耐えかね、

「道誉どの、当家の名誉にかけてお願い申す」

血相を変えて攻撃を許可してくれるように迫った。

「いや、それはなりませぬ」

道誉はあくまで冷静だった。

「されどこのままでは、天下の笑いものでござる。このような恥辱を受けて手をこまねいていては、武門の面目が立ち申さぬ」

「佐々木入道どの、それがしからもお願い申す」

長崎四郎左衛門が後押しをした。

「東国武士は面目を失っては生きておれませぬ。あの楠木めはそれを知りながら、このような卑怯《ひきょう》な手を用いたのでござる」

正成は長崎家の被官人だっただけに、四郎左衛門の憤懣《ふんまん》は大きい。自分の手勢も名越勢とともに攻めかからせると申し出た。

「怒りにまかせて短慮をなされるな」

それでは敵の罠《わな》にはまるだけだと、道誉は手厳しく叱りつけた。

「たとえ攻めかかっても、あの城は落とせぬ。さんざんに打ち負かされて、恥の上塗りをするばかりじゃ。憎い敵に名をなさしめるより、じっと辛抱して討ち果たすのが武士たる者の生き方であろう」

「負けはせぬ」

遠江入道は怒りのあまり頭頂まで真っ赤になった。

額の傷が赤黒く浮き上がり、凄惨《せいさん》なほど猛々《たけだけ》しい表情になった。

「我ら全員討死《うちじに》を覚悟しておる。一千余人が体を張って攻めかかれば、あれしきの小城を落とせぬはずがない」

「頭を冷やされよ。遠巻きにして兵糧攻めにすると、六波羅の評定で決めたのじゃ。それに従わぬのなら、陣払いをしていただくほかはござらぬ」

陣払いした武士は、軍役を果たさなかった科《とが》により所領を没収される。名越家の存続にかかわる事態だが、遠江入道は引き下がらなかった。

「おおせはうけたまわった。我らは戦を長引かせて己の利益をはかるような、さもしい根性は持ち合わせておらぬ。名越家の主従の覚悟がいかほどのものか、その目でご覧になられるがよい」

遠江入道は立ち上がって道誉をにらみすえ、凍った地面を踏み鳴らして出て行った。


その日は何事も起こらなかった。

二日目、三日目も変わりなく過ぎた。

道誉は内心ほっとし、兵糧攻めを徹底するように諸将に命じた。

四日目は朝から晴天だった。

風もぴたりとおさまっている。真っ青な空の下に、葛城山から金剛山へとつづく山脈が雪に厚くおおわれて屏風《びょうぶ》のようにそびえている。

陽射しも春のように暖かく、冷たさ寒さにちぢこまった背筋が伸びるようである。お天道さまとはこれほど有難いものかと、誰もがほっとした表情で空をあおいだ。

その陽が真上に来た時、異変が起こった。

ひそかに三の丸に迫っていた名越勢が、太鼓の音を合図にいっせいに攻めかかったのである。

「入道どの、一大事でござる」

四郎左衛門が急を知らせた。

道誉は手早く鎧を着け、警固の兵ばかりをつれて様子を見に行った。

名越遠江入道は堀切の際にいた。二百人ばかりの屈強の弓隊を横一列にならべ、城に攻め込む者たちの援護をさせている。

残り八百余の兵は、入道の甥兵庫助貞持《おいひょうごのすけさだもち》にひきいられて堀切の底に下りていた。一隊は正面から三の丸の表門に向かっている。他の一隊は堀切の底からつづく犬走りを進み、側面から攻め込もうとした。

ところが三の丸の周囲には板塀が隙間なくめぐらしてある。その塀の上から、楠木勢は大木や大石を落としかけた。

斜面は崖のように切り立っている。名越勢は大木や大石に打ちのめされ、身方同士が折り重なって堀切の底に転落していった。

「火矢を放て。あの板塀を焼き払え」

遠江入道は喉もさけよとばかりに叫んだ。

手塩にかけた一族郎党たちの無残な死が、彼の表情を一変させている。事がならなければ生きてはおらぬという決意がにじみ出た凄まじい形相だった。

弓隊は火矢をつがえ、五十間ほど先の板塀をねらった。

油布を巻いた重い矢がとどくとも思えぬ距離だが、名越家選《え》りすぐりの精兵が放った矢は、大きな放物線をえがいて標的に突き立った。

「道誉どの、今でござる」

四郎左衛門が涙をうかべて攻撃の許しを乞うた。

今全軍を出して攻めかかれば、城を落とすことができる。たとえ無理でも、このまま名越勢を見殺しにはできぬと訴えた。

「ならぬ。あの城は力攻めでは落とせぬ」

道誉は冷酷なばかりに拒み抜いた。

「もうひと息でござる。あれを見られよ」

あの板塀さえ引き倒したなら、三の丸は裸城になる。なぜそれが分らぬかと、四郎左衛門が目を吊り上げて城を指さした時、思いもかけぬことが起こった。

楠木勢が板塀を内側から切り落としたのである。炎に包まれた板塀は、まるで薄板が舞うように外側に倒れ、名越勢の上に落ちかかった。

八百余の名越勢は百人ばかりに討ち減らされ、なす術《すべ》もなく退却した。

すべての結果を見定めると、遠江入道は甥の兵庫助貞持と刺しちがえて自決した。配下の将兵二百余人もこれにならい、一人も残らず黄泉《よみ》の旅の供をした。

坂東武者たちはあまりの惨事に度を失い、顔を伏せて黙り込むばかりだった。

二

名越遠江入道らの自決を、正成は二の丸の櫓から見ていた。

長崎家に出入りしていた頃、遠江入道とは何度か顔を合わせたことがある。幕府の評定衆に名をつらねるほどの大物だが、短気でやたらと武勇を誇るところがあった。

それを逆手に取って戦に誘い込もうと、旗と陣幕を奪って挑発したのだが、これほど悲惨な結果を招くとは思ってもいなかった。

「おいたわしいことじゃ」

湯浅孫六が手を合わせて成仏を祈った。

「さよう。まことにいたわしい」

橋本右京亮も手を合わせたが、

「されどこれが戦というものでござる。利を失えば明日は我身となりまする」

ひと理屈付け加えるのを忘れなかった。

正成は空をながめた。いつの間にか陽は西に傾き、雲ひとつない空をあかね色に染めていた。

雪におおわれた金剛山も赤銅色に輝いている。天地の霊が鎮まっていくような厳粛な景色だった。

「右京亮、敵の遺骸を堀切の底に集めよ」

礼儀を守って丁重に扱い、敵が引き取りに来ても手出しをせぬように申し付けた。

「旗と陣幕もそえておけ。香をたくのを忘れるな」

自ら仕掛けた戦とはいえ、九百ちかい死人が出るとさすがに痛ましい。この一人一人に親や妻子がいて、遠い関東で無事の帰りを待っているのである。

「情《なさけ》をかけられましたかな」

孫六が横に立ってささやいた。

「成仏すれば敵も身方もありませぬ。礼を尽くすのは当たり前でござる」

「そのことではない。長崎四郎左衛門の旗と幕を取ることもできたろうに、手を出されなかった」

かつての主なので遠慮したのではないかと、当たらずとも遠からぬ推量をした。

「貴殿なら、どうなされる」

「分り申さぬ。されど皆が貴殿に心を寄せるのは、そうしたところに感じ入ってのことでござろう」

痛手を受けたのは敵ばかりではなかった。名越勢の必死の攻撃にさらされ、楠木勢にも多数の死傷者が出ていた。

死者三十九人、負傷者百九人。このうち重傷者は三十五人である。

正成は城内をくまなく回り、将兵や負傷者たちをねぎらった。

軽傷者は陣小屋で仲間の手当てを受けていた。

重傷者は本丸の小屋に運び、金創《きんそう》（外科医術）の心得のある時宗《じしゅう》の僧や、薬草の知識のある山伏《やまぶし》の治療を受けていた。

彼らの指示に従って忙しく働いているのは、服部千草《ちぐさ》がひきいる五人の女たちである。千草は正成の妻菊乃の姪《めい》で、忍術や医術の心得がある。正成が挙兵すると聞き、自ら志願して城に入っていた。

名越勢が壊滅した後、幕府方は城の包囲を厳重にし、徹底した兵糧攻めにかかった。陣小屋も大がかりに造り直して寒さにそなえ、どれほど挑発しても動こうとしなかった。

正成がもっとも恐れていた事態である。

相手が陣取りを厳しくすれば外部との連絡も遮断《しゃだん》される。春が近付いているので、冷え込みによる敵陣の弱体化を当てにすることもできなくなりつつあった。

「四つ目結の旗が見えまする。佐々木入道が指揮をとっておるようでございますな」

右京亮は年のわりには目がいい。妙見谷にひるがえる佐々木道誉の旗を目ざとく見つけた。

「九品寺でのように、ひと泡吹かせる手立てはございませぬか」

「あれは面壁《めんぺき》の陣だ。どう仕掛けても動くまい」

正成は達磨《だるま》のようにずんぐりとした道誉の体形を思い出した。

冷静沈着な男で、坂東武者のように向こう見ずなことはしない。だが必要な手は着実に打ち、勝機と見ると火のように苛烈な行動を取る。敵に回せばやっかいこの上ない相手だった。

「兵糧はどれくらい残っておる」

「百俵ばかりでございます」

「そうか。花の咲く頃まで、もてばよいが」

千人の兵が日に二合の米で耐え忍んだとしても、日に二石が必要である。百俵では一月もちこたえるのが精一杯だった。

「籠城と決ってからすぐに米の買い付けに走らせましたが、大和でも伊勢でも米の値が上がり、商人どもが売り惜しみをしておりまして」

思ったように買い付けられなかった。それ以上に痛かったのは、身方の将兵までが米の高値につられて貯えを売り払い、手ぶらで城に駆けつけたことだという。

「それもあの四つ目結の仕業《しわざ》であろう」

　正成は米を買い占めたのは道誉の配下だと察していた。

「何か手立てはございませぬか」

「敵も輸送路を断たれて兵糧に苦しんでいる。こうなれば根くらべに勝つしかあるまい」

　三日後、敵に動きがあった。

　名越勢が自決した堀切の際に大量の木材を運び、井楼《せいろう》を組み始めた。それも基底部の幅が四間はありそうな大きなものだった。

　すべて古い木材ばかりで、切り込みが入れてある。どこかの寺の塔を解体し、骨組みばかりを持ってきたものらしく、五十人ほどの大工が手際良く組み上げていった。

　一日目は一丈（約三メートル）、二日目は二丈、三日目は三丈と、井楼は着実に高さを増し、堀切ごしに三の丸をのぞき込む形にそびえていく。

　いったい何をするつもりかと、城中には次第に不安が広がっていった。

　そんなある夜、服部善助《ぜんすけ》が敵の包囲網をかいくぐってやって来た。

　伊賀服部家の棟梁《とうりよう》で、菊乃の兄、千草の父に当たる。正成の義理の兄だった。

「どの道を参られた」

「北の壁でござる。他の間道はすべて敵におさえられております」

「ご苦労でござった。して、身方は」

「去る十一日、赤松円心どのが摩耶山《まやさん》で幕府軍を打ち破り、都に攻め上る構えを見せておられます」

「兵の数は」

「二万にのぼると思われます」

「よく知らせて下された。将兵も元気づきましょう」

正成の胸を湯のような安堵《あんど》が満たしていった。

大塔宮の令旨を得て播磨で挙兵した円心は、六甲山地の摩耶山まで兵を進めて幕府軍を打ち破った。

これで千早城を包囲している幕府軍は背後に敵を受けることになり、のんびりと兵糧攻めをつづけることができなくなるはずだった。

「伊予では河野一族が兵を挙げました。長門《ながと》探題の軍勢が兵船三百艘《そう》で討伐に向かったものの、星岡《ほしがおか》の合戦に打ち負けて敗走したそうでござる」

これも大塔宮の令旨に従っての計略である。連絡のために吉野の山伏たちが全国を駆け回っているのだった。

「宮さまのご消息は」

「金峰山寺を脱出されたと聞きましたが、その後のことは分りませぬ。高野山に入られたとか、十津《と》川まで落ちられた、などという噂《うわさ》が飛び交っております」

「お怪我《けが》など、なされておられまいな」

「大事ないものと存じます」

正成は善助に温かい粥《かゆ》をすすめた。

一升の水に一合の米をまぜた白湯《さゆ》のような粥である。城兵は朝と夕に一椀《わん》ずつこの粥をすすって命をつないでいた。

善助は椀を押しいただいて粥を食べ、感に堪えぬように黙り込んだ。

「どうなされた」

「ご苦労のほどが察せられ、言葉もござらぬ」

善助は涙をうかべ、もう一度椀を押しいただいた。

「あと半月ばかりしか、この粥も出してやれませぬ」

正成は兵糧が足りぬことを打ち明け、石川や千早川の状況をたずねた。

「河原の者たちも道々の輩《ともがら》も宮さまに心を寄せ、正成どのの命を奉じて戦っております。されど幕府方は従わぬ者を追い払い、要所に近江や美濃の水夫を配して兵糧の輸送にあたらせております」

彼らは幕府の軍勢に守られているので、手出しができない。夜陰に乗じて米倉や船をおそっているが、警戒が厳しく効果をあげることができないという。

「渡し場や川船輸送の権利を保証されて、幕府に寝返る者もおります。その日暮らしの者も多いので、銭に引かれて言いなりになる者も少なくありません」

すべて道誉の差し金で、このままでは流通路の支配権を奪われかねないという。

「それでは戦に慣れた者たちを、百人ばかり差し向けましょう」

彼らに指揮をとらせ敵の流通路を寸断する以外に、状況を打開する方法はなかった。

「その者たちを、城外まで導いていただきたい」

「承知いたした。今夜のうちに発つことにいたしましょう」

「千草には、会っていかれませぬか」

「事は一刻を争います。それにあやつは、正成どののお側にいれば幸せなのですから」

善助が一瞬父親の顔になり、娘の気持を察してほしいとほのめかした。

「ならばさっそく人選にかかりましょう」

正成は気付かぬふりをして、右京亮に選りすぐりの兵を集めるように命じた。

話を聞いて湯浅孫六がやって来た。

「その役目、我らにやらせていただきたい」

孫六は二百の手勢をひきいている。その半数をつれて作戦に当たりたいという。

「しかし貴殿は、石川や千早川の者たちと面識がござるまい」

右京亮が危ぶんだ。

「何を申される。赤坂城を預かっていた頃、あの者たちとは膝をまじえて酒を酌み交わし申した。それがしも紀ノ川育ちゆえ、気心は通じており申す」

「わずか半年の付き合いで、そこまで絆《きずな》が深まるとも思えぬが」

右京亮は孫六を信用しきっていない。城を抜け出すための方便ではないかと疑っていた。

「右京亮、用心深いのも結構だが、人を見誤ってはならぬ」

正成はやんわりとたしなめた。

孫六が寝返るつもりなどないことは、籠城戦での働きを見て分っていた。

敵の井楼は日ごとに高くなり、八日目には八丈ばかりになった。三の丸より一丈ほど高いので、塀越しに城内の様子をのぞき込まれてしまう。

これだけでもかなりの痛手だが、敵の狙いはもうひとつあった。井楼に弓の名手を上げ、昼となく夜となく火矢を射かけてきたのである。

高い位置から射た矢は、三の丸の陣小屋や水舟に次々と命中する。燃え広がる前に水はじきで消し止めるので大事には到らないが、水の貯えには限りがある。

しかも夜の間も気を張り詰めていなければならないので、将兵たちは次第に疲れの色を濃くしていった。

閏二月も半ばを過ぎ、兵糧も尽きかけた頃、堀切の際に物珍しい一団が姿を現わした。色鮮やかな壺装束をまとった二人の女と、墨染めの衣をまとった四人の僧である。

一行は名越遠江入道らが自決したあたりで長々と経をあげると、堀切の底に下りていった。

「城中の方々に申し上げる」

僧の一人が三の丸の門を見上げて声を張り上げた。

「こちらにおわしますのは、名越兵庫助どのの奥方さまと妹君でございます。夫や兄の最期の地をたずねてご冥福《めいふく》を祈りたいと、雪道もいとわず都からやって来られた。暫時《ざんじ》お許しいただきたい」

僧の呼びかけが終るのを待って、妻とおぼしき女が上を向いて市女笠《いちめがさ》をわずかに押し上げた。

塀ごしにのぞいていた正成は、驚きに息を呑《の》んだ。

薄化粧をした端整な顔は大塔宮によく似ている。

まさかそんなと狐につままれた思いをしていると、隣の女も市女笠を上げた。宮に近従している赤松律師則祐だった。

「かく言う拙僧は、西大寺の沙門善阿《しゃもんぜんあ》と申しまする。このまま戦をつづけられても、両軍ともに犠牲を大きくするばかりでござる。名越の奥方さまの頼みに従い、拙僧が和議の仲介をいたしたく存ずる。ご承知とあらば、城の門を開けていただきたい」

「ご芳情《ほうじょう》かたじけなく存ずる」

正成は自ら門を開けて申し出に応じた。

女に身を変えた大塔宮は、善阿に腕を支えられて急な階段を登ってきた。

正成は一行を本丸の陣小屋に案内した。

「この寒空に、よう耐え抜いてくれたな」

宮が笑いかけながら市女笠をはずした。

「宮さまも、よくぞご無事にあられました。金峰山寺が落ちたと聞き、案じておりました」

「皆が命がけで守ってくれた。中でも村上父子の働きは見事であった」

村上義光《よしてる》は宮の身代りとなって敵の目をあざむき、子息の義隆は追撃する敵の前に立ちはだかって脱出する時間をかせいだ。

九死に一生を得た大塔宮は高野山に逃れ、ほとぼりがさめるのを待って紀ノ川を下って和歌浦《わかのうら》に出た。そこから船で播磨にわたり、赤松円心と対面したのである。

円心はすでに伯耆《ほうき》の名和長年と連絡を取り、後醍醐天皇を隠岐から脱出させる段取りをつけているという。

「一刻も早くそれを伝えようと、敵をあざむいてやって来たのだ」

「この厳重な包囲網を、よくぞご無事で」

正成はかたじけなさに声をふるわせた。

「これも私一人の才覚でできたことではない」

宮は化粧の匂いのする体を寄せて、幕府軍の中に内応した者がいると告げた。

その者が長崎四郎左衛門をあざむくのに一役買ってくれたから、こうして城に入ることができたという。

「それは何者でございますか」

「今はまだ明かすわけにはいかぬが、やがて陣を抜けるゆえそれと知れるはずだ。山陰の幕府方は、赤松と河野を討とうとして播磨や長門に兵を向けておる。父君はその隙をついて隠岐を出られ、伯耆の船上山《せんじょうさん》で兵を挙げられるはずだ」

「その壮挙は、いつになりましょうか」

「月末か三月初めになろう」

「それまで兵糧がもちませぬ。あと四、五日のうちには、計略を用いて脱出するか打って出るしか活路はないと存じます」

「早まるな。兵糧なら内応した者が与えてくれるはずだ」

陣を抜ける前に幕府方の米倉をおそい、堀切に投げ入れていくという。宮は正成らを救うために、そこまで手を回していた。

「おそれながら、その儀はなるまいと存じます」

「あの井楼か」

「あそこで昼夜見張られていては、堀切に近付くことはできませぬ」

たとえ内応した者が兵糧を投げ入れたとしても、井楼から弓で狙い撃たれるので城に運び入れることができないのである。

「案ずるな。天は我らに身方しておられる」

「身方、と申しますと」

「二、三日のうちには嵐が吹き荒れ、あの井楼は倒れる」

宮は天候の変化を読み取ることができる。雨を降らせたり風を起こしたりする密教の修法まで身につけていた。

「それゆえ和議に応じてくれ。これも考えがあって計らったことだ」

「どのような策か、お聞かせいただきとう存じます」

「和議の交渉に入れば敵の士気がゆるむ。さすれば内応する者も動きやすくなる。それにな、交渉の場に佐々木入道を引き出し、これを渡してもらいたい」

宮が内懐から一通の書状を取り出した。

道誉にあてた令旨だった。

「あの男は近江の虎だ。父君を隠岐に護送した時に、一月あまりもお側に仕えておる。お志のほども存じておろう。そちの才覚で、何としてでも身方に引き入れてくれ」

宮は正成の手を取って令旨をたくすと、長居をしては怪しまれると早々に城を出ていった。

予言は的中した。

翌日の明け方から北西の突風が吹き荒れ、巨大な井楼を跡形もなく吹き飛ばした。

見張りのために上っていた十人ばかりは下りる暇もなく、井楼とともに妙見谷に真っ逆さまに落ちていった。

三

山をゆるがし地も裂けるかと思われた嵐は、一刻ほどでようやくおさまった。

道誉が初めて経験する凄まじい風である。千早という地名は強い風が吹くことに由来すると聞いていたが、まさかこれほどとは思ってもいなかった。

大手口の陣屋のいくつかは、根こそぎ倒されている。屋根が吹き飛ばされているものもある。

ふもとでこれほどの被害なのだから四の丸はどうなっているだろうと案じていると、急を知らせる使者が飛び込んできた。

「大風で井楼が吹き倒されました。見張りに当たっていた者たちは、一人残らず妙見谷に転落したようでございます」

上ずった声が事態の深刻さを告げていた。

道誉は長崎四郎左衛門らとともに四の丸に向かった。

四半刻ばかりで四の丸に上がると、一面の荒地になっていた。曲輪のまわりにめぐらした板塀も、板塀の内側にきずいた陣小屋も吹き倒され、がれきと化している。

ところが、堀切の向こうの千早城はまったく被害を受けていなかった。

周囲にめぐらした土塀はびくともしていない。この土塀は火矢を防ぐためだけではなく、強風にそなえて頑丈に造られていたのである。

被害の差を目の当たりにして、道誉は茫然《ぼうぜん》とした。

これが地の利を得ている者とそうでない者のちがいである。

正成はこの風まで計算に入れて早々に四の丸を明け渡したのではないかと思うと、背筋にぞくりと寒気が走った。

「やはり井楼など建てるべきではありませんでした」

四郎左衛門が消え入りたげに非を認めた。

土地の者たちは反対したが、強引に作戦を推し進めたのである。

「井楼を組むのは城攻めの常道でござる。恥じることはありません」

「しかしこのような有様では、諸将の信頼を失うばかりでござる」

「皆が井楼を組むことに同意したのじゃ。貴殿一人が責任を負われることはござらぬ」

道誉はかばったが、四郎左衛門の苦渋《くじゅう》の色は深まるばかりだった。

名越勢を見殺しにしたことに、東国武士の多くは反感を持っていた。命令違反と分っていても、あれほど激しい死に様を見せられては心を動かされぬ者はいない。

名越勢への同情は、助けるために兵を出さなかった四郎左衛門への反感となり、陣中で孤立する結果を招いていたのだった。

「実はここだけの話でござるが」

四郎左衛門が声をひそめ、名越兵庫助の妻を和議の使者として千早城につかわしたことを打ち明けた。

「それは、いつのことでござる」

「三日前です。貴殿が搦手口の視察に出ておられた間に計らったことでござる」

「貴殿が頼まれたのでござるか」

「西大寺の善阿という沙門が、名越どのの奥方と妹御を案内してきたのでござる」

二人は初め、兵庫助や名越勢が討死した場所に香華《こうげ》をたむけたいと申し出た。

それは奇特なことだと四の丸に入ることを許すと、

「それなら我らが使いをいたしますので、楠木に和議を勧められてはいかがでしょうか」

善阿がそう申し出た。

この申し出に心を動かされた四郎左衛門は、他の武将たちに気付かれないように一行をひそかに四の丸に上げ、楠木との交渉におもむかせたのだった。

和議の交渉役を、女や僧侶がつとめるのは一般的なことである。だが四郎左衛門は、どうしてその女が名越兵庫助の妻や妹だと分ったのか。

道誉がそう質《ただ》すと、

「兵庫助どのの文を持参しておられたからでござる。城の木戸に屍《しかばね》をさらす覚悟であると記されていたゆえ、矢も楯もたまらず訪ねて来たとおおせでございました」

「その文と口上を信じて、和議の仲介まで頼まれたのでござるか」

「西大寺の善阿とは面識があるゆえ、申し出に応じました。楠木も条件次第では和議に応じると申したそうでござる」

道誉は妙だと思った。

兵庫助らが自決してまだ十日しかたっていない。妻や妹が都にいたとしても、文を受け取ってから来たにしては早すぎる。

それに何事にも慎重な四郎左衛門が、このような大事な役目を顔も知らない女に頼むとは考えられなかった。

(もしや誰か証人がいたのではないか)

信頼している武将から兵庫助の妻だと紹介されたからこそ、四郎左衛門も疑いなく申し出に応じたのではないか。そう思ったが、追及しようとはしなかった。

四の丸の北側に、馬かけ場と呼ばれる一段低くなった平地がある。そこに道誉は兵糧をたくわえておくための倉を四棟造っていた。

この倉だけは無事だったが、一棟に百俵ずつ入れていた米は三分の一ほどに減っていた。

四の丸には五百人ほどの兵たちが交代で詰めている。そろそろ大手口の本陣から米を運び上げておかなければ、兵糧にこと欠くことになりそうだった。

「近頃、どの陣所でも兵糧が不足しているようでございます」

四郎左衛門は、残りの米俵の数をしっかりと確認させた。

「数日後には一千石が届く。案ずることはござらぬ」

道誉は自信ありげに言い切ったが、石川から千早川をさかのぼってくる補給路は敵の標的にされ、警固の兵をつけなければ維持するのが難しくなりつつあった。

閏二月の下旬になり骨をかむような寒さがゆるみ始めた頃、六波羅から二千人の新手が到着した。

大将は天王寺の戦いで正成に大敗した隅田次郎左衛門である。

「もはや猶予はならぬと、探題どのはおおせでござる」

次郎左衛門は本陣で行なわれた評定で、すぐにも城を攻め落とせという北条仲時の命令を伝えた。

摩耶山に立てこもった赤松円心は、雪解けを待って都に攻め上る構えをみせている。伊予で蜂起した河野一族は、四国全土を征圧して瀬戸内海にまで威をふるっている。しかも隠岐に配流《はいる》されていた後醍醐天皇が、二十四日に島を脱出したという報が届いたのだった。

「落とせと言うて落とせるものなら、誰も苦労はせぬ」

四郎左衛門がやりきれぬように吐き捨てた。

「貴殿はすでに軍奉行を免じられておる。今後はそれがしの指示に従っていただきたい」

次郎左衛門は仲時の書状を示し、自分が軍奉行に任じられたことを告げた。

「ほう。隅田流るらんとはやされたお方が、たいそうなご出世でござるな」

搦手の大将の一人である長崎九郎左衛門が皮肉を飛ばした。甥《おい》の四郎左衛門が侮辱されたのを見て、黙っていられなくなったらしい。

「貴殿らこそ、かつての被官人にいいようにあしらわれておられる。人の批判をする前に、己の襟《えり》を正されるがよい」

「隅田どのは、城攻めの秘策でもお持ちであろうか」

道誉がたずねた。

「いいや。秘策というほどのものはござらん」

次郎左衛門はそう断わってから、大手と搦手から時を同じくして攻めかかれば、相手は人数を分散されるので守りが手薄になると言った。

「その手はすでに我らも用いておる。しかし敵のたくみな用兵に、ことごとくはね返されてきたのじゃ」

「それは攻め方が手ぬるかったからではござらぬかな」

次郎左衛門はますます高飛車に出た。

「決してそうではないことは、この場におられる方々が承知しておられる。それでも落とせぬゆえ、兵糧攻めにしておるのじゃ」

「その甲斐《かい》あって敵は弱っておりまする。籠城のために用意した石つぶてや大木も、残り少なくなっているはずでござる。我らが命を賭《と》して先陣をつとめるゆえ、後につづいていただきたい」

次郎左衛門の見通しが甘いことは分っているはずだが、兵糧攻めをつづけると主張する道誉の後押しをする者はいなかった。

長々と苦戦を強いられ、誰もが自信を失い自尊心を傷つけられ、先行きの目処《めど》が立たない状況に苛立《いらだ》っている。そんな武将たちの耳には、次郎左衛門の勇ましい言葉が心地《ここち》好《よ》く響いたのだった。

「探題どののご命令とあらば従うしかあるまい。信任厚い隅田どのに、お手並みのほどを見せていただこうではないか」

北条一門の重鎮である阿曽時治の一言で、仕度がととのい次第、総攻撃をかけると決した。

結果はさんざんだった。

二日後の明け方、太鼓の音を合図に四の丸と搦手から攻め込んだが、楠木勢は先陣の隅田勢が土塀の下まで登ってくるのを待っていっせいに大木を落としかけた。

これにはじき飛ばされた者が、後につづく身方を巻きぞえにしながら堀切や谷底へ転落していった。

ひるまずに攻め登っていく者は、石つぶての餌食《えじき》になった。土塀に手をかけて乗り越えようとする者は、棒や竹槍《たけやり》で突き落とされた。

それでも次郎左衛門は次々に新手をくり出し、敵の疲れを待って土塀を突破しようとした。

半刻ばかり過ぎた頃、城兵の抵抗が急に弱まった。大木の攻撃も影をひそめ、石つぶてもまばらになった。

「敵は弱ったぞ。かかれ、かかれ」

次郎左衛門が絶叫を上げ、緋色《ひいろ》の軍配を打ち振って総攻撃の命令を下した。

四の丸口でも搦手口でも攻め太鼓が打ち鳴らされ、数千の兵が蟻のように山の斜面をはいのぼった。

その時、城内の数ヵ所で火の手が上がった。

かなわぬとみて城に火を放ち、自決するつもりらしい。そう思った者も多かったが、期待は完全に裏切られた。

楠木勢は土塀の真下まで迫った敵に、火をつけた俵を投げ落とした。

米のかわりに木の枝をつめた俵は、火の玉となって斜面を転がり落ちてくる。それを避けようとして隊列を乱した軍勢を火矢が襲った。

火矢を鎧にあびた将兵は、あわてて引き抜こうとする。そこに水はじきで油をそそぎかけられ、火だるまとなって転がり落ちた。

これには決死の覚悟の隅田勢も色を失い、負傷した身方を抱えて退却せざるを得なかった。

数日後、さらなる痛手が道誉らを襲った。

四の丸の警固を割り当てられていた新田義貞が、病気を理由に五百余の兵を引きつれて国に帰ったのである。

隅田次郎左衛門に帰国願いを出しているが、許可を得たわけではない。無断で陣を抜けるに等しい行動だけに、敵に寝返ったのではないかと疑う者も多かった。

しかも翌日になって、疑いを裏付ける事態が明らかになった。

長崎四郎左衛門の配下が新田勢のかわりに四の丸の警固に上がったところ、馬かけ場の米倉が空になっていたのである。

「これはいったい、どうした訳でござろうか」

知らせを受けた四郎左衛門は、青い顔をして道誉の陣屋に駆けつけた。

「新田どのが持ち去られたか、売り払って帰国の費用になされたのでござろう」

道誉は義貞という男を初めから買っていなかった。ひとかどの武人ではあるようだが、話しぶりに才智が感じられないからである。

「しかし大手口は当家の手勢が警固しております。三百俵もの米を四の丸から運び下ろしたなら、気付かぬはずはございませぬ」

「ならば四の丸からどこぞに投げ捨てたか」

毒々しい気分で皮肉を言ったが、もし義貞が敵に寝返ったのなら、楠木勢に引き渡したにちがいない。そう思いついた途端、道誉は急に可笑《おか》しくなった。

米俵を堀切に投げ落としている姿を思い描くと、狂言でも見るように滑稽な気がした。

「道誉どの、何がおかしいのでござるか」

「いやいや、まるで笠地蔵の恩返しのようでな」

道誉が思いついたままを語ると、四郎左衛門はますます青くなった。

「そ、そんな……、あの新田どのが」

「そう考えなければ、この謎を解くことはできませぬ」

「実は、道誉どの」

四郎左衛門は顔を強張《こわば》らせ、名越の妻を連れてきたのは義貞だと打ち明けた。

義貞がよく知っている方だというので、信用して和議の仲介を頼むことにしたという。

「なるほど、そういうことでござるか」

しかし、それならなぜ四郎左衛門が自分の一存でやったと言い張ったのか。その理由が分らなかった。

「自分の名は伏せてほしいと、義貞どのから頼まれたのでござる。名越どのの奥方と親密だと疑われては、武士の面目にかかわるとおおせられて」

これも狂言のような話である。だが年若い四郎左衛門はまんまとあざむかれ、敵の間者を城内に通す役目を果たしたのだった。

義貞が陣を引き払った二日後、六波羅探題から急使が駆けつけた。

三月十二日に摩耶山にいた赤松円心が都に攻め込んだために、後伏見《ごふしみ》上皇、花園《はなぞの》上皇、光厳《こうごん》天皇のお三方が六波羅の館に避難された。

前《さき》の後醍醐天皇は隠岐を脱出され、伯耆の船上山に立てこもられた。

道誉の一族である佐々木清高《きよたか》が討伐に向かったが、天皇方の軍勢に敗れて逃げ帰ったという。

このために都の動揺は激しく、一日も早く帰洛せよとのことだった。

「ぐずぐずしてはおられぬ。楠木勢にこの知らせが伝わる前に和議を結ばねば、都に引き上げることもできなくなろう」

道誉は四郎左衛門と和議の進め方について話し合った。

「和議を進めていることが知れただけで、陣中にあらぬ噂が飛び交いましょう。先帝が隠岐を脱出されたと知れたなら、どのようなことになるか……」

「それがしの従者に、猿楽の達者がござる。その者を城につかわし、下交渉をいたさせよう」

道誉は敵状視察に出していた音丸を呼び返し、配下とともに猿楽の一座になりすまして千早城に行くように命じた。

「あやつめ、はたしてどう出るか」

道誉は正成の秀《ひい》でた顔を思い浮かべながら独りごちた。

正成と鎌倉で初めて会ったのは、七年ほど前のことである。

「当家の福の神でござる。お見知りおき願いたい」

内管領の長崎高資が、わざわざ評定所まで連れてきて引き合わせた。

正成は鎌倉と伊勢をむすぶ海運業で巨万の富をたくわえ、その一部を長崎家に上納していた。高資が福の神と言ったのは、家来にやしなわれている状況をいささか自嘲してのことだった。

「道誉さまのご高名はかねがねうかがっております。拝顔の栄によくし、かたじけのうございます」

正成は片膝をつき、丁重に頭を下げた。

よく通る明るい声である。瞳の大きなおだやかな目をして、細面の顔に形のいいひげをたくわえている。

背が高く均整のとれた、役者にしたいほど見栄《みば》えのいい男だった。

「わしもそちの名は聞き及んでおる。本姓は楠《くす》というそうだな」

「さようでございます。このたび長崎さまの御尽力で多聞兵衛の名をたまわりましたので、楠木と改めたのでございます」

「楠の港のにぎわいは、この鎌倉にも劣らぬと聞いておる。駿河の清水港にも一族がおるそうじゃな」

「伯父がおりまする。当家の本貫は駿河にございますので」

「我らも伊勢の港とはつながりが深い。東国との交易にもかかわっておるゆえ、世話になることもあろう。わしのためにも福の神になってくれ」

道誉は二つ年上だという正成に、かすかな嫉妬をおぼえた。

男ぶりの良さばかりではない。正成の体から発するはつらつとした生命力に圧倒される気がしたからだ。

数多くの大名や武将に会ってきたが、こんな印象を受けた相手は初めてだった。

(風を得たなら、天に昇る龍となろう)

漠然と感じた予感は、数年のうちに現実となった。

正成は護良親王を通じて後醍醐天皇に接近し、元弘の乱を引き起こす立て役者となったのだった。


四の丸に上がって待っていると、音丸らは一刻ほどしてもどってきた。

「正成どのはいつでも応じるとおおせでございます。ただし」

交渉には道誉本人が来てほしいという。

「城中の様子はどうであった」

「整然と静まっておりました。五百人ばかりが狂言を見物しましたが、皆の笑う声にも張りがありました」

「分った。もう一度正成に会い、正午に出向くと伝えてくれ」

それまでに四の丸を長崎家の将兵で固めておくよう、四郎左衛門に申し渡した。交渉に出向いたことが、他に洩《も》れないようにするためである。

「道誉どのを人質に取るつもりではないでしょうか」

相手から証人を取った方がいいのではないかと、四郎左衛門が進言した。

「正成は卑怯な罠を仕掛ける男ではない。見込みちがいとあれば、この首を賭けよう」

道誉は鎧を脱ぎ刀も置いて、音丸だけをつれて乗り込むことにした。

定刻の正午になると、三の丸の門が内側から開かれた。

正成の配慮なのか、将兵は誰一人いない。道誉は小具足の上に墨染めの衣をまとい、音丸だけを供として城に向かった。

名越勢が折り重なって息絶えた堀切の底に下り、一重目の犬走りから二重目へ上がっていく。

その時、城の南側の斜面を黒い獣が駆け上がっていった。

一丈ばかりを一足に飛ぶ、この世のものとも思えぬ跳躍力である。しかも鳥かと見まがうほどに速かった。

「音丸、見たか」

道誉は目の錯覚かと思ったが、音丸も確かに見たという。

「山犬にしては速すぎる。猿《ましら》でもなかったようだが」

山深い金剛山には見たこともない生き物がいるのかもしれぬと思いながら、道誉は三の丸の門をくぐった。

幕府軍があれほどの犠牲を出しながら踏み込むことのできなかった曲輪には、白地に菊水の紋を描いた陣幕が張ってある。

その中央に対面用の床几《しょうぎ》が二つおかれていた。

四

正成は本丸の櫓の二階から三の丸の様子をながめていた。

道誉が音丸一人をつれて表門をくぐってくるのを見ると、旧友と再会したような懐しさを覚えた。

会ったのはもう七年前である。所用で鎌倉をたずねた時、長崎高資が引き合わせてくれた。

道誉は三十歳になったばかりだったが、執権北条高時の信任が厚く、評定衆の中でも指折りの実力者だった。

連歌や猿楽についても造詣《ぞうけい》が深いことは、鎌倉でもよく知られていた。普通なら会うこともできない大物だが、道誉は気さくに声をかけ、よろしく頼むと言った。

正成は案外心根のやさしい男だと感じ、この先も深く関わることになりそうな気がした。

その予感は現実のものになり、こうして身方にしようと腐心している。大塔宮の期待に応えるためにも、道誉を説得しなければならなかった。

（どうしたら、それができるか）

正成はまだその決め手が見出《みいだ》せないでいた。

（理《ことわり》を説くか、夢を語るか……）

その二つしかあるまいが、天下の情勢が分らなければ理も夢も語りようがない。

大塔宮の言葉通りに事が運んでいると信じているものの、この半月ほど外との連絡を遮断されているので、確かなことは何も分らなかった。

（生半可なことを言っても、入道どのに笑われるばかりだ）

思いあぐねていると、本丸に黒い犬が走り込み、迷う気色も見せずに櫓に登ってきた。

大塔宮が使っている隼人である。ふさふさとした毛におおわれた首に細い兵庫鎖を巻き、こよりにした密書を忍ばせてあった。

「隼人、ご苦労であった」

正成は二、三度頭をなで、密書を開いた。

赤松円心が都に攻め込んだことや、後醍醐天皇が船上山で挙兵されたことが記してあった。

あと一月のうちには帝《みかど》が自ら兵をひきいて上洛されるだろうが、幕府も大軍を送って討伐しようとするはずだから油断はできない。

勝敗を決するのは、近江の虎を身方にできるかどうかにかかっている。

自分は摩耶山にいて赤松円心と都を攻め落とす策をねっているので、正成も佐々木道誉を身方にするために全力を尽くしてほしい。

大塔宮は勢いのある美しい書体でしたためていた。

正成は書状を受け取った礼をのべ、これから道誉と交渉にのぞむと記し、兵庫鎖にしっかりと結びつけた。

「頼むぞ。宮さまにな」

正成はもう一度頭をなでて隼人を送り出した。

五

道誉は床几に腰をおろしたまま、正成が現われるのを待っていた。

うぐいすが時折まわりの山で舌足らずの声をあげている。春が来て鳴き始めたばかりのつたない声である。

原生林をおおっていた雪もいつの間にかとけ、木々の枝先が芽吹いて薄桃色にそまっていた。

驚くほど早い季節の移りようである。この一月ばかり戦に追われ、景色をながめる余裕も失っていたのだった。

「多年、地を掘って青天を覓《もと》め、添《そ》え得たり重々礙膺《じゅうじゅうげよう》の物」

我知らず夢窓疎石《むそうそせき》の「投機の偈《とうきのげ》」を口ずさんでいた。

道誉は佐々木一門の出である疎石に禅を学んでいる。迷った時には、疎石の教えに立ち返ってみることが多かった。

「投機の偈」は疎石が悟りを開いた時に作ったもので、「これまで地を掘って青天を求めるような愚かなことをしていた。そうして悟りの邪魔になるものばかり積み重ねてしまった」という意味である。

近頃、道誉もそうした疲労感におそわれることがあった。

これまでは領国経営を成功させて経済的な実力をたくわえ、幕府の要職について自分のめざす方向に方針を変えていけばいいと思っていた。

だがそんなことでは追いつかないほど幕府は弱体化し、世の混乱はますます深まっている。これをどう立て直したらいいのか、解決の糸口さえ見出せずにいたのだった。

「お待たせいたしました」

正成がただ一人でやって来た。

道誉と同じ小具足姿で、風折烏帽子《かざおりえぼし》をかぶっている。籠城の疲れで頬がこけているが、七年前よりかえって精悍《せいかん》な感じがした。

「ご足労かたじけのうござる。再び拝顔の栄によくし、光栄でございます」

正成は一段下がった物言いをした。

「御所《ごせ》では手痛い目にあった。さすがに兵法の達者と言われただけのことはある」

「道誉どのこそ、見事な撤退ぶりでございました。あのまま陣を張っておられたなら、無事に帰れた方はおられなかったものと存じます」

「無事に逃がしてくれて礼を言う。もっとも追撃する必要もなかったろうが」

正成にとってあの戦は挙兵を告げる狼煙《のろし》でしかなかったことを、道誉は見抜いていた。

「ご明察おそれいります。道誉どのには、いつも手の内を読まれてしまいまするな」

「読めていたなら、新田ごときに米を盗まれる醜態《しゅうたい》をさらさなかった。そちの知略が、あの男を米を生む新田《しんでん》にしたわけだ」

「道誉どのこそ、我らの吊り籠りを逆手にとって流通路拡大の好機になされました。伊勢、大和の米を買い占められ、兵糧の確保もままなりませんでした」

「和議の条件だが」

城を明け渡すことと、義貞が投げ入れていった米の半分を返すことだ。道誉はそう申し出た。

「おそれながら、こうしてお越しいただいたのは和議の話をするためではございません」

正成が話をさえぎった。

「しからば何のためだ」

「道誉どのに我らの身方になっていただきたいのでござる。この通り、大塔宮さまも貴殿に大きな期待を寄せておられます」

正成はとどいたばかりの密書を示した。

道誉はそれを読み、正成らに天下の情勢を知られる前に和議を結ぼうという目論見《もくろみ》がくずれたことを知った。

「あの犬の仕業か」

「宮さまが使っておられる隼人と申しまする」

「あいにくだが、わしは新田のように尻の軽い男ではない。それにこの国の帝は、都におられるお方だけだ」

「いつの間にか雪がとけ、木々は芽吹いております。時は移るものでございます」

「人の世は自然とはちがう」

「人も草木と同じです。自然の定めの中で心が移り、時代も移ります」

「人のすることなら押しとどめることができる。時代が移るのは、人がせめぎ合った結果にすぎぬ」

「ありますか。押しとどめる策が」

「あるとも。吊り籠りのような計略にかからなければすむことだ」

たとえ後醍醐天皇が諸国の悪党どもをひきいて都に攻めのぼったところで、平野での戦なら幕府軍が圧倒的に有利である。今からでも形勢を立て直すことは充分にできると道誉は考えていた。

「何のための勝ちですか」

「負けぬためだ」

「元寇以来失政をつづけてきた幕府を、そうまでして守る意味がありましょうか」

正成は神領興行法の不備を鋭くついた。

元寇以後に元国から大量の銭が流入するようになり、日本も貨幣を中心とした経済に変わった。商品の流通もさかんになり、楠木家や赤松家のような商業的武士団も台頭してきている。

それなのに幕府は、元軍の三度目の来襲や高麗国への遠征にそなえると称して神領興行法を継続させ、商業的武士団を悪党と決めつけて討伐しようとしている。

これは幕府に新しい状況に対応する力がないからで、もはやこの国を治めるにふさわしい政権とはいえないのである。

「道誉どのは大名家とはいえ、伊勢湾から琵琶湖にかけての流通や商いに従事し、畿内の米を買い占めるほどの富を手にしておられる。我ら悪党の仲間でござる」

それゆえ手を組み、朝廷を中心とした新しい世の中を作ることができるはずだと、正成は胸襟《きょうきん》を開いて訴えた。

「できるかな。そのようなことが」

「いったん朝廷に何もかもお返しし、帝や宮さまのご叡慮《えいりょ》に従って分配し直すのでござる。さすれば寺社や大名とて従いましょう」

「もし帝が聖主であられるなら、そのようなことが可能かもしれぬ」

だが人である以上、欲もあるし過ちもおかす。道誉はそんな危惧《きぐ》を抱いていたが、話に乗ってみるのも悪くはないと思った。

「もし身方となったなら、わしにはどのような恩賞が下されようか」

「畿内北部の流通路は、貴殿の意のままになりましょう」

正成は道誉の望みを的確につかんでいた。

「すると畿内の南部は、そちが手に入れるというわけか」

「さよう。さすれば坂東から九州までの流通の道がつながりまする。互いに力を合わせ、新しい政権を支えようではありませんか」

「それは、宮さまもご存じのことだな」

道誉は念を押した。

天台座主であった大塔宮が、一番の大敵である延暦寺《えんりやくじ》を説得してくれるなら、長年の夢がすんなりと実現するのである。

「むろんご存じのことです。それがしの身命を賭してお誓い申し上げる」

正成は用意の誓紙をわたして返答を求めた。

「宮さまの誓紙をもらいたい。さすればいつでも申し出に応じよう」

道誉はいきなり目の前が開けたような興奮をおぼえながら、新しい運命に踏み出した。

(そうよ。わしも地を掘って天を求めていたのかも知れぬ)

道誉はそのことに思い当たり、久々に生きる充実感がみなぎってくる手応えを感じた。

〈一夜、暗中に碌甎《ろくせん》を颺《あ》げ、等閒《なおざり》に撃砕《げきさい》す虚空《こくう》の骨〉

夢窓疎石は「投機の偈」の後半をそう結んでいる。

「ある夜、土器《かわらけ》もみな上に吹き上げてしまった。虚空にも骨があるというが、その骨もぶっつぶしてしまって、まったく無一物の世界に入ってしまった」という意味である。

疎石が撃砕したのは、悟りたいという執着だった。それが邪魔をして長い間無一物の境地に達することができなかったのである。

道誉も幕府を守るという立場から抜け出せなかったために、自在な目で天下の情勢を見ることができなかった。

だがその執着から離れてみると、あらゆるものが一度に生き生きと見えて、可能性の大地がひらけてきたのだった。

第三章　護良追放

一

固いつぼみを結んでいた紅しだれ桜が、五分ほどに咲き始めていた。

祖父が洛北の近衛《このえ》邸から株分けしてもらったもので、樹齢が百年近くなる。幹には年輪のおもみが加わり、しだれの枝も長くたれて、ようやく名木にふさわしい風格をおびはじめていた。

広々とした庭に植えた桜の背後には、雪をいただいた伊吹山《いぶきやま》がどっしりとそびえている。どこかしどけない紅しだれ桜と、峻厳《しゅんげん》たる気を放つ雪の山とが美しい調和を保っていた。

柏原は北陸性の気候なので、桜が咲くのが都より半月ばかりおそい。伊吹山から吹きおろす風は、まだ冬の厳しさをただよわせていた。

「見る人も、なき山里の桜花」

道誉は花見の盃《さかずき》をかたむけ、我知らず古い歌を口にした。

この山里に人知れず咲く花が、自分の境涯と似ている気がした。

「古今でござるな」

同席している高師直《こうのもろなお》がたずねた。

足利尊氏《あしかがたかうじ》の執事で、足利軍の軍団長をつとめている。獰猛《どうもう》なほど激しい気性の持ち主だが、『古今和歌集』をそらんじるほどの教養は身につけていた。

「さよう。春歌におさめられておる」

「下の句は、ほかの散りなむ後《のち》に咲かまし、だったと存じますが」

「見る人もなき山里の桜花、ほかの散りなむ後ぞ咲かまし。伊勢の御息所《みやすどころ》の歌じゃ」

道誉が盃をまわすと、白拍子の阿修羅《あしゅら》が優美な手つきで酌《しゃく》をした。

「かたじけない。頂戴いたす」

師直はぐっとひじを張り、ひと息に酒をのみほした。

囲炉裏《いろり》では今朝とってきたばかりの雉子《きじ》が串にさされ、ふっくりと焼けて芳《こう》ばしい香りを放っている。

伊吹山に自生する香草をまぶして焼く、この地方独特の料理法だった。

「ところで道誉どの。近頃は、ほかの散りなむ後ぞ咲かまし、のご心境でござろうか」

「何のことかな」

「都のありさまでござるよ。ここでじっくりと機会をうかがっておられるとお見受けしましたが」

師直が強引に政情についての話に移った。

昨年五月に鎌倉幕府が亡び、後醍醐天皇の親政がはじまった。延喜《えんぎ》・天暦《てんりやく》の治《ち》を手本にして、律令制にのっとった朝廷中心の国を造ろうとするものだが、幕府の治政になれた武士たちは不満と反感を抱いていた。

「このままではとても治まるとは思えませぬ。殿をこの道に引き込んだのは貴殿じゃ。この先どうするべきか教えて下され」

師直がいかつい顔に凄《すご》みを見せて迫った。

足利高氏を天皇方として挙兵させたのは道誉だった。

昨年の四月初旬、反乱軍鎮圧のために上洛しようとする足利高氏を柏原の館にまねき、膝をまじえて説得したのである。

「もはや北条家のやり方では、この国を治めることはできませぬ。平氏に乗っ取られて久しい幕府の実権を、源氏の手に取りもどす時でござる。その中心となるのは、源氏の嫡流である足利どのしかおられませぬ」

道誉は胸を割って諄々《じゅんじゅん》と説いた。

二人は幕府の評定衆《ひょうじょうしゅう》をつとめていた頃からの知り合いである。道誉は高氏より九歳も年上なので、政務のとり方や仕来《しきた》りを指導したこともあった。

「本当にそんな夢がかないましょうか」

「西国の趨勢《すうせい》はもはや決っており申す。貴殿が立たれたなら、諸国の武士はなだれを打って身方に参じましょう」

「幕府は倒せるとしても、その先が読めませぬ」

「帝の世になったとて武家の棟梁《とうりょう》は必要でござる。まずはその地位を手に入れ、帝のために忠功をつまれれば、道はおのずと開けるものと存じます」

「道誉どのはいかがかな。その時まで我らの身方になって下されようか」

「むろんでござる。たとえ何があろうと、貴殿を見捨てたりはいたしませぬ」

道誉は起請文《きしょうもん》を書いて誓った。

それほど高氏を見込んでいたし、彼の協力を得なければこの企てが成功しないことも承知していた。

伯耆で挙兵した後醍醐天皇の討伐に向かっていた高氏は、丹波の篠村《しのむら》（京都府亀岡市）で天皇に身方する決断をし、兵を返して六波羅探題に攻め寄せた。

このことが決定的な一撃となり、鎌倉幕府はそれから半月後に亡びたのだった。

ところが帝の政治は混乱をきわめている。道誉も師直の焦りはよく分った。

「新しいことを始める時には、混乱がおこるのはやむを得まい。もう少しすれば、帝《みかど》の治政も軌道にのるのではあるまいか」

「しかし我らと帝の考えは、水と油ほどちがっており申す。四百年も前の律令制の世にもどそうとしたのでは、一所懸命の地を守り抜いてきた武士の反発をまねくのは当たり前でござる」

「その反発をやわらげるために雑訴決断所《ざっそけつだんしょ》をもうけ、我らを番衆に任じられておる。性急なことを申さず、新しい世が立ちゆくように力を尽くそうではないか」

道誉も新政には不満がある。正成に誘われた時には、幕府を倒せば今よりよい国を造れると期待したが、後醍醐天皇の御世になって良かったと思えることはまったくなかった。

倒幕のためにあれほど力をつくしたのに、琵琶湖水運の利権を与えるという護良親王の約束ははたされないままである。天皇からの恩賞も何ひとつ与えられていない。

期待を裏切られた失望は他の誰よりも大きいが、へたに動けば朝敵として討伐されるおそれがあるので、今はじっと耐えて新政の行方《ゆくえ》を見守るしかなかった。

三月中頃になって都から使いが来た。

申し渡すことがあるので、二条内裏《だいり》に出頭せよというのである。

（いよいよ恩賞の沙汰があるか）

道誉は暗夜に灯火《ともしび》をみつけた心地がして、今浜から大津まで船でわたり、山科《やましな》を越えて上洛した。

京に入るのは一月ぶりだが、荒廃のさまは相変わらずだった。

昨年二月から五月までつづいた合戦で下京《しもぎょう》は焼け野原になり、上京《かみぎょう》の屋敷は軍勢の屯所《とんしょ》にされて踏み荒らされている。

幕府方であられた後伏見上皇、花園上皇、光厳天皇は幽閉同然の身となられ、お三方に仕えていた公家たちもある者は出家して難を逃れ、ある者は没落して行方知れずとなっている。

都の住人もすっかり様変わりして、東国からやって来た武士や地下《じげ》からのし上がった異類異形の者たちが、我物顔で闊歩《かっぽ》していた。

道誉は都で生まれ都で育った教養人である。都の流儀や仕来りに少なからぬ愛着を持っている。

それが跡形もないほど踏みにじられているのを見ると、新参者に対してばかりか、こうした混乱を引き起こした後醍醐天皇に対してさえ言いようのない憎しみを覚えた。

京極高辻にある屋敷に一泊し、翌日装束をととのえて二条富小路《にじょうとみのこうじ》の内裏をたずねた。

「おなつかしい。佐々木入道どのではござらぬか」

七十ばかりの老僧に声をかけられたが、道誉は相手が誰だか分らなかった。

「それがしじゃ。二階堂道蘊でござるよ」

人目をはばかるようにささやいた僧は、まぎれもなく吉野攻めの総大将をつとめた道蘊である。

ところが猛々《たけだけ》しいひげを剃り落とし、顔もしぼんだようにひと回り小さくなって、昔の面影はまったくなかった。

「このような所で、何をしておられる」

「主上のご慈悲によって死罪をまぬかれ、洛北の寺に引きこもっておりました。ところが一月ほど前に、鎌倉の縁者がそれがしの尊皇の志をあかす文書を送ってくれましてな。その文書を主上のご信任厚い千種《ちぐさ》公に差し出してご聖断をあおいだところ、急ぎ出頭するようにという通知をいただいたのでございます」

道蘊は話しぶりまで改め、かつては二段も三段も格下だった千種忠顕《ただあき》を主君のようにあがめていた。

「尊皇の志をあかす文書とは」

「覚えておられぬか。正中《しょうちゅう》の変の折に執権どのに差し出した諫止状《かんしじょう》でござる」

「確かに、帝の誓紙をめぐって評定が開かれたことがありましたな」

「さよう。十年前に主上のご謀叛《むほん》が発覚した折、それがしは穏便《おんびん》の沙汰をなされるように執権どのをお諫《いさ》めもうした。その時の書状の写しを、ありがたいことに縁者が保管していたのでござる」

正中元年（一三二四）に後醍醐天皇の討幕計画が発覚した時、北条高時は天皇に二度とこのような企てはしないと誓えと迫った。

天皇はこれに従って誓紙を鎌倉に送りとどけたが、道蘊は臣下の身で主上に誓約させるのは恐れ多いので、文箱《ふばこ》を開けないまま送り返すように進言した。

その時の諫止状が功を奏し、再び世に出ることができるかもしれぬと、こうして面会の時を待っているのだった。

道誉は一番に対面所に通された。

待っていたのは話に出たばかりの千種忠顕だった。

後醍醐天皇の近臣として行動を共にしてきた功により、建武の新政が成ってからは参議に任じられ、絶大な権力をにぎっていた。

「京極入道、久しくあるな」

甲高い声で取りすました挨拶をした。

「隠岐にお送り申し上げて以来でございます」

「あれは送られたのではない。囚人《めしうど》として護送されたのじゃ。お上と一緒にな」

忠顕は後醍醐天皇とともに隠岐に流罪となったが、この時道誉は都から出雲《いずも》の三保関《みほのせき》まで護送する役目を命じられたのである。

「あの折主上から、一首の御製《ぎよせい》を下されたのを覚えております。しるべする道こそあらずなりぬとも、淀の渡りは忘れじもせじ、というお心のこもったものでございました」

「そちの警固は非の打ちどころのない真心のこもったものであった。お上も身共《みども》もそのことは忘れておらぬ」

「ありがたきお言葉、かたじけのうござる」

「還俗《げんぞく》したらどうじゃ」

唐突なことを言われ、道誉は意味をくみ取ることができなかった。

「そちは北条高時に相伴《しようばん》して出家したのであろう。その主《あるじ》を討って朝廷に仕えるからには、還俗するのが筋ではないか」

「それがしはそのようには思いません」

道誉はむっとして反論した。

「高時どのは身の不徳を恥じ、天下の安泰を神仏に祈念するために出家なされたのでござる。それがしもその志に賛同して出家し、今も天下の安泰を願っておりまする」

「さすがは今をときめく婆娑羅《バサラ》者よ。なびかぬの」

忠顕が口をすぼめてホホホと笑った。

婆娑羅とは梵語《ぼんご》で金剛石（ダイヤモンド）のことである。この時代には何者もおそれぬ派手で勝手な振舞いをさす言葉として使われていたが、建武の新政の混乱の中でこの風潮はひとつの流行になっていた。

「本日のお召しは、その件でございましょうか」

道誉はにこりともしなかった。

たとえ恩賞がふいになろうと、こんな男に追従《ついしょう》したくはなかった。

「いいや。検非違使《けびいし》としての仕事をひとつ、申し付けるためじゃ」

千早城攻めの総大将をつとめた長崎四郎左衛門や阿曽時治らが囚人になっている。これを死罪に処すことが決ったので、奉行をつとめよという命令だった。

「それは何ゆえのご沙汰でございましょうか」

「そちが検非違使ゆえや。他意はあらへん」

忠顕は打ち解けたところを見せようとしたのか、急にくだけた口調になった。

「同職の者は他にもおりまする。わざわざそれがしに命じられるとは、お含みあってのことと存じます」

「ご叡慮《えいりょ》なんや。つまらぬ穿鑿《せんさく》をせんと黙って引き受けなはれ」

「おそれながら、お近付きのしるしに持参いたしました。お納め下されませ」

こういうこともあろうかと用意してきた桐の箱を、道誉はうやうやしくさし出した。中には直径八寸ほどもある金の盃が入っている。桜の花を浮き彫りにした、元からの輸入品だった。

「見事なもんや。さすがは京極入道やな」

忠顕は欲をかくそうともせずに受け取り、

「実をいうと、お上はご不快なんや」

恩着せがましく事情を明かした。

「琵琶湖水運の一件が、災いしたのでございましょうか」

「それもあるけどな……」

「お教え下されたい。生来の無骨者ゆえ、中将さまにご教示いただかねば、主上のご不快を解くこともできませぬ」

「そちは柏原にお三方をお迎えしとった頃、内裏にあらせられるように丁重にもてなしたそうやないか」

昨年五月、北条仲時らの一行四百三十二人が天皇方の軍勢に襲われ、番場《ばんば》宿（滋賀県米原市）の蓮華寺《れんげじ》で自決した時のことだ。

現場に駆けつけた道誉は、仲時から後伏見上皇、花園上皇、光厳天皇をたくされ、誠意を尽くしてお世話をした。幕府が滅亡したとはいえ、お三方に責任があるとは思っていなかったからである。

「お上はそれがご不快なんや。お三方には数々のむごい仕打ちを受けておられるさかいな」

なるほどそうかと、ようやく腑《ふ》に落ちた。

十数年にわたって倒幕の計略をめぐらし、数多くの近臣を死罪に処されてきた天皇は、敵と身方を峻別《しゅんべつ》する冷徹な目を持っておられたのである。

「かたじけのうござる。今後は何事によらず中将さまのご指示をあおぎますゆえ、よろしくお引き立て願いまする」

道誉は京極高辻の館にもどると、さっそく桁はずれの進物をおくって忠顕の籠絡《ろうらく》に取りかかった。

二

長崎四郎左衛門と阿曽時治らが処刑されるという知らせは、洛中に新築した正成の屋敷にももたらされた。

「他にも主立った方々が罪に問われ、その数は十五人にもおよぶとのことでございます」

留守役の橋本右京亮が、検非違使庁からの知らせをつぶさに伝えた。

「どなたが沙汰されたことだ」

「それは聞いておりませんが、奉行は佐々木道誉どのが務められるそうでございます」

「そこまでせずともよいものを。おいたわしいことじゃ」

正成は年若い四郎左衛門らの身の上を思って心を痛めた。

北条仲時らが自害して六波羅探題が亡びた後も、千早城を攻めていた幕府軍五万余は無傷のまま奈良にとどまっていた。

正成はこれを討伐するように命じられて奈良へ向かったが、合戦となれば幕府勢は死に物狂いで抗戦し、南都の神社や仏閣まで戦火に巻き込まれることになる。

それを案じた正成は、全員を助命するので降伏するように東大寺の別当を介して申し入れた。四郎左衛門らはこの申し出を受け容《い》れ、大将格の五十人ばかりが般若寺《はんにゃじ》で出家し、降人《こうにん》となって都へ連行された。

その処遇をめぐっては、これまで何度か論争になったことがあった。

処刑して見せしめにするべきだという意見も多かったが、正成はそのたびに強く反対してきた。

「助命の誓約を破っては、敵ばかりか天下万民をあざむくことになります。ご親政に対する世の信頼もゆらぐことになりましょう」

まなじりを決して主張したのは、誓約を守りたいからばかりではなかった。

奈良から脱走した幕府軍の将兵が、今でも徒党を組んで洛中、洛外にひそんでいる。四郎左衛門らを処刑すれば、その者たちが激情にかられて暴発するおそれがあった。

「佐々木どのに奉行を命じたのは千種中将さまだと、内に入れた者が知らせてまいりました。おそらく今度の計らいも、中将さまの意向によるものでございましょう」

「愚かなことだ。力で人を従わせようとしても反発を招くだけだということを、あのお方は分っておられぬ」

正成はその後も助命の誓約を守るように訴えつづけたが、旧主である長崎四郎左衛門を庇《かば》ってのことだと受け取られ、政権内での孤立を深めたばかりだった。

三月二十一日、長崎四郎左衛門、阿曽時治ら十五人の処刑が、洛東の阿弥陀《あみだ》ヶ峰《みね》で行なわれた。切腹は許されず、天皇にそむいた重罪人として斬首されたのである。

このために正成が懸念していたとおりの事態がおこった。

長崎、阿曽らの家臣二十名が、阿弥陀ヶ峰のふもとに近い七条河原で切腹した。朝廷のやり方に抗議する高札を西向きに立て、体は東を向いて主《あるじ》の後を追ったのだった。

その札には次のような主旨のことが記されていた。

「我ら幕府重恩の輩《ともがら》は、光厳天皇の命を奉じ、守邦《もりくに》親王を将軍にいただいて天下の治政をつかさどってきた。しかるにその制を乱し、今日の混乱を招いた張本人は、後醍醐天皇その人である。本日我らの主君十五名は故なき罪に問われ、刑場の露と消えた。この措置に抗議し、怨霊《おんりょう》となって当今《とうぎん》の世に祟《たた》りをなすために、我らは一命を賭すものである」

血書した激烈な文言である。

高札も亡骸《なきがら》も検非違使庁の役人が素早く持ち去ったが、このことは噂《うわさ》となって洛中に広がり、不穏な空気をかもし出した。

この空気に後押しされて、野にひそんで野盗と化していた幕府方の武士たちが狼藉《ろうぜき》を始めた。

恩賞の少なさに不満を抱いていた天皇方の悪党や荒法師たちも、栄達した者の屋敷に放火したり裕福な寺や商家に押し入って掠奪《りゃくだつ》をはたらいた。

鎮圧にあたったのは足利高氏だった。

激しい合戦が数日にわたってつづき、数百人の暴徒が討ち取られてようやく静けさを取りもどした。

ところがこの事件が新たな問題の火種となった。暴徒の中に大塔宮の近臣である殿《との》法印《ほういん》二条良忠《よしただ》の手の者が加わっていたのである。

そのために朝廷では殿法印ばかりか大塔宮までこの争乱に関わっていたのではないかと疑い、厳しい詮議《せんぎ》を始めたのである。

大塔宮が正成のもとに隼人をつかわしたのは、そうしたさなかのことだった。

首にかけた兵庫鎖には、明日巳《み》の刻（午前十時）に訪ねてくるようにと記した文《ふみ》が結びつけてあった。

隼人は相変わらず黒々とした毛並みと精悍《せいかん》な体付きをしている。正成は承知したと答えると、頭をひとつなでて通用門から送り出した。

大塔宮は北白河の赤山禅院《せきざんぜんいん》に隠棲《いんせい》していた。

昨年五月に倒幕がなった後、宮は征夷大将軍に任じられて商業的武士団の掌握をめざした。ところがこの職を望んでいた尊氏との争いが激化したために、後醍醐天皇はわずか三ヵ月で大塔宮を解任し、尊氏を重用する姿勢を内外に示した。

父帝から裏切られたに等しい扱いだが、宮は一言の不満をもらすこともなく赤山禅院に引きこもったのだった。

翌日、正成は供も連れずに赤山禅院をたずねた。

申し付けられた時刻よりかなり早く着いたが、すでに新田義貞、赤松円心、名和長年が顔をそろえていた。

「宮さまは」

正成はお付きの者にたずねた。

「不動堂におこもりでございます。定刻にはお出ましになりましょう」

「あまりの仕打ちに耐えかねておられるのであろう」

円心が悔しげに吐き捨てた。

「暴徒の中に殿法印どのの手の者がいたというのは、まことでござろうか」

長年がたずねた。

寝耳に水の知らせで、事実を確認する暇もなかったという。

「残念ながら、まことでござる」

正成は検非違使をつとめているので、事件のあらましを知っていた。

徒党をくんだ荒法師たちは洛中の土蔵を打ちこわして掠奪をはたらき、駆けつけた足利軍に三十人ばかりが討ち取られた。その遺体をあらためたところ、殿法印の家中であることを証《あか》す手形を身につけていたのである。

「そうなると、なかなか難しいことになりそうでござるな」

天皇の信任厚い長年は、宮と少しずつ距離をおきつつあった。

「手の者とはいえ、殿法印どのに仕えて間もない新参者ばかりでござる。足利方がその者たちを送り込み、騒ぎを起こして宮さまに濡《ぬ》れ衣《ぎぬ》をきせようと謀《はか》ったのかもしれませぬ」

義貞は武者所の頭人《とうにん》に任じられているので、正成よりも内情に通じていた。

「しかし、討ち取ったのは足利じゃ。謀るために送り込んだ手の者を、皆殺しにするであろうか」

長年が遠慮がちに反論した。

「土蔵をおそったのは、討ち取られた三十人だけではござらぬ」

「それは承知しておるが……」

「足利の手の者が他の荒法師をあおって打ちこわしを起こさせ、軍勢が来る前にいち早く逃げ去ったとも考えられまする」

最年少の義貞は、他の三人を立てつつも尊氏が仕組んだ疑いが強いという考えをくずさなかった。

「お気持はお察し申し上げるが、証拠がなければうかつなことは申せませぬ」

正成がやんわりとたしなめた。

「それがしは足利が憎くて申し上げているのではござらん。宮さまのご窮地を救いたい一心でござる」

「しかし主上は、何ゆえ宮さまをかくも冷遇されるのであろうか」

円心は天皇に対しても歯に衣きせぬ批判をした。

これには誰も応じなかった。

千種忠顕が尊氏と結託して讒言《ざんげん》しているとか、天皇の寵妃《ちようひ》である阿野廉子《あのれんし》が継子《ままこ》である大塔宮を排斥しているという噂が飛び交っていたが、それを認めれば天皇の非を鳴らすことになる。

それゆえ思うことは山ほどあっても、うかつに口にはできないのだった。

巳の刻の鐘が鳴り、白い浄衣を着た大塔宮が現われた。まげを解き、豊かな髪を総髪にして後ろで結んでいる。怒りや欲から解き放たれた涼やかな姿だった。

「わざわざの足労、大儀であった」

皆にねぎらいの目を向けると、宮は棚から笛を取ってかなで始めた。

大地の静まりを思わせる低い音から入り、やがて谷川のせせらぎのように速く軽快になった。

時には竹林をわたる風のように涼やかに、時には岩に打ち寄せる波のように激しく、高く低く魂をゆさぶりながらつづいていく。

笛の音色にひたっているうちに、正成は次第に気持が鎮まっていった。日々の雑事にわずらわされて汚れた心が、雨に洗われた木々のように浄化されていく。

そしてこの世と人に対する慈《いつく》しみの心ばかりがわき上がってきた。

（ああ、これが宮さまのお心なのだ）

そう感じて目を向けると、宮は不動明王と同化したようなゆるぎのない姿で笛をかなでつづけている。

他の三人もそれぞれの思惑から解き放たれた鎮まった表情になり、目を閉じて一心に聞き入っていた。

庭先には隼人と隼女が体を寄せてうつぶしている。白いふさふさとした毛におおわれた隼女は、隼人に甘えるようにしなだれかかってうっとりと目を閉じている。

隼人は耳を立てて笛に聞き入りながら、澄んだ目をして遠くを見つめていた。

笛が終ると盃事になった。

宮に近侍している南の方という上臈《じょうろう》が酒肴《しゅこう》をはこび、酌をして回った。

「先日の荒法師の件だが」

あれは殿法印が新たに召し抱えた者たちだと、宮はいきさつを説明した。

洛中にはこの政変に巻き込まれて職を失った者たちが大勢いる。その者たちが伝《つて》を頼って奉公したいとたずねてくると、尊氏との戦仕度に余念がない法印は深く吟味《ぎんみ》もせずに召し抱えた。

新参者の中には奈良から脱走してきた幕府方の将兵もいたので、長崎や阿曽の処刑の噂を聞き、激情にかられて暴動におよんだのだった。

「このことはすでに殿法印が検非違使庁に届け出ている。それを私の陰謀のごとく取り沙汰するのは、意図あってのことだ」

「宮さまを追い落とそうと謀っている者がいる。そういうことですな」

円心は昼酒に酔い、入道頭をほおずきのように赤くしていた。

「そればかりではない。こたびの暴動の責任を、私になすりつけて逃れようとしているのだ」

「それは千種中将さまでしょうか」

宮は静かに首をふった。

「では、足利どのでございましょう」

義貞はまたもやそうと決めつけた。

宮は再び首をふり、はるか彼方を見つめる遠い目をした。それは笛に聞き入っていた隼人の目と驚くほどよく似ていた。

正成ははっと胸を衝《つ》かれた。

意図したのは帝ご自身だと、宮の顔が語っている。実の父から認めてもらえない苦しみが、宮の目をこれほど哀《かな》しげにしているのだった。

「たとえ誰が陰謀をめぐらそうとも、決してお上を憎んではならぬ。挑発に乗せられてもならぬ。我らはこの国をより良くするために立ち上がった。そのことを忘れるな」

「しかし、それでは敵の策にはまるばかりでござる」

円心は承服できかねると反論した。

「入道は禅学に通じておったな」

「ははっ、いささか」

円心は謙遜《けんそん》したが、いささかどころではない。この時代を代表する高僧たちと交わり、彼らを援助して大徳寺や法雲寺を開かせるほどの域に達していた。

「ならばよく分るであろう。陰謀をめぐらした者と理想を追い求めた者と、どちらが尊いか」

「分りまする。しかしこの世は穢土《えど》、人は妄執《もうしゅう》の虜《とりこ》でございます」

そんな生き方をしたら亡《ほろ》ぼされるばかりだと、円心は悔し涙を浮かべた。

「それでもよい。理想に殉《じゅん》じることができたなら、たとえ亡びても人々の心に永遠に残る。この国の歴史に理想の刻印をしっかりときざみ付けることができるのだ」

それゆえ決して陰謀をめぐらす輩《やから》と同列になるな。理想のみを追い求めて生きよと、宮は情熱を込めてくり返した。

三

洛中が夏の初めの強い陽射《ひざ》しに照らされるようになった頃、京極高辻の屋敷に高師直の使者が前触れもなくやって来た。

お知恵を拝借したいので、至急ご足労願いたいという。

「師直どのはよほどお忙しいとみえるな」

書状に目を通した道誉は、やんわりと皮肉を言った。

相談があるのならそちらから出向くのが筋だという意味である。

「主は六波羅の館から動けないのでございます。ご無礼の段、くれぐれもご容赦いただきたい」

使いの者がひれ伏してわびた。

「動けぬとはどうしたことだ。戦が始まったとも聞かぬが」

「思わぬ窮地におちいり、足利尊氏どのが奥に引きこもってしまわれました。主が陣頭で指揮をとらねば、身方は散り散りになりかねぬゆえ、手が離せないのでございます」

尊氏と大塔宮との対立は、互いに兵を集めて合戦におよぼうとするほど激しくなっていた。

大塔宮は赤山禅院にこもって謹慎していたが、宮の令旨《りょうじ》に従って挙兵した土豪や悪党、荒法師たちが、殿法印良忠を旗頭として北白河に結集し、六波羅に攻め寄せる構えをみせた。

これに対して尊氏も身方をつのって一戦におよぼうとしたが、駆けつける者は意外に少なく、対応に苦慮しているという。

「師直どのの書状には、加勢をせよとは書かれておらぬが」

「主は戦のことを案じておるのではございませぬ。この劣勢を立て直す秘策を、ご教示いただきたいのでございます」

「承知した。じきに参るゆえ、茶の仕度でもしておくように伝えてくれ」

道誉は使者に伏見の茶を持たせて送り返し、音丸に仕度を命じた。

「供揃《ともぞろ》えはいかがなされますか」

「そちだけでよい」

「それでは、あまりに不用心かと」

「兵を揃えて行けば、足利どのの加勢と見なされよう。托鉢《たくはつ》の僧にでもなって、ゆるりと参ろうではないか」

道誉と音丸は僧衣をまとって笠をかぶり、首から托鉢の袋を下げて忍びやかに表に出た。

二人は東京極《ひがしきょうごく》大路を南に向かった。

京極とはその名が表わすとおり京都の極みである。ここから東には鴨川の河原が広がっているばかりだが、昨年の争乱以来、様子が一変していた。

京極より西に広がっていた町は戦火で焼け野原になり、わずかに残った家も諸国から上洛した軍勢に没収され、にわかに兵舎と化している。

焼け出されたり追い出されたりした者たちは親類や縁者をたよって洛外に逃れ、その伝《つて》を持たない者は着のみ着のままで河原に住みついていた。

後醍醐天皇は王政復古の理想をかかげて新たな政策を次々と打ち出しておられるが、洛中の治安はいっこうに回復せず、諸物価ばかりが高くなって、下々の者たちの生活は苦しくなるばかりだった。

この頃二条河原にかかげられた落書は、都の状況と人々の厭戦《えんせん》気分を的確にとらえている。

〈此比《このごろ》都ニハヤル物　夜討《ようち》、強盗、謀綸旨《にせりんじ》、召人《めしうど》、早馬、虚騒動《そらさわぎ》、生頸《なまくび》、還俗、自由出家、俄《にわか》大名、迷者《まよいもの》、安堵、恩賞、虚軍《そらいくさ》、本領ハナルル訴訟人、文書入タル細葛《ほそつづら》、追従、讒人《ざんにん》、禅律僧、下克上《げこくじょう》スル成出者《なりでもの》〉

夜討や強盗が横行し、急を告げる早馬が都大路を駆け回り、いたるところで喧嘩《けんか》や小競《こぜ》り合いがおこって生首が転がっている。

倒幕の功のあった俄大名たちは所領の安堵や恩賞をもとめ、本領をもつ御家人たちは知行権を認めてもらおうと、訴訟のための文書を細葛に入れて次々と上洛してくる。

そうした混乱の中で追従したり他人を讒言して新政権に取り入ろうとする者が後をたたず、下層からのし上がってきた者たちが大手を振って歩いている、というのである。

落書はこの後四十行もつづき、新政の不備を鋭く告発しているが、道誉の思いもこれに近いものだった。

やがて五条の大橋にさしかかった。

この橋ばかりは立派に昔の姿をとどめているが、橋詰には鎧《よろい》姿の番人が立ち、一人二十文もの通行料を取っていた。

内裏造営の資金にするためと、浮浪化した者たちが入洛するのを防ぐためである。

道誉は橋を渡りながら、正面にそびえる阿弥陀ヶ峰を見上げた。

あの中腹で長崎四郎左衛門らを処刑したのは、わずか三ヵ月前である。刑場のあたりの杉木立を見ると、道誉の胸に疑問と悔恨が苦々しくこみ上げてきた。

四郎左衛門は刑場に引き出される時、

「何の罪によって、我らはこのような辱《はずか》しめを受けるのでしょうか」

感情をおさえた静かな口調でたずねた。

その悲痛な問いかけに、道誉は答えることができなかった。

「勅命によって死をたまうのだ。辱しめではない」

苦慮した末にそう言い抜けた。

そのことが慙愧《ざんき》となって胸にわだかまっている。

道誉は恥ずかしさに体をかっと熱くし、いつになく戦闘的な気持になって六波羅館をたずねた。

　師直は対面所で待ち構えていた。

「おお、よう来て下された」

　よほど困り果てていたらしく、道誉の手を握りしめて何度も押しいただいた。

「何事でござる。敵が迫っているとも思えぬが」

「殿法印の手の者が五、六千人、北白河に集まって気勢を上げておるが、悪党や荒法師輩《ばら》などものの数ではござらん」

「それでは、なぜそのように」

　小便でもこらえているように落ち着きをなくしているのだと、道誉は師直のうろたえぶりを笑った。

「殿が急に出家すると言い出されてな。仏間に引きこもってしまわれたのでござる」

「年若い身で、なぜそのような」

「分り申さん。もう何もかも嫌になったとおおせられるばかりゆえ、我らも手のほどこしようがないのでござる」

「よもや、芝居ではござるまいな」

「それなら良うござるが、どうやら本気のようじゃ。思いのほか身方が集まらぬことに、嫌気がさしておられるのではないかと存ずる」

尊氏は大塔宮との争いにけりをつける覚悟で、諸大名の参集を求めた。だが駆けつけた大名は四、五人で、兵は三千ばかりにすぎない。

これに対して宮の側には楠木正成、赤松円心、名和長年、新田義貞らが身方につき、いざとなれば二万の大軍をひきいて加勢に駆けつける構えを取っていた。

その現実を見せつけられた尊氏は、己の力と信望のなさに愕然《がくぜん》とし、すっかり自信を失っているという。

「それに妙に気弱になられてな。宮さまがご不憫《ふびん》だと、目に涙を浮かべておられるのでござる」

「不憫もなにも、宮さまを排斥してきたのは尊氏どのではござらぬか」

「いや、そうではござらぬ。実は」

師直は声をひそめて足利家の内情を打ち明けた。

これまで朝廷との政治的な駆け引きは、弟の直義《ただよし》が受け持ってきた。

阿野廉子や千種忠顕に手を回して宮と天皇の離間《りかん》をはかったのも、直義の指示によるものである。

尊氏はこうした調略では弟に及ばないので仕方なく従ってきたが、昨年末に直義が鎌倉に下向してからは、こんな姑息《こそく》な手段を取るべきではないと考えるようになったという。

「あのように気丈に振舞っておられるが、まだ三十歳になられたばかりじゃ。もともと朝廷を厚くうやまってこられた方ゆえ、宮さまを敵とする重圧に耐えかねておられるのであろう」

「ほう。そのようなものでござるか」

「それがしにも殿のお気持がいまひとつよく分り申さぬ。まるでいくつもの顔を持っておられるようでな」

「この先どうなされる。宮さまと和解したいとお望みか」

「いや。幕府を開いて武家の棟梁となる望みは捨てておられませぬ。道誉どのがそうせよとおおせられたゆえ、殿もご決断なされたのじゃ」

「確かにあの時はそのように申し上げたが、国家の大乱の中では見込みちがいが生じることもある。我らなども当てがはずれて、恩賞をいただくどころか損な役を割りふられるばかりでござる」

「そんな無責任なことを言われては困る。殿が立ち直られるように、策を講じていただきたい」

「それでは貴殿が悪者になって、直義どのの策を成し遂げるしかあるまい」

「宮さまを追い落とせとおおせか」

「さよう。ここまで来たら引き返すことはできぬ。喰《く》うか喰われるかじゃ」

「しかし宮さまは手強い。どうすれば喰うことができましょうか」

「宮さまを支える柱を切り倒せばよい。赤松円心どのを身方に取り込み、四本柱を三本にすれば、力を入れずとも押し倒すことができよう」

「赤松どのは無二の宮さま方でござる。身方にすることなどできぬと存ずるが」

「できぬかどうか、茶を飲みながらゆるりと知恵を絞ろうではないか」

「そうじゃ。茶の用意じゃ。これ、誰かおらぬか」

師直はすっかり忘れていたらしく、あわてて近習《きんじゅ》を呼んで仕度を命じた。

四

九月二十一日、後醍醐天皇は石清水《いわしみず》八幡宮へ行幸を行なわれた。

新調したばかりの五色の雲を描いた鳳輦《ほうれん》にお乗りになり、摂関家以下の公家衆を従えたはなやかな御幸《みゆき》である。

正成は畿内の軍勢一万余騎を従えて前騎《ぜんき》した。行列を先導する尊い役目で、もっとも信任厚い武将がつとめるのが常である。

正成はこの日のために直属の軍勢三千騎に赤糸おどしの鎧を着けさせ、左右二列になって淀川ぞいの道を進ませたが、心は晴れなかった。

主上と大塔宮の対立がますます険しくなり、行幸を終え次第、処分を下されかねない状況になっていたからである。

そのきっかけとなったのは、鎌倉から届いた宮の令旨だった。

大塔宮が足利直義の近臣にあてたもので、近々主上にかわって皇位につくので、都で争乱が起こった場合には鎌倉の押さえを頼みたいと、勢いのある美しい書体で記されていた。

直義が阿野廉子を通じてこの令旨を上奏したために主上は激怒されたわけだが、正成には大塔宮がそんなことを企てるとは信じられなかった。

おそらく直義が宮さまを追い落とすために偽の令旨を仕立てたのだろうが、主上は本人から事情を聞くこともなく罪ありと決め、素早く二つの対抗手段を講じられた。

ひとつは赤松円心から播磨の守護職をうばわれたことだ。宮の与党と称してはばからない円心を処罰して、他の者への見せしめとなされた。

もうひとつが、諸大名をひきつれての石清水八幡宮への行幸だった。

この行幸に供奉《ぐぶ》するかどうかでご自分への忠誠をためすと同時に、あえて都を空けることで大塔宮を挑発なされたのである。

淀川ぞいを南に下り、天王山のふもとの大山崎《おおやまざき》（京都府乙訓《おとくに》郡）にたどりついた。

ここから船で淀川を渡って石清水八幡宮に参拝するのが常だが、正成は行幸にそなえて船橋をかけていた。

鎖でつないだ小船を川に浮かべ、その上に板を並べて橋としている。主上が渡られる時に揺れないように、屈強の男たち五百人ばかりを川に入れて船橋を支えさせていた。

石清水八幡宮は男山の山頂部にあり、男山八幡宮とも呼ばれている。

貞観《じようがん》元年（八五九）に僧行教《ぎようきよう》が九州の宇佐八幡宮から八幡神を勧請《かんじよう》したのがはじまりで、鎮護国家神として朝廷の厚い崇敬を受けてきた。

広々とした境内には、八幡造りの朱塗りの社殿がそびえている。主上は社殿の一角にもうけた御幸の間にお入りになり、千種忠顕が警固役として次の間に詰めていた。

正成は夕餉《ゆうげ》が終った頃を見計らって、忠顕のもとを訪ねた。

「中将さまはすでにお休みでございます」

取り次ぎの者があからさまに迷惑な顔をした。

「国家の存亡にかかわることじゃ。是非ともお目にかからねばならぬ」

正成は強硬に申し入れた。

忠顕は休んでいなかった。水干姿で文机《ふづくえ》に向かい、行幸の様子をくわしく書き留めていた。

「かような時刻に推参《すいさん》いたし、おわび申し上げます」

「そちは無二の忠臣ゆえ、特別に許したんや」

忠顕がゆっくりと向き直った。

狐に似た面長の顔が、灯火に照らされて薄赤く浮かび上がった。

「ご厚情におすがりして、お願い申し上げたき儀がございます」

「主上への取り成しなら断わるで。何度来ても同じことや」

忠顕が先回りして釘《くぎ》をさした。

「そうではございませぬ。謀叛の証拠とされた宮さまの令旨を拝見したいのでございます」

「そんなもん、あらへん」

「もし令旨が本物なら、宮さまが罪に問われるのはいたし方ありますまい。しかし偽物だとしたなら、まんまと足利方の計略に落ちることになります」

「そんなもんはあらへんと、言うとるやないか」

「いいえ。持参しておられるはずです」

正成はひざを詰めて強硬に迫った。

主上が石清水八幡宮に行幸されるのは、賊徒の征伐を願うためである。その張本人が大塔宮だと証すために、令旨を神前にささげようとしておられることは分っていた。

「身共は知らん。もし持参しておられるんやったら、他の者にお申し付けになったんやろ」

「偽物だと承知しながら神前にささげては、神々をあざむくことになります。そのような過ちを未然に防ぐことが、臣下のつとめではございませぬか」

「宮さまの書体は、主上もよく存じておられる。そちに確かめてもらうまでもないことや。楠木ともあろう者が、それくらいのことも分らへんのか」

忠顕は急に言葉を荒らげ、これ以上宮さまを庇おうとすれば主上の不興をまねくだけだと脅《おど》しつけた。

「主上はそちを頼みにしておられる。それゆえ、摂津、河内、和泉の太守にお取り立てになったんや。赤松のように空騒《そらさわ》ぎして、せっかくの果報を無にするんやない」

参詣は二日におよび、主上は二十三日に東寺にお入りになった。

昨年隠岐から還幸なされた時の吉例に従ったもので、表門の警固はその時と同じように正成がつとめた。

ところがそれ以後、正成に対する主上の態度は急に厳しくなった。

諫言しようとしたことがご不快だったようで、対面を求めてもお許しにならないばかりか、内裏への出仕まで止められた。

ちょうどその頃、紀州の飯盛山《いいもりやま》で北条方の残党が蜂起した。

新政に対する武家の批判が高まるのを好機と見たのか、興福寺に入っていた北条高時の甥《おい》を奉じ、幕府再興の兵を挙げた。

正成は即座に鎮圧に向かえと命じられた。大塔宮の処分がすむまで都から遠ざけようという意図が透けて見える措置だった。

正成は家臣たちに出陣の仕度を申し付けたものの、このまま都を離れるのはあまりに心残りだった。

何とか両御所の仲を修復する手立てはないものかと思いあぐねていると、

「殿、やんごとなき所から草が飛んでまいりましたぞ」

橋本右京亮が内裏に入れた忍びをつれて来た。

「近頃、千種中将のもとに佐々木道誉どのがたびたび訪ねて来られます。進物も欠かさず届けておられます」

雑人となって内裏に潜入している男が告げた。

「先日は尊氏どのと連れ立っておとずれ、何やらご密談の様子でございました」

「なるほど、裏で糸を引いていたのはあの方か」

その日の夕方、正成は酒樽《さかだる》三つを荷車に引かせ、京極高辻の道誉の屋敷をたずねた。

「これは意外な。飯盛城攻めに向かわれたとばかり思っておりました」

道誉はわざとらしく丁重な礼を取った。

新政権では正成のほうが重用され、互いの立場は逆転していた。

「明日には出陣するつもりですが、心が晴れません。酒などお付き合いいただけぬかと思いまして」

正成は酒樽を玄関先に運ばせた。

ひとつには上等の澄《す》み酒が入っているが、他の二つには真新しい銅銭が入れてあった。

「これは過分の肴《さかな》でござるな」

道誉は樽の銭を興味なさそうに見やっただけで、

「あいにく何の用意もありませぬが、紅葉などながめていかれるがよい」

そう言って奥の書院に案内した。

正面に苔《こけ》むした庭があり、中途で切られた楓《かえで》の巨木が目の高さに枝を広げている。形よく伸びた枝を、紅《くれない》色《いろ》にそまった葉がつつんでいた。

「さすがに見事な趣向でございますな」

正成が庭をながめている間に、阿修羅が酒の用意をした。

紅葉を散らしたあでやかな打ち掛けをまとい、正成をまぶしげにながめながらいそいそと酌をした。

「二人でお目にかかるのは、千早城以来でござるな」

道誉は打ちとけた親しげな態度で酒をすすめた。

「もう一年半になります。あの折の約束が果たせず、心苦しく思っております」

幕府を倒したあかつきには、道誉に畿内北部の流通路を与える。正成はそう誓約し、大塔宮に令旨まで発給してもらってこのことを保証した。

ところが比叡山《ひえいざん》延暦寺が強硬に反対していることを理由に、天皇はこの令旨を無効にしてしまわれたのである。

「いろいろと尽力していただいたことは承知しておる。お気になさらずとも結構でござる」

道誉は上機嫌で盃を干し、

「ただし、阿弥陀ヶ峰のことは無念でござった。長崎どのとは苦労を共にしてきた仲だけに」

小さくつぶやき、処刑場の杉木立のあたりをながめた。

「それがしにとっても、長崎どのは旧主にあたるお方でござる。助命を嘆願したものの力が及びませんでした」

「主上は怖いお方じゃ。ご自分に逆らう者は許そうとなされぬ」

「その刃にかかろうとしているお方が、もう一人おられます」

「そのようでござるな」

「気が晴れぬのはそのゆえでござる。何とか和解していただく方策はないものでございましょうか」

「お二人の溝は深く、ひどくこじれておる。修復することは難しかろう」

「道誉どのが力を貸して下さるなら、何とかなりまする」

「ほう、どんな策でござろうか」

「宮さまと尊氏どのを和解させるのです。その仲介をしていただきたい」

「それは無理というものじゃ。宮さまが尊氏どのをお認めになるはずがない」

「宮さまはそれがしが説得いたします。お二人の和解が成らなければ、この新政もやがて立ちゆかなくなりましょう」

「正成どの、あれを見られよ」

道誉が楓の巨木を指さした。

「あの楓は中途で断ってあるために、天に伸びる幹の高さを思い描くことができるのじゃ。人の事業もまたしかり。潰れるものなら、鮮やかに潰れるが良かろうと存ずる」

「我らは宮さまの事業に命を懸けておるゆえ、潰すわけにはまいらぬのでござる」

「ほう。ならばいかがなされるご所存かな」

「それがしの身を切って、貴殿にさし上げまする」

正成は道誉をひたと見据え、楠の港から大坂湾までの流通路を引き渡すので力を貸してもらいたいと頼み込んだ。

「それがしは瀬戸内の水運をつかさどる権利をいただいております。伊勢湾と難波《なにわ》を結ぶ流通路は、道誉どのが持たれるがよい。さすれば琵琶湖の水運に匹敵する収入が見込めましょう」

「そこまでして、何ゆえ」

「宮さまをお救い申し上げるためでござる」

正成は主上の許しさえ得られれば、宮をともなって西国におもむいてもいいと考えていた。

主上が畿内を治め、征西将軍である宮と征東将軍である尊氏とが、両翼となって支える体制を構想していたのである。

「それ以外にご新政とこの国を救う道はございませぬ。非業の死をとげた方々のためにも、お力を貸していただきたい」

正成は懸命に頼み込んだが、道誉はついにはっきりとした返事をしなかった。

五

道誉にためらいはなかった。

楠木家の流通路を引き渡してまで天皇と宮との和解をはかろうとした正成の心意気には感じ入ったが、もはや後醍醐天皇のもとでは自分の夢は実現できないと見切りをつけている。

この上は大塔宮を追い落とし、新政権の混乱をあおって今上《きんじょう》の御世を終らせるしかないと、千種忠顕や阿野廉子に湯水のごとく賄賂《わいろ》を贈って主上と宮との離間をはかっていた。

秋も深まった十月二十一日、道誉は忠顕から呼び出されて二条富小路の内裏をたずねた。

「京極入道、いよいよや」

忠顕が細くとがった鼻を得意気にうごめかした。

天皇がついに大塔宮を捕縛せよとお命じになったという。

「それは重畳でござる。して、決行の日は」

「明日や。観月の宴にこと寄せて宮さまを招かれておる。すでに捕縛にあたる者も決めてある」

「どなたでございましょうか」

「名和伯耆守と結城判官《ゆうきはんがん》や。事がもれてはならんよって、二人には明日の午《うま》の刻（午前十二時）に参内せよとしか伝えとらんけどな」

名和長年は近頃、大塔宮と距離をおき、天皇に従う立場を明確にしている。

結城判官親光《ちかみつ》は六波羅探題に仕えていたが、北条一門が亡びる前に天皇方に通じ、新政権で重く用いられていた。

「あのお二人なら仕損じることはござるまい。見事なご手腕でございますなあ」

「ご叡慮に従ったまでや。そちや足利のためにはからったわけやあらへんで」

これは反語である。裏の意味は、そちのためにはからったのだから謝礼も忘れるなということだった。

「重々承知いたしております。先程お屋敷の方に新調した網代車《あじろぐるま》をお届けいたしました。中の荷ともども存分にお使い下されませ」

「中に何が入っとるんや。まさか美しい姫君やないやろな」

「姫君などはいつでもご用立ていたします。こたびは元国からの舶来品をおさめておきました」

真新しい銅銭と青磁や白磁の器だった。

道誉は日本海ぞいに所領を持つ佐々木一門を組織し、博多から若狭の小浜《おばま》にいたる海路を押さえているので、元や高麗との貿易も自在に行なえる。

輸入した品々は小浜から琵琶湖の今津まで運び、東や西への流通路に乗せて諸国に売りさばいている。

これが国内の物産の何倍もの利益を生むのだった。

「ご苦労。そちからの献上品は、三位局《さんみのつぼね》さまもいたくお気に入りやさかいな」

三位局とは帝の寵妃である阿野廉子のことだった。

「宮さまのご処分は、いかがなされますか」

「それや。功績の大きなお方ゆえ重い処分もできかねると、お上も決めかねておられるんや」

「ならば、この入道めにお預けいただけませぬか」

道誉がそう申し出たのは、今の政権が崩解した後を見越してのことだった。

大塔宮は琵琶湖と淀川の水運の利権を道誉に与えるという令旨を発している。今上に代って宮が皇位についたなら、その令旨が生きると読んでいた。

「近江はなあ。近すぎるんとちがうか」

「柏原は近江の東のはずれでござる。当家の所領は美濃にもありますゆえ、そちらにお移しすることもできまするが」

道誉は五辻宮守良《いつつじのみやもりよし》親王を館に留めたことも、後伏見上皇、花園上皇、光厳天皇をお預かりして世話をしたこともある。そうした実績を強調して、何とか宮を預からせてくれるように頼み込んだ。

「ならば明日、参内したらどうや」

「何ゆえでございましょうか」

「名和や結城とともに、宮の捕縛にあたるんや。さすればお上も、そちの望みを聞きとどけて下さるかもしれへん」

翌日午の刻、道誉は嫡男秀綱と音丸だけをつれて参内した。

待ち構えていた忠顕の家臣が、清涼殿の南の小庭に案内した。

殿上《てんじょう》に上がる公卿《くぎょう》たちが沓《くつ》をぬぐところである。三方を塀に囲まれているので、身をかくすには格好の場所だった。

名和長年はすでに十人ばかりの家臣を従えて到着していた。刀こそおびていないものの、小手《こて》と脛当《すねあて》をつけた物々しい姿だった。

「入道どの、お久しゅうござる」

長年が愛想良く声をかけたが、道誉は軽く会釈をしたばかりだった。

「貴殿が参られると聞き、心強い思いをいたしておりましたが……」

この人数はどうしたことだと、長年はけげんそうだった。

「ご案じめさるな。相手は二人とうけたまわっておる。我ら三人でも楽々と取り押さえることができましょう」

「もう一人は多聞兵衛どのでござるぞ」

「存じておりますが、我らは勅命によって働くのでござる。案ずることはありますまい」

道誉は殿上への上り口である小板敷に腰をおろし、青く澄んだ秋の空をながめた。

楠木正成は今日の計略を察しているにちがいない。それゆえわざわざ飯盛城攻めから取って返し、宮の供をつとめることにしたのだろうが、いかに屈強の正成とて勅命にそむいて宮を庇いとおすことはできないのである。

その時の正成の苦衷《くちゆう》を思うと、道誉はもの哀しい同情を覚えた。

「塩冶《えんやの》判官どのと富士名《ふじなの》判官どのには、常々お世話になっておりまする。これも入道どののお力ぞえのおかげでござる」

長年が沈黙の気まずさに耐えかねて話しかけた。

塩冶判官高貞《たかさだ》は出雲、富士名判官義綱《よしつな》は隠岐の地頭で、ともに佐々木氏の一族だった。

「いやいや。それは貴殿らのお働きのゆえでござる。それがしなどは何の力にもなっておりませぬ」

「奥ゆかしくご謙遜なされることよ。入道どののお口ぞえがあったことは、船上山でお二方からうかがいました」

「それは宮さまのお力でござるよ。令旨がなければ、あの二人とて同意しなかったものと存ずる」

その宮さまをお前は捕えようとしているのだと、道誉は皮肉を込めた鋭い言い方をした。自分で仕組んでおきながら無性に腹立たしいのは、正成への同情を捨て去りきれないからだった。

「それ ばかりではござらぬ。あのお二方のおかげで、当家の船も出雲や隠岐の港に入ることができるようになり申した」

道誉の腹立ちに気付かないのか、長年は商いの話まで持ち出した。

「殿、お二人が」

音丸が砂利を踏む足音にいち早く気付いた。

櫛形《くしがた》ののぞき窓から表を見ると、縹色《はなだ》（薄藍色《うすあい》）の水干をまとった大塔宮と菊水の大紋を着た正成が、崇仁門《すうじん》から東庭へと入っていった。

六

正成は大塔宮を守り抜こうと、悲愴《ひそう》な覚悟を定めて後ろに従っていた。

東庭には白くみがき上げた砂利が敷きつめてあり、右手に築地塀《ついじべい》がつづいている。左手に清涼殿が棟高くそびえていた。

清涼殿には天皇が政務をとられる御座《ござ》の間があり、御帳《みちょう》をすえてある。

御座の間の東には、天皇の近臣が祇候《しこう》する広廂《ひろびさし》がある。その外側には高欄《こうらん》のついた簀子《すのこ》（ぬれ縁）をめぐらしてあり、東庭に下りるための階《きざはし》が二ヵ所にもうけてあった。

大塔宮は沓をぬいで広廂に上がった。

正成は沓の番でもするように階の横に片膝をついてひかえた。天皇の許しを得た者でなければ広廂に昇ることはできない。武士でこの先に進むことができるのは、参議に任じられた足利尊氏だけだった。

「本日はご参内がかない、まことにおめでとうございます」

千種忠顕が深々と頭を下げた。

「父君に観月の宴に招かれたのだ。そのように仰々しい姿をし、御簾《みす》でへだてた席に案内するとは解《げ》せぬことだな」

「父子の宴をなされる前に、いくつか確かめておきたいことがあるとおおせでございます。身共が問者《もんじゃ》の役をおおせつかりましたゆえ、かように改まった装束をしております。じきにご出御《しゅつぎょ》なされますゆえ、いましばらくお待ち下さいませ」

御簾には羽を広げた巨大な鳳凰《ほうおう》が、色鮮やかにえがかれている。新しい御世をきずかんとする天皇ご自身を表わしたような覇気に満ちた姿だが、絵のために御座の間の中が余計に見えにくくなっていた。

正成は面を上げることも許されないまま階の脇にひかえていた。

大塔宮が天皇の招きによって参内することになったと服部善助が知らせたのは、三日前のことだ。

観月の宴をもよおして父子の仲を修復したいという申し出だが、この参内は忠顕の進言によって実現したものだという。

そう察した正成は、紀州の飯盛城攻めの陣を抜け出して都に舞いもどり、宮に参内を中止するように訴えた。

ところが宮は、

「確かにそうかもしれぬ。だがこの機会を逃せば、父君は二度と会って下さるまい」

危険を承知で招きに応じ、身の潔白を証したいと言い張った。

宮の切々たる心情に触れた正成は、供をして参内したいと申し出た。

「それではそちが咎《とが》められよう。このまま紀州の陣所にもどるがよい」

宮は軍令違反に問われることを案じたが、正成は我意を押し通した。

宮に万一のことがあれば、正成の夢も理想もくずれ去ってしまう。たとえどんな処罰を受けようと、このお方だけは守り抜かねばならぬと決意していた。

「お上がお出ましになられました」

忠顕が告げた。

御簾の奥で衣《きぬ》ずれの音とともに人影が動いた。上背があり肩幅の広い堂々とした体付きだった。

「本日はお招きをいただき、厚く御礼申し上げます」

宮の声はいつもと変わらず涼やかだった。

「久しくあるな。息災で何よりである」

御簾の奥から返答があった。

低く重い、ややかすれた声である。

「この春以来ご宸襟《しんきん》を悩ませたこと、おわび申し上げます。本日は陳弁《ちんべん》の機会をお与えくださるとうかがいましたので、赤子《せきし》の真意をおくみ取りいただきたいと願っております」

「存分に申すがよい。無実をあかして、朕《ちん》の心を安んじてくれ」

そのお言葉をきっかけとして、忠顕が訊問《じんもん》を始めた。

まず第一点は、殿法印の従者が起こした争乱に関与していたのではないかということだった。

「そのことについては、すでに検非違使庁に届け出てあります。あれは法印が雇い入れた新参者たちが仕出かしたことで、私や法印とは何の関係もございません」

宮は忠顕には目もくれず、御簾に向かって釈明した。

でござ らかす企てがあったと鎌倉から訴えがありましたが、この件についてはいかが

「身に覚えのないことでございます。何者かが私をおとしいれようとして仕組んだもの

と存じます」

「あのご令旨は確かに宮さまの筆跡であると、文章博士《もんじようはかせ》が証言いたしておりますが」

「近頃は博士たちも見抜けぬほど精巧な偽書が横行しております。この場で同じ書状をしたためますゆえ、くらべていただければすぐに違いが分るはずでございます」

「宮さまのご令旨を楯《たて》に取って、所領の横領を働く者どもが後を絶ちませぬ。これも偽物とおおせられますか」

「あれは倒幕がなる前に、身方をつのるために発したものでございます。隠岐におられる父君をお救い申し上げたい一心で、少しでも多くの身方をつのろうといたしました」

冷静さを保って陳弁をつづける宮の声を聞いているうちに、正成は悔しさと情《なさけ》なさに感情が高ぶるのをおさえきれなくなった。

幕府を倒し新政を実現することができたのは、宮の働きがあったからである。

ところが新政が発足した後には、天皇の綸旨と矛盾するという理由で令旨はすべて無効にされた。これでは令旨を持つ者たちが不満を抱き、約束された所領を横領したくなるのは無理もない話である。

そうした者たちの所業まで宮の罪だというのは、あまりに理不尽ではないか。罪は審議をつくさないまま令旨を否定した朝廷にこそあるのだ。

口にはできない言葉があぶくのように胸にわき上がり、正成は不覚にも涙ぐみそうになった。

だが忠顗は理非など眼中にない厚かましさで訊問をつづけていく。黒い束帯を着て冠に纓《えい》をたらした姿は、朝廷という巨樹に巣くう毒虫のようだった。

「それでは最後におうかがいします。宮さまは事あるごとにご新政を批判なされておられるようですが、そのご真意はいかがでございましょうや」

「批判はあります」

宮は覚悟の定まった決然とした目で奥を見据えた。

「まず第一点は、お父君がすべての権力を集中し、意のままに国を動かそうとなされることでございます。そのため国のいたるところで混乱を招き、阿諛追従《あゆついしょう》の輩ばかりが栄華をきわめております。第二点は大内裏や宮殿の造営ばかりを先にして、下々に重い税を課しておられることでございます。数年つづいた戦乱のために、国土は荒れ民は疲れはてております。これから三年は税を軽くし、国土と国民の回復をはかるべきと存じます」

第三点は裁判が正しく行なわれていないことであり、第四点は倒幕の立て役者となった商業的武士団を冷遇していることだ。

言葉を選びながらも、宮は容赦なく現状を批判した。

「もうよい。言わすな」

冷酷な声が御簾の奥から降ってきた。

忠顕が背後に隠し持っていた鈴を打ちふった。

名和長年が口笛を聞いた犬のように小庭から飛び出し、右青瑣門《うせいさ》を抜けて落板敷《おちいたじき》をこえ、鳴板《なるいた》を踏んで広廂に駆け上がった。

十人の家臣たちがその後につづき、大塔宮を取り囲んだ。

広廂の北側にある昆明池障子《こんめいちのしょうじ》のかげにかくれていた結城親光は、いち早く宮に取りつき、腕をつかんで後ろにねじり上げた。

「これは何事だ」

うつぶせに床に押しつけられた宮は、逃れようと身をもがいた。

「勅命により捕縛いたす。神妙になされよ」

忠顕が手にした笏《しゃく》を突き出して宣告した。

正成は宮を救おうと階を上がりかけたが、長年が両手を広げて立ちはだかった。

「控えられい。勅命でござる」

そう言われて、正成は動けなくなった。

勅命の二文字は重い。何人たりとも抗《あらが》うことのできない呪文のようだった。

七

道誉は右青璅門の前に立って様子を見ていた。

たった一人を捕えるのに自分が出ていくまでもない。それに正成が嘆き悲しむところを見たくないし、陰謀を仕組んだのが自分だと知られるのも嫌なので、この場にじっと身をひそめていたかった。

「父君、これがあなたのご本心ですか」

宮は床板に顔を押しつけられたまま訴えた。

「私は父君のご危難を救いたい一心から、延暦寺で身につけていた慈悲の法衣を脱ぎ捨て、朝敵降伏《ごうぶく》の鎧をまといました。そのために幕府の軍勢に追われ、深山《しんざん》に身をひそめ幽谷《ゆうこく》にかくれて危うきを逃れたことも数限りなくありました。そうしてようやく大望をとげ、父君ともまみえることができたというのに、恩賞はおろかねぎらいの言葉さえかけていただいたことはございません。先ほど数々の訊問がありましたが、ひとつたりとも私の犯した罪はありません。奸臣《かんしん》、寵妃が讒言して、父子の仲を裂こうとしているのでございます。父君、なぜそのことがお分りにならないのですか」

必死に訴えたが、御簾の奥から返答はない。吹き来る風に御簾がゆれ、色鮮やかな鳳凰が羽ばたくように見えたばかりだった。

「父君、お答え下され。申生《しんせい》死して晋《しん》の国は乱れ、扶蘇《ふそ》刑せられて秦《しん》の世が傾いた例もございます。どうして古《いにしえ》をたずねて今を計ろうとなされないのですか」

宮は二度、三度と訴えたが、御座の間は墓場のように静まり返っていた。

「言わすんやない。早《はよ》う連れていかんかい」

忠顕が帝をまねて暴言を吐いた。

親光が後ろ手にしめ上げたまま立ち上がらせた時、宮が無言のまま鋭い気を放った。

するとどうだろう。親光ばかりか広廂にいた者たちすべてが一瞬のうちに気を奪われ、木偶《でく》人形のように立ちつくした。

金剛蔵王権現の呪法のひとつ、金縛《きんばく》の法をもちいたようだった。

「父君、何ゆえです。何ゆえそれほどこの護良をお厭《いと》いになるのですか」

烏帽子が飛びざんばら髪になった凄惨な姿のまま、宮は腰につけた脇差を抜き放った。

「私を信じられぬと申されるのなら、この場で腹を切って赤心をご覧にいれまする。命をなげうって言葉のまことを証しますゆえ、どうかこれ以後はお心を改めていただきたい」

「宮さま、おやめ下され」

正成が階を駆け上がって止めようとした。

「寄るな」

宮が憤怒《ふんぬ》の形相で一喝した。

目を吊り上げ、怒りに燃える姿は、金剛蔵王権現そのものだった。

「ここは広廂じゃ。帝のお許しを得た者しか上がってはならぬ」

「ならばここに下りて来てくだされ。宮さまは我らとともに生きるとおおせられたではありませぬか」

正成は階を上がったものの、簀子に足を踏み入れることはできないようだった。

「許せ正成。この命を捨てて父君の迷妄をさまさなければ、我らの理想は成らぬのだ」

宮が御座の間に向き直って脇差を突き立てようとした。

道誉は音もなく走り寄って手首をつかんだ。

「おのれは……」

「近江の虎でござる。ご無礼とは存ずるが、正成どののためにも思い留まって下され」

道誉は低い声でいさめたが、宮の決意は固い。腕をふりほどいて脇差を奪い取ろうとするので、力任せのもみ合いになった。

空はいつの間にか黒い雲におおわれ、大粒の雨が降り出した。

車軸を流すほどの猛烈な雨が大地をたたき、にわかにひらめき始めた稲妻があたりを薄青く照らした。

その雨をついて、隼人が東庭に飛び込んできた。塀を軽々とこえると、簀子の高欄を足場にして御簾の鳳凰に飛びかかった。

まるで怪鳥《けちょう》に戦いを挑もうとするかのようである。

この稲妻で正気を失ったかと見えた瞬間、隼人の重みで御簾がはらりと落ちた。

あらわになった御座の間に、天皇はおられなかった。

すでに中座されたらしく、昼御座には敷き皮が残されているばかりだった。

「父君、これが……、これがあなたのお答えですか」

宮はがっくりとうなだれて座り込んだ。

気が萎《な》えたせいで金縛の法がとけたのだろう。親光らがはっと我に返り、いっせいに宮に飛びついてからめ取った。


大塔宮が鎌倉に流罪となったのは、それから一月もたたない十一月十五日のことだ。天皇は充分な審議もつくさないまま罪ありと決めつけ、足利直義に身柄をあずけることになされたのだった。

第四章　尊氏謀叛

一

朝妻《あさづま》（滋賀県米原市）は北近江を流れる天野川《あまのがわ》の河口にひらけた港である。

東山道《とうさんどう》を都へ向かう旅人は、ここから船に乗って大津へむかった。港のちかくには船宿が軒をつらね、遊女《あそびめ》たちが客の袖を引いた。

彼女らは一夜妻となり朝の船出の時刻に別れたので、朝妻という地名が生まれた。

　恋ひ恋ひて夜は近江の朝妻に
　　君も渚《なぎさ》といふはまことか

そんな艶《つや》っぽい歌が『新続古今和歌集』におさめられている。

建武二年（一三三五）八月初旬の夕刻、道誉は高師直をさそって朝妻に出かけた。

ここは道誉の領国内なので行きつけの店も多い。いちいち声をかけられては面倒なので、頭巾と笠をかぶっていた。

師直はたくましい肩で風を切って歩きながら、物珍しげに連子格子《れんじごうし》の中の遊女たちをのぞいている。扇で手招きされようものなら、匂いでもかぐように顔を近付けていた。

供をするのは阿修羅と音丸だけである。

二人とも芸能の世界ではよく知られているので、目立たないように笠をかぶってうつむきがちに歩いていた。

河口の港には屋形船が待っていた。

幅三間（約五・四メートル）ばかりの大型の船に、御殿のように趣向をこらした屋形がのせてある。道誉が上洛する時に使う御座船《ござぶね》だった。

「あら惜《お》しや。船宿に入るのではござらぬか」

師直が失望の声をあげた。

「出陣前に余計な力を使わせては、尊氏どのに申し訳ないのでな」

道誉は軽口をたたいて船を出させた。

船頭が竿《さお》を押すと、御座船は川の流れに乗って湖へただよい出た。船縁《ふなべり》に立つ十人の水夫《かこ》たちが、息をそろえて長い艪《ろ》をこいだ。

屋形の中には酒肴《しゆこう》の用意がととのえてある。阿修羅に酌をさせながら、二人は船上の酒宴としゃれ込んだ。

肴《さかな》は鮒鮨《ふなずし》である。ニゴロブナを塩漬けした後にもち米に漬け込んで発酵させた、琵琶湖の名物料理である。

師直は腐ったような臭いがすると箸をつけようともしなかったが、道誉にとっては食べなれた好物である。嚙《か》んでいるうちに口の中に広がる甘酸っぱい味は格別だった。

「あの山のむこうが、都でござるな」

師直が比叡山をながめて感慨深げにつぶやいた。

「さよう。袋小路のような王城の地でござる」

道誉は後醍醐天皇への不満を、そのような言い方でほのめかした。

「道誉どの、不可思議なものでござるな」

「何がでござろうか」

「帝《みかど》というお方でござるよ。何を考えておられるのか、さっぱり分らぬ」

「新しい国をきずこうとなされているのでござるよ。ただ……」

その方向が我らとは反対なのだ。喉元まで出かかった言葉を、道誉は酒とともに呑《の》み下した。

昨年十一月に大塔宮護良親王を鎌倉に流罪に処したものの、新政権の混乱はいっこうにおさまらなかった。

　後醍醐天皇があまりに性急に王政復古の政策を取り、公家や寺社ばかりを優遇されたために、守護や地頭として諸国の統治にあたってきた武士たちの不満は大きくなるばかりだった。

　また、大塔宮の令旨《りょうじ》に従って挙兵した商業的武士団も、宮が流罪となり令旨が無効となったことに怒り、新政権に対して敵対行動を取ることが多くなった。

　それでも天皇は強気の一点張りで、武家ばかりか公家からの諫止《かんし》にも耳をかそうとなさらなかった。

　この頃の天皇のやり方を、後に三条公忠《きんただ》は「物狂《ものぐるい》の沙汰が多く、先例とするには適切ではない」と断じている。

　こうした状況に後押しされたのか、大納言西園寺公宗《さいおんじきんむね》が北条高時の弟泰家《やすいえ》とむすんで政権の転覆をはかった。

　事は公宗の弟公重《きんしげ》の密告によって露見したが、泰家らと連絡をとりあっていた信濃《しなの》の諏訪頼重《すわよりしげ》は、高時の遺児時行《ときゆき》を奉じて兵をあげた。

　中先代《なかせんだい》の乱と呼ばれる事件である。

　七月十四日に挙兵した時行軍には、旧幕府に心を寄せる関東八ヵ国の武士たちが馳《は》せ参じ、またたく間に強大な勢力となって鎌倉に迫った。

事の急変におどろいた足利直義は、成良《なりよし》親王や兄尊氏の嫡男千寿王《せんじゆおう》とともに鎌倉を脱出し、早馬を立てて京都に救援を乞うた。

七月末に急報を受け取った尊氏は、後醍醐天皇に東下の許可と征夷大将軍への任官を求めたが、天皇はお許しにならなかった。

これを認めれば幕府を開く口実を与えかねないと危惧《きぐ》し、成良親王を征夷大将軍に任じるのでその指示に従うように命じられた。

尊氏は大いに不満だったが、ぐずぐずしていては北条軍に関東を征圧されかねない。そこで天皇の許可を得ないまま、八月二日に五百ばかりの手勢をひきいて京都を出発した。

尊氏勢は草津《くさつ》宿から東海道を東にむかっている。

だが師直ばかりは東山道を北にすすみ、道誉に兵糧《ひょうろう》の調達を頼みに来たのだった。

「それにしても、関東のありさまはめまぐるしいことじゃな」

道誉は直義が早々と鎌倉から脱出したことに不審を持っていた。

鎌倉は三方を山、一方を海にかこまれた要害の地である。一万ちかくの手勢をひきいているのだから、三方を閉ざして防戦すれば、一月や二月は持ちこたえることができるはずだった。

「そう思われるのはもっともじゃが、あのお方は当てになりませぬ。知恵のまわりは早いが、戦の役には立たぬ御仁《ごじん》でござる」

「その知恵が曲者《くせもの》じゃ。わざと鎌倉を捨てて、尊氏どのの東下の機会を作ろうとなされたのではあるまいか」

「まさか。何ゆえそのような回りくどいことを」

「新たな幕府を開くためでござるよ」

道誉は近頃、直義の手並みの鮮やかさを警戒するようになっていた。

帝の寵妃《ちょうひ》である阿野廉子に讒言《ざんげん》すれば、宮を失脚させることができる。そう知恵をさずけたのは道誉だが、直義は天皇にも見抜けないほど巧妙な令旨を偽造して父子の離間をはかったばかりか、宮を鎌倉に流罪にさせて自分の手元に引き寄せた。

その頭脳の冴《さ》えと手腕に、青みどろの底なし沼を見るような不気味さを感じていた。

「直義どのは三十歳になったばかりで、文机《ふづくえ》にへばりついて育ったようなうらなりでござる。とてもそのような才覚はござるまい」

そんなことより兵糧米の件をよろしく頼むと、師直は役目のことばかり気にかけていた。

その夜は朝妻の船宿に泊り、翌朝酔いざましの粥《かゆ》をすすっていると、米俵を山のように積んだ船がぞくぞくと港に入ってきた。

「ど、道誉どの、あれは」

師直が椀《わん》を手にしたまま窓際まで走り出た。

港に入った船は、船引き人足たちに引かれて天野川をさかのぼっていく。その数は五十、いや、七十艘《そう》は下らなかった。

「越前や若狭から買い付けた米じゃよ。あのあたりは米の刈り取りが早いのでな」

配下の商人に買い付けさせた米を、琵琶湖北部の海津や今津に集め、師直の到着にあわせて朝妻にはこばせたのである。

「これはお見事。いや、一本取られ申した」

船は天野川を醒井宿《さめがい》（滋賀県米原市）までさかのぼった。

ここの船着きで米を下ろし、荷車に積みかえる。およそ三百両の荷車が、列をなして東山道を東へむかった。

道誉らも柏原までもどり、弟貞満《さだみつ》、嫡男秀綱らがひきいる五百騎あまりと合流して荷車の列を追った。

関ヶ原をこえて大垣に着くと、一里ほど東に揖斐川《いびがわ》が流れている。

水量が多い上に堤防などの治水もととのっていないので、川の幅は優に一町（約百九メートル）をこえていた。

川岸には道誉が手配した船が百艘ばかり、岸の杭《くい》に艫綱《ともづな》をつないで待機していた。

大垣から伊勢湾にいたる揖斐川流域には、古くから長岡荘という荘園があった。

源頼朝に従って鎌倉幕府の成立に尽力した佐々木定綱《さだつな》は、近江国の守護に任じられた時に、長岡荘も領地として与えられた。その領有権は、北近江の守護となった京極佐々木家が引きついでいる。

おかげで道誉は日本海から琵琶湖、揖斐川、伊勢湾へ通じる流通路を掌握し、莫大な収入を得ていた。

船は川の流れに乗って軽快に進む。海に出る頃に苫帆《とまほ》をあげると、伊吹山から吹きおろす風が背を押すように先へ先へと船を運んでいった。

「船というものは、何とも便利なものでござるな」

師直は馬で陸路を行くことが多い。船の快適さと輸送力の大きさを認識しなおしたようだった。

「今や東国の船がぞくぞくと伊勢湾に入っておる。その積荷を琵琶湖にはこび込み、宇治川から摂津へと流せば、東国と西国を一本の流通路でむすぶことができるのじゃ」

大型船十隻をつらねた船団は、知多半島ぞいに南へむかい、三河《みかわ》湾の入口にさしかかった。

ここから渥美《あつみ》湾に入り、豊橋で尊氏勢と合流して兵糧米を引き渡すつもりだったが、潮も風も順調なのでもう少し東に行きたいという欲が出た。

「どうであろう。今夜は豊浜で船を泊め、明日、浜名の橋本まで行くことにしては」

道誉はそう提案した。

「しかし、橋本には北条勢が陣を構えておりましょう。それを打ち破ったという知らせは、まだ届いておりませぬ」

師直はいつになく慎重だった。

「尊氏どのが出向かれたのじゃ。案ずるにはおよぶまい」

事態は道誉の読みどおりに進んでいた。

八月二日に京都を発《た》った尊氏らは、六日には東海道の矢矧《やはぎ》宿（愛知県岡崎市矢作町《やはぎちょう》）で鎌倉から脱出してきた直義勢と合流し、八日には浜名湖の南に位置する橋本（静岡県湖西《こせい》市新居町《あらいちょう》）で北条勢を打ち破って敗走させた。

船団が橋本に着いたのは、その翌日のことである。

浜名湖は狭い水路で遠州灘《えんしゅうなだ》とつながり、水路には東海道の名所として知られる浜名の橋がかかっている。

東海道を行き交う者はかならずわたる重要な橋なので、守護不入の特権を持つ橋守たちが警固についている。敗走する北条軍でさえ、彼らをはばかって橋を焼き落とそうとはしなかったのだった。

橋の西のたもとには橋本宿がある。北は湖に面し南は海に開けているので、浜名湖水運と太平洋航路を結ぶ港町として栄えていた。

道誉と師直はさっそく上陸し、湖のほとりの寺におかれた尊氏の本陣をたずねた。

すでに半数は小夜《さよ》の中山（静岡県掛川市）に向けて出陣したというが、それでも寺の周囲には二万ちかくの軍勢がたむろしていた。

尊氏と直義は寺の本堂にいた。

ここで夜営すると決めているので、鎧《よろい》を脱いでくつろいでいる。

境内には美濃、尾張《おわり》、三河、遠江の大名たちが床几《しょうぎ》に腰をおろしてひかえていた。

尊氏は丸顔にどじょう髭《ひげ》をたくわえた、愛敬《あいきょう》のある親しみやすい男である。

直義は面長でのっぺりとした顔をした、物静かで目付きが鋭い男だった。

「ただ今二千俵の米をはこんで参りました。これも佐々木道誉どののご尽力によるものでございます」

師直が告げると、大名たちが喜びと安堵《あんど》の声をあげた。

「かたじけない。急な出陣で兵糧の仕度をする間もなかったゆえ、往生していたところでござる」

尊氏が正直に大名たちの気持を代弁した。

「迅速なご出陣に感服いたしました。さすがに宰相さまは源氏の棟梁《とうりょう》にふさわしいお方でござる」

道誉は尊氏を大いに持ち上げ、北条勢を討ち果たすためにはどんな協力も惜しまないと申し出た。

「それがしが出陣できたのは、道誉どのに頼めば間違いないと思っていたからでござる。この通り、礼を申し上げる」

「私からも感謝申し上げます」

直義が後を追うように頭を下げた。

低い声には活気がなく、取りすました冷たい表情をしていた。

「このたびは災難でござったな。北条勢がこれほど大きな反乱を起こすとは思いもよらぬことじゃ。さぞ驚かれたことでござろう」

道誉はそれとなく探りを入れた。

「東国には旧幕府に恩を受けた御家人も多く、将軍の宮と千寿王を奉じて鎌倉を脱出するのが精一杯でございました。自分の無力を恥じるばかりでございます」

「大塔宮さまは、いかがなされた」

「お二方を守るのに懸命で、不覚にも失念いたしておりました」

「失念していたじゃと」

道誉は聞きまちがえたかと思った。

「いかにも。面目ないことでございます」

「では、鎌倉に残したままでござるか」

「さよう。その後どうなったかは存じませぬ」

鎌倉は北条勢に占領されたので宮の安否をたしかめる術《すべ》もないと、直義は他人事《ひとごと》のように血の通わぬ言い方をした。

この日、後醍醐天皇は尊氏を征東将軍に任じられた。

この任官に力を得たのか、足利勢は小夜の中山や江尻《えじり》（静岡県清水区）、箱根、相模《さがみ》川などで北条勢を打ち破り、八月十九日には鎌倉の奪還をなしとげた。

道誉も貞満や秀綱らと橋本で合流し、足利軍とともに戦ったが、手応えのある抵抗を受けたことは一度もない。

北条勢の士気は低く統率もバラバラで、野伏《のぶせり》か山賊を追い払う程度の戦をしたばかりだった。

（こんな弱兵に、鎌倉を追われるとは……）

道誉は内心あきれ返り、直義はわざと鎌倉から逃げたのではないかという疑いをいっそう強くしたのだった。

鎌倉の長谷《はせ》に道誉の屋敷があった。幕府の評定衆に任じられていたので、出仕のさいの宿所にしていた所である。

長谷観音で有名な長谷寺の参道脇に、都風のしゃれた御殿を建てていたが、二年前に幕府が滅亡した時に兵火にかかり、敷石と庭を残すばかりになっていた。

道誉はやむなく懇意にしている長谷寺の住職を頼り、宿坊を借り受けて五百余の軍勢の宿所とした。

焼けたのは道誉の屋敷ばかりではなかった。

新田義貞の軍勢が西方の稲村ヶ崎から攻め入ったので、極楽寺坂の切通しや坂の下、長谷一帯が激戦地となり、町中が焼け野原になった。

その復興がようやく始まった頃に中先代の乱がおこったために、住民たちは筵《むしろ》をたらした粗末な小屋を建てて雨露をしのいでいる有様だった。

気になるのは大塔宮の消息である。

道誉は鎌倉に入った翌日、宇津宮辻子《うつのみやずし》の幕府跡をたずね、宮の在所だった所に案内するように申し入れた。

「あいにく左馬頭《さまのかみ》さまは所労でふせっておられます。それがしが案内するようにおおせつかりました」

足利直義の近習《きんじゅ》の若侍が、先に立って表に出た。

幕府跡の前の広々とした道を東に向かい、二階堂へつづく小径《こみち》を黙々と歩いていく。

「わしは宮さまの在所を見せてくれと頼んだのだ」

道誉は念を押した。

こんな町はずれの淋《さび》しい所に宮を住まわせていたはずがない。この若侍は何か勘ちがいをしているのではないかと思った。

「ですから、案内申し上げております」

直義に似て血の気の悪い顔をした若侍が、いっそう足を速くして物淋しい山中へと踏み込んでいった。

着いたのは小山のふもとである。

北方から伸びた石灰岩質の尾根が尽き、切り立った崖となっている所だった。

その急斜面の根本に、ぽっかりと口を開けた洞穴《ほらあな》がある。

「ここが宮さまの在所でございます」

若侍は感情の失《う》せた能面のような顔をして告げた。

「これは、土牢《つちろう》ではないか」

「さよう。配流された罪人でござるゆえ」

「馬鹿な。相手は大塔宮さまだぞ」

こんな扱いをしていいはずがないではないかと怒鳴りつけたが、若侍は知らぬふりを決め込んでいた。

道誉は腹立ちをおさえて土牢に入ってみた。

立ち上がることもできないほど天井が低い。広さは八畳ばかりあるが、土は湿気が多く日の光も入らない。地面からは今にも水がしみ出してきそうだった。

「こんな所に閉じ込めたまま逃げ出しておきながら、宮さまの行方《ゆくえ》を捜そうともしておらぬのか」

左馬頭直義はいったいどういうつもりだと叱りつけたが、若侍は自分は案内を命じられただけだとくり返すばかりだった。

二

九月九日は重陽《ちょうよう》の節句である。

都では菊の節句とも呼び、この前夜に菊の花を綿でつつみ、朝露にぬれた綿で体をぬぐって無病息災を願う。

正成の洛中の屋敷にも色とりどりの菊が咲きそろっていたが、節句を祝う気にはなれなかった。

昨年の十一月に大塔宮が流罪に処されて以来、一滴も酒を口にしていない。まるで父母の喪に服すように、家中の祝い事をすべて禁じていた。

宮が内裏で捕えられるのを目のあたりにして以来、正成は鬼になっている。

宮を助け出すために服部善助と千草を鎌倉に派遣したばかりか、天皇の御座所や阿野廉子の寝所にまで忍びを入れ、朝廷の動きをきびしく監視させていた。

そうこうしているうちに、中先代の乱が起こった。

善助と千草は、直義が宮をつれて鎌倉を脱出する時をねらって奪い返そうとしたが、直義は成良親王と千寿王をつれただけで西へ走った。

その後に北条時行の軍勢が鎌倉を占領したが、大塔宮についての噂《うわさ》はいっさい流れなかったという。

そうした知らせを受けるたびに、正成は背中を焼かれるような焦燥をおぼえた。宮に万一のことがあれば、正成の夢も理想も潰《つい》えてしまう。できることなら自ら鎌倉に乗り込み、しらみつぶしに調べて回りたかった。

「殿、どうやら鎌倉に不穏の動きがあるようでござる」

冬至の旬儀《しゆんぎ》も終った十一月初め、橋本右京亮が千種忠顕につけた密偵からの知らせを伝えた。

「直義どのは新田義貞どのを討伐するという名目で軍勢をあつめ、千種卿《きよう》を動かして追討の勅命を得ようとしておられるのでござる」

「何ゆえの謀《はかりごと》だ」

「分りませぬ。鎌倉攻略の手柄をめぐって、お二人は前々から対立しておられましたゆえ」

「それは聞いておるが、合戦におよぶほどのことではあるまい」

尊氏が丹波の篠村で倒幕の兵を挙げた頃、義貞も大塔宮の令旨を奉じて挙兵し、関東の兵をあつめて鎌倉を攻め落とした。

ところが尊氏は、これは義貞の手柄ではないと主張した。

自分が嫡男千寿王を鎌倉に旗頭として残し、倒幕の綸旨《りんじ》を示して挙兵を呼びかけたために、短い間にあれほど多くの軍勢があつまったというのである。

「これすなわち戦いは他に在りといえども、功は隠れてわれに在り」

尊氏は忠顕に送った奏状に、そう記していた。

実際に戦ったのは義貞だが、そうした状況を作った手柄は自分にあるというのである。

「しかるに義貞上聞《じょうぶん》をかすめ、抽賞《ちゅうしょう》をむさぼり、下愚《かぐ》（身分が低く愚かな身）を忘れて大官を望む。世の残賊《ざんぞく》、国の蠹害《とがい》なり」

世に害をなす賊であり国を喰《く》い破る害虫だと義貞をののしり、追討の勅命を下すように求めているという。

「その忍びは、奏状を見たのか」

「隙をみて千種卿の文箱《ふばこ》をのぞき、一字一句そらんじておりました」

そこまでせよと正成が命じている。服部一族の忍びは、その命令を忠実にはたしていた。

「東夷《あずまえびす》同士でご苦労なことでござるな。足利どのは本気で新田どのを討つつもりでございましょうか」

右京亮がたずねた。

「そうであろう。尊氏どのは心あるお方だが、直義という弟は油断がならぬ」

正成がにらんだとおり、両者の対立はますます激しくなっていった。

直義が千種忠顕に奏状を送って讒言していると知った義貞は、尊氏、直義に反逆の企てがあると朝廷に訴えた。

その証拠として諸国の大名に軍勢を催促した尊氏の書状を添付したために、天皇は法勝寺《ほっしょうじ》の円観《えんかん》上人を使者として鎌倉につかわし、尊氏、直義の存念をたしかめようとなされた。

朝廷としては、これ以上事を荒立てたくはない。二人が釈明し陳謝《ちんしゃ》すれば不問に付すつもりだったが、応対に出た直義はあやまるどころか義貞を討伐せよと強硬に迫った。

その上、新政権の政《まつりごと》の手落ちを厳しく非難し、要求がいれられないなら征夷大将軍である成良親王を奉じて幕府をひらくと公言した。

それをお聞きになった天皇は激怒され、新田義貞を大将軍とする八万の大軍を送って足利兄弟を討伐するように命じられた。

大手の東海道を義貞が六万七千余の軍勢をひきいてすすみ、搦手《からめて》の東山道を江田行義《えだゆきよし》ら一万三千ばかりが進撃することになった。

その中に正成の名はない。大塔宮とともに参内して以来ますます天皇にうとまれ、公の場に顔を出すことさえできない立場に追いやられていた。

(愚かな)

陣立ての顔ぶれを見て、正成は失望を禁じえなかった。

義貞程度の力量で、尊氏や道誉に太刀打ちできるはずがない。しかも後醍醐天皇の一の宮である中務卿尊良《なかつかさきょうたかよし》親王を名目上の大将としているのだから、指揮はなおさら難しくなるはずである。

それ以上に腹立たしいのは、正成が祝い事を断つほどに大塔宮の身を案じていることを知りながら、東征軍からはずしたことだった。

(ならば自力で謀《はか》るまでだ)

正成は怒りを胸にしずめて、二条富小路の内裏《だいり》に千種忠顕をたずねた。

「今頃何の用や。出仕無用と伝えてあるはずやで」

忠顕は文机の上にうずたかく帳簿をつみ上げ、あわただしく目を通していた。

「東征軍の陣立てを拝見しました。あれでは勝てませぬ」

正成はおだやかな表情のまま手厳しく指摘した。

「そんなもん、戦ってみな分らんやろ」

「新田どのは大将軍の器ではありません。親王や公家衆に遠慮して、采配を振ることもできなくなりましょう」

「いずれにしても、そちには関係ないことや。東征軍に加えてくれとでも頼みに来たんか」

忙しさに苛立《いらだ》っているのか、忠顕はいつも以上に横柄だった。

「さようでございます。何とぞ、ご尽力くださいますよう」

「無理や。お上のお怒りが解けぬかぎり、どうにもならへん」

「千種卿のお口ぞえがあれば、陣立てなどいかようにもなると聞きおよんでおります」

「何やと。腹に一物《いちもつ》持った口ぶりやな」

「佐々木道誉どのから贈られた黄金の茶碗《ちゃわん》、金蒔絵《きんまきえ》の網代車《あじろぐるま》、いずれも見事なものでございましたな」

正成は配下の忍びに忠顕の行動を四六時中監視させていた。

「あ、あれは、祝いの品や。とやかく言われる筋合いはない」

「車の中には、銭のほかに舶来の青磁や白磁が積まれておりました。その半分を准后《じゅごう》さまへの進物になされましたな。あたかもご自身で買い入れたように装って」

天皇の寵妃である阿野廉子は、十一月四日に准后の位をさずけられたばかりだった。

「正成、そちは身共を敵に回す言うんか」

「とんでもございません。ひとえにおすがりしているばかりでござる」

「そんなら妙な言いがかりをつけんとけ。お上のお怒りが解けるよう、身共も力を尽くしているとこや」

「贈り物は鎌倉からもあったようでござるな」

「なんやと」

「足利直義どのから、三条烏丸《さんじようからすま》の屋敷を贈られたと聞いております」

敵方の張本人からそんなものをもらうのは具合が悪かろうと、正成は追及の手をゆるめなかった。

「あ、あれは買《こ》うたんや。そ、それも直義が鎌倉に下り、空家になっていたからや」

その頃には身方だったのだから問題はないと、忠顕はうろたえながら言い張った。

「十日前にも、直義どのの使者に会われた。祇園の出雲屋という茶屋でございましたな」

「し、知らん。そんな所に行ったことあらへん」

「酒席には白菊という白拍子が同席しておりました。その席で新田どのを追い落とす手立てはないものかと、直義どのの使者が申し出たことまで分っております」

白拍子の中には、大和猿楽座にいた服部一族の者もいる。白菊はその一人だった。

「このことを検非違使庁《けびいししよう》で明らかにすれば、どのようなことになりましょうか」

「無理や。そんなおどしをかけたかて、今さらそちを東征軍に加えることはできへん」

忠顕は正成の怒りの激しさにたじたじになり、見逃してくれと泣きついた。

「ならばそれがしを、東征軍への使者としてつかわしていただきましょう」

「それも無理や。お上がとてもお許しにならへん」

「主上の使いではござらぬ。千種卿の使者としてつかわして下されば良うござる」

「お、お上にそむけと言うんかい」

「それぐらいの権限はお持ちでございましょう。そう見込んでおすがりしておるのでござる」

東征軍に加われないのなら身ひとつでも鎌倉に行き、大塔宮の行方をさがすしかない。

正成はそう決意し、都をはなれる口実を求めたのだった。


十一月十九日、東征軍八万が京都を発った。

正成ははずされたままだが、千種忠顕から尊良親王への使いを命じられたという名目で鎌倉に行くことになった。

正成は伊勢の楠港に行って出発の準備にかかった。

鈴鹿川の河口に位置するこの港こそが、関西における楠木家の本拠地である。港には千石は積めそうな船が十数隻、帆柱を林のように立ててならんでいる。

正成はこの船に五千俵の米と大量の馬草《まぐさ》を積み込み、出港の準備をととのえていた。

「頼まれもせぬのに、たいした大盤振舞いでござるな」

年を取ってますます辛辣《しんらつ》になった右京亮は、あまりに人が好すぎると文句をならべた。

「これから冬のさかりだ。米も馬草も手に入れることはできまい。たとえ命令がなかろうと、身方が窮地におちいると分っていながら知らないふりはできぬ」

「何とも立派な心がけでござる。そうしたことも分らぬ御仁が、都には多過ぎるのでござる」

「嫌なら残ってもよいのだぞ」

「そんなことは申しておりませぬ。故郷の空も恋しゅうござるゆえ、いずこへなりともお供いたしまする」

十一月二十五日、東征軍は三河の矢矧川で足利直義がひきいる東国勢を打ち破った。総勢十万と号する足利勢は、東征軍を迎え討つために鎌倉から西上したものの、ひと合戦しただけであっけなく退去していったのである。

(どうやら吊り籠《つご》りの策らしい)

敵は東征軍に兵糧がないことを見越し、小夜の中山か薩埵《さつた》峠(静岡県静岡市清水区)まで引きつける作戦を取っている。そう察した正成は、二十七日の早朝に菊水丸に乗って東へむかった。

その夜は鳥羽に船を泊め、翌日の昼頃、遠江の橋本港についた。

四ヵ月前に佐々木道誉が尊氏勢に兵糧を供給するのに用いた、まさにその港である。

楠木家は橋本港を東国と伊勢湾を結ぶ航路の中継地として早くから用いてきた。港の近くの土地を買い上げ、分家の者を派遣して管理にあたらせた。

やがて分家は土地の名をとって橋本を姓とし、この一帯に勢力を張るようになった。橋本右京亮はこの家から出て、正成に従っていたのだった。

矢矧川から敗走した足利軍は、昨日のうちにこの橋をわたって東へ走り去ったという。

それを確認してから船を港につけ、兵糧と馬草を荷揚げさせた。

待ち受けていた右京亮の家臣たちが、手早く屋敷の倉にはこんでいく。

「そちはここに残り、東征軍が着いたなら倉を開いてすべて与えよ」

「殿は、どうなされる」

「手勢をひきいて清水港へ向かう。どこで合戦になるか分らぬが、足利勢の背後に回り込んでおけば、ひと働きできるかもしれぬ」

荷揚げを終えて出港しようとしていると、曲舞々《くせまいまい》の遊芸人が息せききって走り寄ってきた。

「千草と申します。楠木多聞兵衛さまの御船とうかがい、お訪ね申しました」

市女笠《いちめがさ》を上げて声を張り上げているのは、鎌倉につかわしていた服部千草だった。

遊芸人らしく白粉《おしろい》をぬって紅を引いている。顔立ちがくっきりとして、目をみはるほど美しかった。

　正成はすぐに船に上げ、

「宮さまのご消息は分ったか」

　飛びつくようにたずねた。

「分りませぬ。足利勢が鎌倉を逃げ出すまでは、二階堂の土牢に幽閉されておられたようです。その後どこに行かれたのか、分らないのでございます」

「土牢とな」

「山をくり抜いて作った、陽《ひ》もささぬ所でございました」

「善助はどうした」

「北条勢が宮さまを信濃に連れ去るのを見たと申す者がおりました。その真偽をたしかめに、信州に行っております」

　その間に鎌倉でもいろいろの事があった。それを知らせに都に向かっていたが、東征軍がつかわされると聞いて橋本で待っていたという。

「東征軍からははずされたが、こうして会えたのは多聞天《たもんてん》のおみちびきであろう。鎌倉の様子はどうだ」

「足利直義さまは、朝廷を敵に回してでも幕府を開くと公言しておられます。そのために御所をきずき政所《まんどころ》をもうけておられますが、尊氏さまは帝に背くつもりはないとおおせられ、寺に引きこもってしまわれたと聞きました」

「では、尊氏どのは出陣しておられぬのだな」

「寺にこもられたままなので、直義さまが上杉、細川、佐々木などの軍勢をひきいて出陣なされたのでございます」

「それはいつのことじゃ」

「十一月二十日でございます」

それでは三河の矢矧川に到着するのは、早くて二十四日である。

二十五日に矢矧川で行なわれた合戦には、直義勢の主力は加わっていない可能性もあった。

「ご苦労であった。右京亮をここに残していくゆえ、橋本の館でゆっくり休んでくれ」

「疲れてなどおりません。どうぞ、このままお連れ下されませ」

正成の行くところならどこへでも行くと、千草はあでやかな顔に悲愴《ひそう》な決意をみなぎらせていた。

積荷をおろした船団は軽快に東に向かい、御前崎《おまえざき》の沖をすぎて駿河湾に入った。清水港に着いたのは、その日の申《さる》の刻（午後四時）過ぎである。

冬の日は短い。

すでに港に夕闇がせまり、錨《いかり》をおろした船がびっしりとならんでいた。

楠木家の先祖は清水港の近くの楠木村を本拠地として海運業に従事していた。

やがて長崎家につかえ、才覚を買われて太平洋沿岸の要地の地頭になり、伊勢の楠港を拠点として畿内で活躍するようになった。

楠木村の本家は正成の伯父の正近《まさちか》が継ぎ、長崎家が鎌倉幕府とともに滅亡した後には清水港の支配を任されるようになっていた。

七隻の大型船団を見て、港で見張りに立っていた者たちは色めきたった。

常の時なら菊水の旗を高々とかかげて入港するところだが、足利勢の背後に回り込もうとしているので目立つ行動はとれなかった。

「どこから来られた。入港の目的をうけたまわりたい」

見張り番がさっそく小早船《こばやかわ》を出して問いただした。

「楠木正近どのに、甥《おい》の多聞兵衛が来たと伝えよ。旗をかかげぬのは、故あってのことじゃ」

「承知いたした。この先の入江に船をつけて下され」

正成と知った見張りの者たちは、大急ぎで船を返して報告に行った。

着岸を終える頃には、正近はじめ一族郎党五百人ばかりが迎えに出ていた。

何しろ楠木の名を天下に知らしめた正成である。その姿を一目拝みたいと、女や子供たちまで集まっていた。

「よう来てくれた。酒宴の仕度を申し付けてあるゆえ、屋敷に上がってくつろいでくれ」

正近は七十歳を過ぎているが、胸の厚い頑丈な体をしている。海の男らしい潮焼けした顔に、白いひげをたくわえていた。

「前触れもなく船をつけて申し訳ございません」

正成は事前に連絡できなかったことをわび、今夜一晩配下たちを陸に上げてやりたいと頼んだ。

「おやすい御用じゃ、全員わしの屋敷に泊ればよい」

そう豪語するだけあって、港に面する正近の屋敷は一町四方もある大きなものだった。城のように塀と堀をめぐらし、万一の時には屋敷の背後にある山城に立てこもる構えを取っていた。

「さあさあ、温かいものを食べて体を休めてくれ」

正近が大広間に案内した。

真ん中に大きな鍋がすえられ、魚貝を煮込んだ潮汁《うしおじる》がさかんに湯気を上げていた。

「こたびは、敵の背後を衝《つ》くつもりか」

正近は陽気なだけの男ではない。正成が急にやってきた理由を鋭く察していた。

「橋本まで兵糧や馬草を運んで参りました。足利勢が小夜の中山か薩埵峠で東征軍を迎え討つつもりなら、先回りしてひと泡吹かせることもできると存じまして」

「久々に会ったのだ。まずは一献まいろうではないか」

「かたじけのうござる。されど」

大塔宮と再会するまで酒を断っていると、正成は丁重に盃《さかずき》を押し返した。

「さようか。宮さまもお気の毒なことであったな」

「それがしは主上にうとまれておりますゆえ、東征軍には加えてもらえませんでした。されど宮さまの身が案じられて、こうして船をつらねて参りました」

「そちのこたびの働きは、見事だと思う」

正近が大ぶりの盃をゆっくりと干し、見事だが正しいとは言えぬと釘《くぎ》をさした。

「我らは海の民じゃ。駿河の海と伊勢の海を往来することを生業《なりわい》としてきた。陸の争いにかかわりすぎては、やがて手痛い目にあわされよう」

「そうかもしれませんが、当家は伊勢に移ってすでに三代目となります。畿内の流通とも深くかかわり、所領も数ヵ国に持つようになりました」

ところが神領興行法が発令され、所領を一方的に没収された。それに異をとなえれば、悪党と呼ばれて討伐されるようになった。これに黙って従うことは男としてできなかったと、正成は深い目をして訴えた。

「さようか。それなら気がすむまで戦ってみることだ」

正近は仕方なげにつぶやき、危うくなったらいつでも清水にもどって来いと背中を叩《たた》いた。

三

矢矧川の戦で敗れた足利勢が、遠江と駿河の国境を流れる大井川にさしかかったのは十二月三日のことだった。

ここまで来れば、鎌倉まではあと三日の旅程である。負け戦の後の退却に疲れていた将兵たちは、ほっと安堵の息をついてなつかしい富士山をながめやった。

道誉は足利直義の本隊に加わって馬を進めていた。

尊氏が急に寺に引きこもって出陣を拒否したために、弟の直義が総大将として三河国まで出向くことにしたが、直義には武将としての才質が欠けている。

とても大軍の指揮は任せられないので、軍監として面倒を見てくれと、高師直が拝むようにしてたのみ込んだ。

道誉は再三辞退したが、他に当てになる人物はいない。尊氏を一日も早く出陣させることを条件に、やむなく気の重い役目を引き受けたのだった。

道誉が取った作戦は、ひたすら逃げることだった。

八万もの大軍をそろえて意気上がる東征軍に、直義を大将とする三万ばかりの足利勢が太刀打ちできるはずがない。それゆえ矢矧川で軽く手合わせをしただけで、ひたすら逃げた。

逃げれば日に日に鎌倉は近くなり、尊氏との合流もはかりやすい。東征軍は兵糧や馬草の準備も充分ではないので、東に向かうごとに軍勢は疲れ士気も落ちる。

そこを待ち構えて反撃に出れば、二倍以上の大軍にも勝つことができると読んでいた。

反撃の場所は清水港の東、興津《おきつ》川の東岸の薩埵峠と決めていた。

ここなら山も険しく道も狭く、大軍を相手にしても充分に戦える。

それに駿河湾にも近いので、水軍の支援を受けることもできた。

冬の渇水《かっすい》期で藁科《わらしな》川の水量は少ない。馬の腹をひたすくらいの川をわたり、安倍《あべ》川のほとりまで来た時、前を行く直義勢が突然左右に散開しはじめた。

「どうやら左馬頭どのは、ここで布陣なされるつもりのようでござるな」

側で馬を進める弟の貞満が、いち早く意図を察した。

直義の軍監をつとめる道誉にかわって、佐々木家の手勢八百余の指揮をとっていた。

「薩埵峠まで引くと申しあわせておる。何を勝手な真似《まね》を」

道誉は直義の本陣に駆け付け、どういうつもりかと問いただした。

「ここで敵を迎え討つのでござる」

反対は承知の上だと、直義は開き直っていた。

「薩埵峠まで引き、吊り籠りの策を取ると申し合わせたはずでござる。何ゆえ急に、そのようなことを思い立たれたのでござろうか」

「我が軍勢はすでに五万をこえておる。藁科川を前に当てて戦えば、八万の敵とも対等に戦えましょう」

「お言葉ではござるが、こんな河原では東征軍の勢いを止めることはでき申さぬ」

「これ以上東へ行けば、三河、遠江の者たちが離脱いたします。武家の棟梁とあおがれる身で、あの者たちを見捨てるわけにはまいりませぬ」

「武家の棟梁は尊氏どのでござる。決戦をいどむのは、尊氏どのの本隊と合流してからにしていただきたい」

「確かに貴殿は軍監だが、采配を振るのは総大将のそれがしでござる。従えぬとあれば、お引き取りいただいて結構でござる」

直義はあえて安倍川をわたらず、背水の陣を敷こうとしている。そうした鋭さと頑《かたく》なさを持った男だった。

東征軍は十二月五日の巳《み》の刻（午前十時）に姿をあらわした。

この日は朝から北風が強く、ことのほか冷え込みが厳しかった。その風に色とりどりの旗をなびかせ、十万にもふくれ上がった軍勢が丸子《まりこ》川の両岸を埋めつくした。

大将は尊良親王で、金銀で日月を描いた錦《にしき》の御旗を押し立てている。大将軍は中黒紋の旗を立てた新田義貞で、弟の脇屋義助《わきやよしすけ》が副将軍をつとめていた。合戦は午《うま》の刻（午前十二時）から始まった。

丸子川西岸の化粧《けわい》坂に本陣をすえた義貞は、藁科川上流の向敷地《むかいしきち》に六千の軍勢を、下流の上川原《かみがわら》に三千を向けて渡河にかからせた。

これに対して直義は、上流に佐々木貞満、土岐頼遠《ときよりとお》らの軍勢五千、下流には今川、吉良《きら》、畠山《はたけやま》ら足利一門の大名を配して迎え討った。

東征軍は数にものを言わせて一気に川を押しわたろうとするが、足利勢も武門の意地にかけて踏みとどまろうと背水の陣を敷いている。

先陣がくずれれば中陣が支え、中陣が押し込まれれば後陣にひかえた上杉、細川両家の軍勢が突撃して敵を川向こうまで追い払った。

道誉は安倍川の東、浅間《せんげん》神社の境内にすえた直義の本陣で指揮をとっていた。ここで合戦になったのは不本意だが、藁科川を前にあてて戦えば敵を撃退できると考えていた。川の水は冷たく、ぬれた鎧は将兵の体力を消耗させる。それゆえ川の東岸に固く陣をかまえ、渡河してくる敵をくい止める守りの戦を徹底させた。

この作戦は功を奏し、二倍の敵と互角にわたりあっている。東征軍は突撃をくり返すたびに討ち減らされ、疲れの色を濃くしていった。

「今じゃ。川を越えて攻め込めば、敵は総くずれになる」

直義がそうせよと詰め寄ったが、道誉は作戦を変えようとしなかった。

「守り抜けば我らの勝ちでござる。無理な戦をする必要はござらぬ」

東征軍は酉《とり》の刻（午後六時）の始めまで十七度も突撃をくり返し、藁科川に累々と屍《しかばね》を残して日暮れとともに兵を引いた。

勝ちに乗った直義は安倍川の西岸に本陣を移し、夜明けを待って奇襲をかけることにした。

「左馬頭どの、今夜は安倍川の東まで引くべきと存ずる」

道誉は敵の夜襲を警戒していた。

この寒さでは火を焚《た》かなければ夜営はできない。火を焚けば布陣の様子が敵方にまる見えになり、不意をつかれるおそれがあった。

「これほどの勝ち戦でござる。敵にはもはや夜襲をかける力はござるまい」

直義は朝駆けして敵の寝込みを襲うべきだと言い張った。

戦況からいえばその意見にも一理ある。評定《ひょうじょう》の末、そなえを厳重にして手越河原《てごし》で夜営することにした。

異変が起こったのは、両軍が寝静まった丑《うし》の下刻（午前三時）だった。

黒ずくめの装束をまとった三百余の兵が、後陣にいた上杉家の陣所にいっせいに矢を射かけた。

深々と寝入っていた上杉勢があわてて防戦の構えを取ろうとすると、背後の安倍川の西側にかがり火の列がずらりと並んだ。

「しまった。背後に回り込まれたぞ」

後方の者たちが恐慌《きょうこう》をきたし、我先にと安倍川をわたって逃げ出した。

これを見た先陣や中陣の将兵は、よほどの大軍が迫っているにちがいないと浮き足立った。

「うろたえるな。敵は無勢じゃ。陣を固めて持ち場を動くな」

道誉は各陣所に早馬を出して命じた。

ところがその時、新田義貞がひきいる精鋭二万が、松明《たいまつ》をかかげて藁科川を渡りはじめた。夜襲部隊と連携するために、川岸まで軍勢を移動させていたのである。

おびただしい松明が迫ってくるのを見ると、足利勢は弓も鎧も打ちすてて安倍川を渡ろうとした。

背水の陣を敷いていた重圧が、恐怖心に拍車をかけたのである。

「岸に楯《たて》をつらねよ。弓の者は楯の後ろから矢を放て」

道誉は本陣に踏みとどまろうとしたが、総大将の直義が真っ先に逃げ出した。

数十騎の近習たちに守られ、恥も外聞もなく逃げてゆく。

これで全軍が総崩れとなり、最後まで踏みとどまった十数名の武将を討死《うちじに》させる大敗北を喫した。

その中には道誉の弟の貞満もふくまれていた。

四

正成は素早く兵を引き、半弓《はんきゅう》をしまって引き上げの準備にかからせた。

戦場では不審な者は討ち捨てにされる。大事な手下たちを危険な目にあわせるわけにはゆかなかった。

足利勢はすでにはるか東へ逃げ去っている。それを追撃した義貞軍も深追いしようとはしなかった。

二万もの大軍を擁しているのだから、三里か四里ほど追撃すれば足利直義を討ち取ることができたかもしれない。だが義貞は浅間神社の境内に馬を止め、身方が安倍川をわたって合流するのを所在なげに待っていた。

「どうして後を追わないのでしょうか」

千草がもどかしげにたずねた。

安倍川ぞいに竹筒をならべ、松明をさし入れて数千の軍勢が迫っているように見せたのは、彼女と服部一族の忍びたちだった。

「身方が後につづかない。深追いしては敵中に孤立すると思っておられるのであろう」

昨日の戦いで多くの死傷者を出した東征軍には、足利勢を追撃する力は残っていない。寄せ集めの軍勢なので相互の連絡が悪く、夜襲のことも他には知らせていないようだった。

「それに尊良親王と公家衆が本陣におられる。上意をはばかって迅速な行動がとれないのだ」

「多聞さまならどうなされますか」

「追撃したであろう。この先は平野の中の一本道ゆえ、足利勢には態勢を立て直すことはできぬ」

ここから二里半ほど先には、楠木家の本拠地である楠木村がある。

正成が大将軍に任じられていたなら、ここに伏兵をおいて敗走してくる足利勢に痛打を与えたはずだった。

「主上はどうして多聞さまを東征軍からはずされたのでしょうか」

「いろいろお考えがあられるのだ。いたし方あるまい」

正成は批判を口にすることをはばかったが、心の中ではもはや主上に見切りをつけている。一刻も早く大塔宮をさがし出し、父子の和解をなしとげて政権に復帰させることだけに望みをつないでいた。

正成は清水港につないだ菊水丸にもどり、駿河湾を横切って沼津港に入った。

ここで東征軍と合流して鎌倉へ向かおうと考えていたが、義貞らは伊豆の国府である三島にとどまったまま動こうとしなかった。

「黄瀬《きせ》川に本陣をおいたまま、降人《こうにん》を受けつけておられます」

歩き巫女《みこ》に姿を変えた千草が、本陣の様子をさぐってきた。

足利直義らは箱根峠に近い水飲《みずのみ》に陣を張っているが、配下の将兵はぞくぞくと東征軍に投降している。義貞らはそれを受け付け、鎌倉攻めの先陣に仕立てているという。

「近江の佐々木道誉さまも、降人になられたそうでございます」

そう聞いた瞬間、正成のうなじに寒気が走った。

あの誇り高い近江の虎が、弟を討ち取った敵に降伏するはずがない。何かの目論見があってのこととしか思えなかった。

正成はその懸念を伝えようと、黄瀬川の義貞の本陣にかけつけた。

ここは源平争乱の昔、源頼朝と義経が対面をはたした場所である。源氏の嫡流を自任する義貞は、その故事にあやかろうとここに陣をすえたのだった。

「これは河内守《かわちのかみ》どの。手越河原ではかたじけのうござった」

正成が夜襲をかけてくれたおかげで戦に勝つことができたと、義貞は二度も三度も礼を言った。

「しかし、貴殿がこちらに来ておられるとは夢にも思いませんでした」

「千種中将さまに使いを命じられたのでござる。内々の使いゆえ、このように忍んでまいりました」

正成は手短かに事情を話し、道誉が降人となったと聞いたがまことかとたずねた。

「さようでござる。近江源氏一千余人をひきつれて降《くだ》られ申した」

「それは偽りの投降でござる。おそらく尊氏どのが出陣されるまで、東征軍をこの地に引き止めようと考えてのことと存ずる」

「道誉どのは馬も兵糧も差し出し、尊良親王に恭順の意を示されたのでござる。そのような策略あってのこととは思えませぬ」

「ならば道誉どのを先陣にして、箱根峠の足利勢を攻められるがよい」

そうすれば道誉の本心が分るはずだと言ったが、義貞は応じなかった。

箱根路は深い雪におおわれ、とても攻め登ることはできないという。

「箱根が無理なら、十国峠《じっこく》を越えて熱海《あたみ》に出られるがよい。さすれば箱根にいる足利勢も、鎌倉を守るために退《ひ》かざるを得なくなりましょう」

「おおせの通りと存ずるが、宮さまが長の旅でお疲れなのでござる」

「ご病気でござるか」

「そこまでのことはないと存ずるが、ご気分がすぐれぬと申されて」

「ならば宮さまをここに残し、貴殿が先陣の大将となられるがよい」

鎌倉攻めの勝手は先の戦で分っているはずだと迫ったが、義貞ははっきりとした返事をしなかった。尊良親王やお付きの公家たちの意向に逆らうことができないので、自分では何ひとつ決められなかったのである。

翌日の午後、千草が再び報告に来た。

「道誉さまは、諸将の陣屋に挨拶まわりに出向いておられます。中でも塩冶判官、富士名判官の陣屋には、二度もおたずねになられました」

「一人で動いておられるのか」

「挨拶まわりには、降人となった方々と一緒に出向いておられます。しかし塩冶判官と富士名判官を二度目にたずねられた時には、近習《きんじゅ》一人を従えただけでございました」

近習は音丸という者だと、千草は詳細に調べ上げていた。

「引きつづき見張りにあたってくれ。音丸という男は忍びの心得があるゆえ、くれぐれも後《あと》を尾《つ》けられぬようにな」

塩冶判官高貞と富士名判官義綱は佐々木氏の一族である。

道誉が二度も二人をたずねたのは、単に旧交をあたためるためではあるまい。二人をそそって再び足利方に寝返ろうとしているのか、それとも合戦のさなかに裏切るように仕向けているのか……。

一刻も早く道誉に会って、真意をたしかめねばならぬ。不穏の計略があるなら、その場で討ち果たすしかない。正成はそう決意し、身仕度を始めた。

手みやげの酒樽《さかだる》を従者に持たせて菊水丸から下りると、薄汚れた白い犬がよろよろと駆け寄ってきた。

骨と皮ばかりにやせおとろえ、片目が無残につぶれている。

飢えた野良犬がえさをねだりに来たかと思ったが、やさしげに澄みきった片方の目に見覚えがあった。

「お前は隼女……。隼女ではないか」

正成は腰をおとして首のあたりを抱き止めた。

隼女の体は頼りないほど細くなって、毛の色つやを失っている。それでも首には兵庫鎖をしっかりと巻いていた。

「これは宮さまの」

大塔宮からの使いなのだと、正成は胸の高鳴りをおさえて鎖につけられた密書を開いた。

「鎌倉進撃を急ぐな」

密書にはそう記されていた。

尊氏が寺に引きこもったのは、東征軍をおびき寄せるための罠《わな》である。この策に落ちて関東に攻め込んだなら、箱根に布陣している直義の軍勢に背後をつかれ、背と腹に敵を受けることになるというのである。

雨のせいか書状が少しにじんでいたが、筆勢がある美しい書体や花押は本人の筆《て》にまちがいない。それに宮さまでなければ隼女が従うはずがないのだから、疑う余地はなかった。

「そうか。宮さまはやはりご無事でいて下されたか」

正成は嬉《うれ》しさのあまりもう一度隼女を抱きしめた。

「宮さまはどこにおられる。どのようにお過ごしなのじゃ」

そうたずねたが、正成には隼女の心を読むことができない。変わりはてた姿を見れば、宮の窮状もさぞやと思われて涙がこみ上げてきた。

隼女の片目も涙でうるんでいる。澄んだ目の底に哀《かな》しみの色を浮かべ、大きく首をさし伸べた。返信を首輪につけろと催促しているのである。

正成は袖の菊水紋を切りさき、兵庫鎖にまきつけた。

「頼むぞ隼女、次には宮さまのところへ案内してくれ」

以前のように、頭をひとつなでて送り出した。

五

夕方になって雪が降りはじめた。

さらさらと乾いた雪が、富士山から吹き下ろす風にのって舞い落ちてくる。

北近江に降る重く湿った雪を見なれている道誉には、その軽やかさがめずらしかった。まるで花ふぶきのようである。これならさしてつもるまいと空を見上げると、山の中腹まで雲におおわれた富士山がどっしりとそびえている。

この圧倒的な存在感にくらべれば、伊吹山が可愛《かわい》らしく思えるほどだった。

気候や自然がちがうように、東国と西国では人の気質もちがう。坂東武者が戦の結果より見事な戦ぶりにこだわるのは、こうした雄大な景色のせいかもしれなかった。

(それにしても、宮さまを土牢に入れるとは)

都で育った道誉には、想像しただけで背筋が寒くなる暴挙である。

それを平然となし、失念していたと言い放った直義は、いったいどんな神経の持ち主なのか……。

バサラと呼ばれた道誉でさえ想像がおよばない凄《すさ》まじいやり口だった。

「殿、おおせの通りでございました」

雑兵に身を変えた音丸が、肩に雪をのせてもどってきた。

箱根の水飲に行き、直義の本陣をさぐってきたのである。

「右筆《ゆうひつ》か、それとも写経の僧か」

「写経の僧を右筆にしておられます。黙阿弥《もくあみ》という老僧で、どんな書体もまねることができるそうでございます」

写経のみを仕事とする僧の中には、弘法《こうぼう》大師や伝教《でんぎょう》大師の書体を自在にまね、寺の由緒《ゆいしょ》書きを偽造する輩《やから》がいる。

直義が都に送った大塔宮の令旨も、そうした手合いに偽造させたのではないかと思い、音丸に調べさせていたのだった。

「直義どのは先日、足利討伐を命じた偽の綸旨を作らせて鎌倉に送られました。それゆえ兄上はかならず出兵すると、評定の席で高言なされたそうでございます」

「なるほど。窮鼠《きゅうそ》に猫をかませようというわけか」

「それから陣屋を見張っている不審な者がおります。外出の際には、くれぐれも気を付けられますよう」

「何者だ」

「分りませぬ。どうやら女子《おなご》の忍びではないかと存じます」

偽綸旨が功を奏したのか、翌日尊氏が鎌倉を出陣したという知らせが届いた。

高師直がつかわした使者が、八日に鎌倉を出て十日には足柄《あしがら》峠に布陣すると伝えたのである。

（これはかえって好都合だ）

道誉は即座に計略を立て、新田義貞を訪ねて師直の書状を見せた。

「それがしがまだ足利方に心を寄せていると思って、師直どのはこのような密書を送られたのでござろう。その隙に付け込んで討ち果たすのが上策と存ずる」

「いかがなされまするか」

義貞は密書を見せられ、道誉の心底《しんてい》に偽りはないと信じ込んだようだった。

「降人となった一万余の軍勢をひきいて、それがしが足柄峠のふもとの竹下《たけのした》に参ります。師直どのがうかうかと下りて来られるのを待って、ひと泡吹かせてごらんに入れまする」

「しかし敵は五万を超えましょう。一万くらいで太刀打ちできるとは思えませせぬ」

「むろん正面から戦うつもりはござらぬ。今日中に出陣し、竹下に柵をめぐらして陣地をきずきまする。初めにひと泡吹かせたなら、その陣地に立てこもって敵を防ぐのでござる」

そうすれば五万の大軍でも四、五日は持ちこたえることができる。その間に義貞の本隊が箱根峠の直義勢を打ち破り、竹下に救援に駆け付ければいいというのである。

義貞は評定をひらいて諸将の意見を聞いた。

「降人に先陣をつとめさせるのは戦の作法でござる」

義貞の弟の脇屋義助が同意し、自分が二万の兵をひきいて後ろから監視にあたると言った。

「ご舎弟どのが後ろ備えをして下されば、これほど心強いことはない。我らの戦ぶり、しかと見届けていただきたい」

道誉は落ち着き払って応じ、二万もの軍勢をひきいての出陣であれば、尊良親王にもご出馬を願うべきだと言った。

「我らの陣地に錦の御旗がひるがえるのを見れば、尊氏勢は帝に弓引くことをためらいましょう。それに陣地をきずいての戦ゆえ、箱根峠にお進みいただくより安全でござる」

親王を奉じていた公家衆がこの案に飛びついた。彼らは口では勇ましいことを言うものの、内心では危ない所には近付きたくないと思っていたのである。

六

雪は沼津港にも降っていた。

ふんわりとした軽みのある雪が、はかなげに宙を舞いながら灰色の海へ落ちていく。

正成は菊水丸の屋形でそれをながめながら、やはり隼女の後を追っていくべきだったと悔やんでいた。

今の正成にとって後醍醐天皇も東征軍も縁遠いものとしか思えない。足利方との戦の勝敗よりも、大塔宮との再会をはたすことが大事なのである。

それなのにこうして残ったのは、道誉の脅威があるからだった。

「殿、ただ今戻りました」

服部善助が気配もなく近付き、尊氏が三万の兵をひきいて鎌倉を発ったと告げた。

「軍勢には武蔵《むさし》、相模、伊豆の地侍が加わり、六万余にふくれ上がっております」

箱根は雪で閉ざされているので、足柄峠へ向かうことにした。今頃は先陣の高師直らが峠に着いている頃だという。

「そうか。これで義貞どのも箱根を攻める気になられよう」

正成はかえって良かったと思った。

尊氏の本隊が足柄峠を越えるまでには、あと三日はかかる。その間に箱根の直義勢を追い払い、尊氏と決戦におよべばいいのである。

山上に布陣した直義勢はこの寒さで手足がかじかみ、とても戦える状態ではないはずだった。

「それより、宮さまのご消息は分ったか」

「北条勢が連れ去ったとの噂があり、信濃まで行ってまいりましたが、それらしき様子はありません」

「土牢に幽閉されておられたと聞いたが」

「二階堂ヶ谷《やつ》の土牢でございます。陽もささぬ湿気の多い所でございました」

「やはり、まことであったか」

その一事だけでも、直義を許すことはできなかった。

「鎌倉では、いろいろな噂がささやかれております」

直義が鎌倉を脱出する時に宮を殺したという者や、殺すように命じたが家臣がひそかに逃がしたという者、混乱に乗じて宮が自力で脱出したという者など、百説が乱れ飛んでいるという。

「宮さまは生きておられる」

正成は宮の密書を取り出し、隼女が運んできたことを告げた。

「拝見いたします」

善助は書状を押しいただいて隅々まで改め、これは宮さまのご親筆かどうか分らないと言った。

「この私が宮さまの筆《て》を見誤ると思うか」

「直義どのは誰の筆も自在にまねる黙阿弥という老僧を召し抱えておられます。雨ににじませているのも、偽書と気付かれないようにするためと存じます」

「しかし、隼女は」

そう言いかけて正成ははっとした。

あのように傷付いた隼女を使いに出すような薄情なことを、宮さまがなされるだろうかと思ったのである。

「多聞兵衛さま、三島の東征軍が動きました」

千草が知らせに来た。

「箱根を攻めるか」

「足柄峠の足利本隊にそなえて、脇屋義助さまが三万の軍勢をひきいて出陣なされました」

先陣は佐々木道誉がひきいる一万余の降人たちで、尊良親王も旗頭として出陣している。竹下や中山（静岡県御殿場市）に陣をかまえて足利勢をくい止めるつもりだという。

「何と愚かな」

箱根を先に攻めれば、兵を分ける必要はないのである。道誉が仕向けた罠にまんまとはまり、虎を野に放ったとしか思えなかった。

「塩冶や富士名はどうした」

「二人とも後陣をつとめておられます」

「千草、動くな」

善助が厳しく命じて緋袴《ひばかま》の裾を改めた。

かすかに草色の粉がつき、涼やかな香りがした。

「匂い玉だ。誰かに尾けられたな」

善助は船縁に出てさりげなくあたりを見回した。

船小屋の陰から身軽な男が走り去っていくのが見えた。

「敵の間者でございます。ご用心なされませ」

「一刻の猶予《ゆうよ》もならぬ事態じゃ。よく知らせてくれた」

申し訳なさに身をすくめる千草をねぎらい、正成はすぐに出陣の仕度にかかった。

こんな事もあろうかと、百頭の馬を買い付けて騎馬に仕立てている。残り百人は足軽にして半弓を持たせた。

総勢わずか二百人である。せめてあと二百人ほどいればと思っていると、三隻の小早船が北風にあらがって港にこぎ寄ってきた。

舳先《へさき》に立って手を振っているのは橋本右京亮である。

「殿、我らも参りましたぞ。何なりとお申し付け下され」

「よく来てくれた。それにしても、どうしてここにいると分ったのだ」

「お戻りがおそいので、清水港に行って正近どのにたずねたのでござる。老いたりとはいえ、殿のお考えは分りまするぞ」

右京亮は橋本家の郎党百五十人に戦仕度を命じ、三隻に分乗させて連れて来たのだった。

七

十二月十一日の夜が明けた。

道誉の軍勢一万は足柄峠のふもとの竹下で夜営し、足利尊氏の本隊の来攻を待ち受けていた。

二重に柵を結い、その後方に弓隊を配している。敵が攻めて来たなら矢をあびせ、ひるんだところに騎馬隊が突撃する構えである。

だがこれはそれらしく見せかけているだけで、道誉は端《はな》から足利方に通じるつもりで事を運んだのである。要はいかに効果的な時機に寝返るかだと、背後の東征軍の様子をうかがった。

竹下の南方半里ばかりの藍沢原《あいざわはら》に、脇屋義助の本隊一万七千が布陣している。

義助も道誉がいつ裏切るか分らないと警戒して、前方に五重の柵をたがいちがいに並べていた。

脇屋勢の一里ほど南の中山には、富士の裾野に盛り上がった小高い山がある。その頂《いただき》に尊良親王が本隊をおき、金糸銀糸でぬい取りをした錦の御旗を高々とかかげていた。

「殿、例の忍びの正体が分り申した」

音丸が陣所にもどり、楠木正成の手の者だと知らせた。

「やはり、あの御仁《ごじん》が来ておられるか」

「伊勢の楠港から船団を組み、沼津の港に入っておられます」

「さようか。そうであろうな」

東征軍が兵糧や馬草の欠乏に苦しまなかったのは、正成が補給したからにちがいない。手越河原の上流に回り込んで横矢を射かけたのも正成の仕業だと察し、音丸に調べるように命じたのだった。

「もう少し早く気付いていれば、貞満を死なせることもなかったのだ」

今日こそはあの日の借りをきっちりと返すと、道誉は足柄峠を見やった。

山頂には源氏の白旗が何百本となくはためいている。中腹には高師直の一万余が布陣し、夜が明けるのを待ってふもとへの移動をつづけていた。

真っ先に姿を現わしたのは、赤糸おどしの大鎧を着けて黒毛の馬に乗った師直である。

それにつづいて二百、三百、五百と、みるみるうちに騎馬の数が増えていった。

（師直どのよ。まずは偽りのかかり合いじゃ）

へたな動きをすれば背後の脇屋勢の攻撃を受けるので、道誉は細心の注意をはらって計略をねり上げていた。

最初に中黒の旗をかかげて新田勢をよそおった二百騎が、師直勢に攻めかかった。

両者激しく太刀を打ち合わせて偽りのかかり合いを演じている。これを左右から押し包む形で、道誉は全軍を出撃させた。

中黒の旗は偽造したものである。だがそれを知らない脇屋勢は、義貞の手勢がいるなら裏切るおそれはないと見て、竹下の道誉の陣地まで出て後詰めをする構えを取った。

「今じゃ。敵は罠にかかったぞ」

道誉は中黒の旗を捨てさせ、四つ目結の佐々木家の旗をかかげた弓隊を先にして取って返した。

脇屋勢は足利勢との白兵戦となると見て、柵の内側に騎馬隊をならべて出撃にそなえている。その鼻面に向かって至近距離から矢を射かけた。

相手はあわてて弓隊を前に出そうとするが、なまじ多勢なので混み合って思うにまかせない。そこを目がけて騎馬隊を突撃させた。

脇屋勢は二重の柵を楯に防戦しようとしたが、道誉の騎馬隊が突入する直前に柵がぱたりと前に倒れた。

頑丈そうに見えるが、地面に杭を打ち込んでいない。柵にかけた綱を引けば簡単に倒れるように細工をし、兵を伏せて好機をねらっていたのだった。

脇屋勢は何が起こったか分らずに茫然《ぼうぜん》とし、次の瞬間丸裸でいることに気付いて恐慌におちいった。

そこを目がけて騎馬隊が突っ込むと、藍沢原の本陣に向かっていっせいに敗走をはじめた。

攻守両用の五重の柵をきずいていた義助も、こうした場合の判断はむずかしい。早く閉めすぎると身方を見殺しにすることになるし、遅くなれば敵に付け込まれる危険が大きくなる。

窮地に立った義助は、柵のきわまで一千余の弓隊を出し、敵の騎馬隊に遠矢を射かけさせた。

ねらいを定めず滅法《めつぽう》に射るので徒矢《あだや》も多い。中には身方を射ぬいた矢もあったが、この作戦は効果を発揮した。

佐々木勢が遠矢にひるんで追撃の手をゆるめた間に、脇屋勢は身方をなんとか柵の内側に収容することができたのだった。

義助らがほっと息をつく間もなく、背後でさわぎが起こった。

後陣にいた塩冶判官高貞、富士名判官義綱らの軍勢が、義助の本陣めがけて攻め寄せたのである。

「今だ。総攻めにせよ」

道誉は浮き足立った脇屋勢めがけて、全軍を突撃させた。

中でも師直の軍勢は初戦なので気負い立っている。柵ごと押し倒すほどの勢いで馬を進め、雄叫《おたけ》びをあげて敵陣めがけて斬り込んでいった。

八

正成は総勢三百五十人になった手勢をひきいて竹下へ向かっていた。

先陣に立った道誉は、合戦の直前に敵方に寝返るにちがいない。その前に何とか竹下に着こうと、吹きくる北風をついて急ぎに急いだ。

遠くの中山に、錦の御旗と紫の吹流しが見えた。

尊良親王の本陣だが、旗も吹流しも落ちつきなく揺れている。

陣中が動揺し、退却にかかろうとしているらしい。

(南無三《なむさん》、遅かったか)

戦況をたしかめようと、中山をすぎて藍沢原を見わたせる位置まで出た。

脇屋勢は正面の敵に押し込まれ、後方の寝返り者に攪乱《かくらん》されている。かろうじて持ちこたえているものの、総崩れになるのはさけられない状況だった。

「善助、千草」

正成は前方の雑木林に服部一族を配し、機を見て火を放つように命じた。

鮎沢《あゆさわ》川が迫って道を狭くしているので、ここに火を放てば敵は追撃できなくなる。だが、あまり早く火を放てば身方の退路を断ちかねないので、見極めがむずかしかった。

「右京亮は中山のふもとに陣を張り、弓隊の指揮をとれ」

自分は尊良親王を守って三里ほど南の佐野山で態勢を立て直すと告げ、騎馬隊をひきいて山頂の本陣に駆け上がった。

三千の兵はすでに敗走の仕度にかかっている。あわただしく旗を巻いて陣幕を取り払い、親王を屋根付きの輿《こし》に乗せてかつぎ上げようとしていた。

「恐れながら、楠木多聞兵衛でござる」

大声をあげて本陣に走り込むと、誰もがえっという顔をしてふり返った。

正成の武名は天下に鳴りひびいている。その男が駆けつけてくれたならもう安心だと、浮き足立っていた本陣が落ち着きを取りもどした。

「千種中将さまの命により、書状を届けに参りました。お取り次ぎいただきたい」

輿の前方にいる公家に書状をさし出した。

「よい。直《じか》の目通りを許す」

尊良が声をかけた。

地獄で仏に会った思いをしていることは、声の調子で分った。

お付きの公家があわてて輿の前簾《まえすだれ》をおろそうとしたが、尊良は無用だと叱りつけた。

二十五歳になる気の強そうな顔付きをした一の宮だった。

「陣中見舞いをせよと申しつかって参りましたが、非常の場合でございます。軍勢の指揮をとることをお許しいただきとう存じます」

「願ってもないことじゃ。さし許すゆえ、挽回《ばんかい》の秘策があるなら教えてもらいたい」

「この場はもはや支えきれませぬ。佐野山まで退《さが》って態勢を立て直すべきと存じます」

自分が殿軍《しんがり》をつとめるので、早々にご動座なされるように進言した。

「分った。佐野山だな」

尊良は力強く応じたが、佐野山に布陣することはできなかった。お付きの公家たちが足利本隊の追撃におびえ、宮の命令を無視して三島まで逃れたのである。

正成はやむなく佐野山に菊水の旗を立てて軍勢を集めようとした。

ここで敵を食い止めなければ、箱根に向かった義貞の本隊まで危うくなるからだが、踏みとどまったのは五千人ばかりだった。

しかも懸念は最悪の形で的中した。

親王らの本隊が敗走してくるのを見た義貞勢は、このままでは前後からはさみ討ちにされると浮き足立ち、後陣の者から我先にと退却しはじめたのである。

夕暮れが迫る頃、右京亮と善助らが兵をまとめて佐野山に駆けつけた。

「敵は追撃の足を止め申した。今夜は中山で夜営するようでござる」

右京亮が胸を張って報告したが、もはや佐野山に立てこもって敵を支える意味はなくなっていた。

「新田どのが総大将と聞いて危ぶんでおりましたが、やはり荷が重かったようでござるな」

右京亮は義貞の不覚悟をののしり、これからどうするつもりかとたずねた。

「沼津にもどる。敵が港を占領する前に、船を出さなければなるまい」

その先どうすれば東征軍の敗走を止められるか分らない。

このままでは足利勢に追いまくられて都まで逃げることになるだろうが、態勢を立て直す手立ては何ひとつ思い浮かばなかった。

第五章　王城奪回

一

三島まで引き上げた時にはすでに夜になっていた。

空は晴れていて一面の星月夜である。雪におおわれた富士山が、月に照らされて白銀色にかがやいていた。

三島大社のまわりには、おびただしいかがり火が燃えている。新田義貞がここに本陣をおき、竹下や箱根から敗走してきた軍勢を集めているのだった。

その数は優に五万を超えている。かがり火は四重五重になって、神社の境内を取り巻いていた。

正成はしばらく馬の足を止め、東征軍の様子をながめた。

これならまだ打つ手はある。正成は光明を見出《みいだ》した思いで義貞の本陣をたずねた。

三島大社の大鳥居をくぐると、広々とした源平池に富士山の伏流水がこんこんと湧き出している。

義貞はその側《そば》に陣幕を張って本陣とし、境内にある社務所を尊良親王の御座所にしていた。

義貞は黒革おどしの鎧《よろい》を着けたまま床に座り、弟の脇屋義助と何事か語り合っていた。

「楠木河内守さまが参られました」

取り次ぎの者が伝えても、しばらく話をやめようとしなかった。

陣中は敗戦の衝撃に殺気立っている。正成に対する対応も意外なほど冷たかった。

「この方々は目を抜かれた虻《あぶ》でござるな。さわがしく飛び回るばかりで、ここにどなたがおられるかも気付かぬとみえる」

橋本右京亮が大声で皮肉を吐いた。

あたりが一瞬静まりかえり、五、六人の武将たちが敵意のこもった目を向けた。

「これは河内守どの、貴殿も引き上げて参られたか」

義貞が意趣をふくんだ棘《とげ》のある言い方をした。

「それはどういう意味でござろうか」

正成はおだやかに問い返した。

「貴殿は佐野山に踏みとどまって敵を食い止めておられると思っておりました。ここは引き受けるゆえ、三島まで退《ひ》かれるように宮さまに進言なされたそうではありませぬか」

「中山から佐野山まで退かれるようにと申し上げたのでござる。三島に退かれよとは申しておりませぬ」

「さようか。そのようには聞かなかったが」

「誰に、どのようにお聞きになりましたか」

正成はそれを確かめたかったが、義貞はうやむやに言葉をにごした。

尊良親王の近習《きんじゅ》の公家たちが、三島まで敗走してきた責任を正成に負わせようとあらぬことを言ったらしい。周囲の目が厳しかったのも、それを真《ま》に受けたからだった。

「足利どのの本隊は、中山で夜営をしております。明日にもここに攻め寄せて参りましょう」

これにどう対処するつもりかと正成はたずねた。

「ここで迎え討ちまする。本陣をおいたのはそのためでござる」

「それはならぬと存じます。北の尊氏勢と箱根の直義勢に攻められては、ここでは守りきれませぬ」

それゆえ興津川の西岸まで退却し、薩埵峠に軍勢を伏せて防戦すべきだと言ったが、義貞は応じようとしなかった。

「竹下で敗れたとはいえ、軍勢の大半は無傷でござる。箱根から兵を引いたのもここに陣を敷く考えあってのことゆえ、ご懸念にはおよびませせぬ」

「次の一戦に敗れたなら、身方は総崩れになりましょう。されど興津川を前にして戦えば、十日や半月は持ちこたえることができまする。その間に奥州《おうしゅう》勢が駆けつけたなら、敵は鎌倉まで引かざるを得なくなり、勝利は疑いないものと存じます」

奥州の多賀城《たがじょう》（宮城県多賀城市）には、北畠顕家《きたばたけあきいえ》が鎮守府将軍として派遣されている。今度の鎌倉攻めにも加わる予定だったが、真冬のことゆえ雪にはばまれて到着がおくれていた。

「奥州勢など当てにはできませぬ。いまだに出陣さえしておらぬようでござる」

「ならばそれがしが奥州に行って出陣をうながして参りましょう。半月の後には、かならず北畠どのの軍勢を連れて参るゆえ、性急な戦はさけていただきたい」

それ以外にこの窮地を切り抜ける道はないと力説したが、義貞は本陣を移そうとしなかった。

正成は沼津港につないだ菊水丸にもどると、この船で奥州に向かうと皆に告げた。

「冬場の海は荒れまする。西風に吹かれて黒潮にでも乗れば、一巻の終りでござるぞ」

右京亮は反対したが、正成の決意は固かった。

「この天気なら何とかなる。そちは他の船をひきいて清水にもどり、兵糧《ひょうろう》と馬草《まぐさ》と薪《たきぎ》の手はずをととのえてくれ」

「そんな用は倅《せがれ》にでもできまする。大将が冬の海との戦に出られるのなら、それがしが安穏《あんのん》としているわけには参りませぬ」

右京亮は供をすると言い張った。

正成は服部善助と千草に、ひきつづき大塔宮の行方《ゆくえ》をさがすように申し付けた。

「善助は足利直義のまわりをさぐれ。近習の中に事情を知っている者がいるかもしれぬ。千草は隼女の後を追ってくれ。この間の使いは、直義のさし金だったのかもしれぬ」

そういったものの、隼女が大塔宮以外の者に従うとは思えない。やはりあれは宮からの使いではなかったかと、一縷《いちる》の望みを捨てきれずにいたのだった。


正成の菊水丸が奥州の松島港に入ったのは十二月十五日のことである。

真冬のことゆえ天候の急変があやぶまれたが、幸い風にも恵まれて、四日で着くことができたのだった。

正成はさっそく多賀城に使いを出し、対面の約束を取りつけてから城をたずねた。

多賀城は陸奥《むつ》の国府である。仙台平野の北端に位置していて、奥州水運の中心地である松島湾にも近い。

大和朝廷はこの地に一辺が四半里（約一キロメートル）もある巨大な城柵をきずき、

蝦夷《えみし》の国であった奥州を平定するための前線基地とした。

鎌倉が関東の中心とされたように、多賀城が奥州の中心と定められた。

この両都は奥州街道と海の航路によって緊密に結びつき、東国の経済圏を形成して幕府の財政を支えたのである。

鎌倉幕府を倒した後、後醍醐天皇はこの重要な地に義良《のりよし》親王（後の後村上天皇）をつかわし、北畠親房《ちかふさ》、顕家父子を補佐役に任じて奥州経営にあたるように命じられた。

以来二年間、二人は奥州の厳しい寒さと北条家の残党の抵抗に苦しみながらも、着々と平定の実をあげていた。

正成らは多賀城に向かって黙々と歩いた。

ぶ厚い雪におおわれた丘陵が、陽に照らされて白銀色に輝いている。晴天なのに冷え込みは厳しく、呼吸をするたびに鼻の奥が痛いほどだった。

城は丘陵の頂《いただき》からふもとの低地に向けてきずかれていた。まわりには人の背丈ほどの土塁をめぐらし、その上に丸太で作った頑丈な柵が立ててある。

土塁の外には空堀をほり、東西南の三方に門を開け、橋を渡して城内に入れるようにしている。その厳重さが、最前線で統治にあたる北畠父子の緊張を如実にあらわしていた。

城内には廻廊《かいろう》をめぐらした朱塗りの御殿が建ち並んでいる。外側のいかめしさとは打って変わった、都風の優美な造りである。

蝦夷を教化するには王朝文化の質の高さを見せつけるしかないという伝統的な考えが、今もこの地には生きているのだった。

「なんとも仰々しい造りでござるな。まるで三百年も前の都に来たようじゃ」

右京亮がここぞとばかりに皮肉を飛ばした。

めったなことを言うなと目でたしなめて、正成は表御殿に入った。

正面には一丈六尺（約四・八メートル）の巨大な阿弥陀仏《あみだぶつ》が安置されている。これも仏教による教化をめざした国分寺以来の伝統を受け継いだものだった。

やがて北畠父子が仏像を背にして腰をおろした。

親房は四十三歳、正成よりひとつ年上の学者肌の公家である。顕家は鋭い気をみなぎらせた十八歳になる公達《きんだち》だった。

「ようお越し。一別以来やな」

親房がにこやかに迎えた。

二人は旧知の間柄である。親房が都を発《た》つ時、正成は粟田口《あわたぐち》まで見送ったほどだった。

「奥州でのお働きは聞きおよんでおります。さぞかしご苦労も多いことと存じまする」

「楠木の名もここまで聞こえとるで。この時期に船で来るとは、無茶しよるなあ」

「幸い何事もなくたどり着くことができました。こちらがご嫡男の顕家卿《きょう》でございましょうか」

「そうか。そちはまだ吾子《あこ》に会《お》うたことがなかったんやな」

親房が胸を張って紹介し、奥州の経営が軌道に乗ったのは顕家のお陰だと付け加えた。

「楠木どのの書状は拝見いたしました。出陣をうながすために参られたそうですね」

顕家がいきなり本題に入った。

面長であごのふくれた公家風の顔立ちだが、眉尻がきりりと上がり、黒目がちの鋭い目をしていた。

「さようでござる。一刻も早くご出陣いただき、鎌倉に攻め込んで東征軍の窮地を救っていただきたい」

「それならもう手遅れです。東征軍は三島での戦に敗れて逃げ去りました」

「それは、いつのことでしょうか」

「十三日の明け方です。どうやら寝込みをおそわれたらしい」

正成が出港した翌日のことである。しかし、どうして顕家がこんなに早く知っているのか不思議だった。

「狼煙《のろし》で知らせがあるんや。煙《けむ》の色と合図の仕様《しよ》で、だいたいのことは分る」

親房が教えてくれた。

非常の場合にそなえて、関東から多賀城まで十数ヵ所に狼煙台をきずいているという。

「それならなおさら、ご出陣いただきたい」

東征軍が敗走したなら、足利勢は一気に都まで追走するだろう。そうなれば新政権は崩壊しかねない。それを食い止めることができるのは、奥州勢しかいなかった。

「勝手なことを申されますな」

顕家が色白の頰を赤く染めて抗弁した。

「我らがどれほど苦労してこの地を治めていると思われる。田畑は少なく土地はやせ、この寒さの中で領民が暮らしていくのが精一杯です。兵糧も馬草もないのに、どうやって出陣せよと言われるのですか」

「領国を預かったからには、軍役をはたすのが領主のつとめでござる。東征軍に呼応して出陣せよという勅命は、奥州にも前々からとどいていたはずです」

その仕度ができなかったのは、貴公らの落ち度である。用意がととのわないから出陣できないという理屈は通らないと、正成は手厳しいことを言った。

「ならば東征軍の体たらくはどうですか。充分の仕度をして打《う》っ発《た》ちながら、わずか三日の戦に打ち負けて都に逃げ帰ったではありませんか。その尻ぬぐいを我らにせよとは、あまりに虫のいい話ではないでしょうか」

「負けたのは確かに東征軍の責任でござる。しかしこのまま帝《みかど》の治政がついえたなら、奥州を保つことはできなくなりましょう。道中の兵糧と馬草は楠木家の船団で供給いたすゆえ、一刻も早く出陣していただきたい」

「身共らも仕度を急いどったとこや。そやけど都までは遠いしなぁ」

親房が間に入り、皆の考えを聞いて結論を出すのでもうしばらく待つように取り成した。

正成は多賀城の中にある客殿に泊って返答を待った。

寺のような造りの広々とした館で、四方の門には毛皮を着込んだ屈強な兵たちが警固にあたっていた。

「狼《おおかみ》にでも囲まれているようでござるな。菊水丸にもどったほうがいいのではありませぬか」

身の危険を感じたのか、右京亮は落ち着きを失っていた。

「あれは我らを守ってくれているのだ。案じることはない」

「それがしには監禁されているように思えまする。菊水丸とて奪い取られるかもしれませぬぞ」

「顕家卿はそのようなお方ではない」

二日目に嵐になった。明るく晴れていた空が見る見るうちに鉛色の厚い雲におおわれ、西からの風が吹きはじめた。

木々をへし折るほどの猛烈な風が、地上につもった雪を巻き上げて吹きつけてくる。その雪にさえぎられて、十間先も見えないほどだった。

航海中にこんな嵐に巻き込まれていたらと思うとぞっとしたが、警固の兵たちは身動《みじろ》ぎもせずに立ちつくしている。

正成はその実直さと忍耐強さに瞠目《どうもく》し、日《ひ》の本《もと》一といわれる奥州勢の強さの秘密はここにあるのだと思った。

翌日の朝、北畠顕家が供もつれずにたずねて来た。水干《すいかん》の上に毛皮を着て、右手に大きな徳利を提げていた。

「先日は失礼なことを申しました。正成どのは東征軍に加わっておられなかったそうですね」

父から教えられるまで知らなかった。それゆえ敗戦の尻ぬぐいをさせに来たと思ったのだと、顕家は素直に非を認めた。

「わびのしるしにこれを持参いたしました。おひとつどうぞ」

「いや、それがしは」

酒は呑《の》めないのだと断わった。

「酒ではございませぬ。呑んでみられるがよい」

甘酒に生姜《しょうが》を入れたもので、涼やかな香りがほのかにする。甘くて体が温《ぬく》もって、力がみなぎってくる気がした。

「かたじけない。何よりの馳走《ちそう》でござる」

「東征軍からはずされたのに、何ゆえ東国や奥州までやって来られたのですか」

「大塔宮さまの行方を確かめたかったのでござる。中先代の乱以来、行方が知れませぬゆえ」

「そうか。正成どのはずっと宮さまと行動を共にしておられたのですね」

それで何か手がかりがつかめたかと、顕家はたずねた。

「宮さまが召し使われていた隼女という犬が姿を現わしました。ですがご本人の行方は分りませぬ」

「お役に立つかどうか分りませんが、宮さまのことについて気になる噂《うわさ》を耳にしました」

「何でしょう。どのようなことでも構いませんので」

詳しく教えてほしいと、正成は身を乗り出した。

「蝦夷地《えぞち》のマトウマイ（松前市）という港に、安藤新九郎季兼《あんどうしんくろうすえかね》という者がいます」

蝦夷管領だった安藤又太郎季長《またたろうすえなが》の縁者だが、十一年前に起こった安藤氏の乱に敗れて津軽から脱出し、マトウマイを拠点として北方との交易に当たっている。

新九郎は大塔宮と親しく、宮が鎌倉で捕えられたと知って救出に向かったというのである。

「十三湊《とさみなと》の安藤新九郎どのですか」

「ご存じですか？」

「ええ。安藤氏の乱のさなかに、一度だけ会ったことがあります」

あれは大塔宮が大和の大聖無動寺《だいしょうむどうじ》で挙兵しようとし、幕府方に攻められて脱出せざるを得なくなった時のことだ。

正成は救援に駆けつけ、大聖無動寺から生駒山《いこまやま》の尾根をたどって王寺《おうじ》まで案内した。その時、宮の供の中に八瀬童子《やせどうじ》に勝るとも劣らぬ立派な体格をした若者がいたが、その男が安藤新九郎と名乗ったのである。

「しかし新九郎どのは、幕府勢に攻められて十三湊で討死《うちじに》なされたと聞きましたが」

「それは乱を終らせるための方便で、身替りを使って脱出したそうでございます。マトウマイから松島港にやって来る商人《あきんど》が、そう話しておりました」

「そうですか。新九郎どのが生きておられたとは」

活力に満ちたあの若者なら、それくらいの芸当はやってのけるかもしれない。そして鎌倉まで船を走らせ、宮を助けてくれたのではないだろうか……。

「ならばいっそう、鎌倉に行って安否を確かめとうござる。数日のうちにご出陣いただき、鎌倉を攻め落としていただきたい」

「ひとつ、たずねてもいいですか」

「答えられることなら、何なりと」

「正成どのは今のご新政をどのように見ておられますか。主上のご方針は正しいのでしょうか」

「顕家卿はどうお考えですか」

「私には正しいとは思えない」

だから出陣をためらっているのだが、そんなことは誰にも言えないと、顕家は切ない目をして打ち明けた。

「私は主上の理想に殉《じゅん》じてもかまわない。しかし奥州の将兵や領民まで巻きぞえにしていいのかどうか、心を決めかねているのです」

「よく話して下された。それがしも同じ思いをしておりまする」

「それでは正成どのは、何のために戦っておられるのですか」

「大塔宮さまの理想のためです。たとえ今は実現できなくても、やがて理想に近付くことができる日がくる。宮さまと主上の和解をはかるためにも、主上に認めてもらえる働きをしておきたいのでござる」

正成は大塔宮が生きていることにすべての望みをかけている。宮を政権に復帰させるためにも、自分が手柄を立てるしかないと考えていたのだった。

「見ていただきたいものがあります。正午過ぎに城の西側の馬場に来て下さい」

正成の言葉に感じるところがあったのだろう。顕家は迷いが吹っきれた明るい表情をして席を立った。

指定された時刻に馬場へ出ると、厚くつもった雪の上に二千人ばかりの将兵が整列していた。

大柄な奥州馬に乗った騎馬隊がおよそ五百。残りは鉄の小札《こざね》の鎧を着け、長い槍《やり》を手にした屈強の男たちで、二十人が横一列になって隊列を組んでいた。

「それでは始めます。東国や畿内の戦で通用するかどうか、ご教示いただきたい」

顕家が陣太鼓を打ち鳴らすと、槍を構えた徒兵《かち》たちが一列ずつ次々に駆け出してゆく。槍の穂先をならべて敵の陣中に突っ込み、その後ろから騎馬隊が斬り割っていく戦法である。

顕家が再び太鼓を打ち鳴らすと、二千の兵はくるりと向きを変え、徒兵たちが騎馬隊の前に出て隊列を組み直す。

その動きは速く、整然と統一が取れていた。

「これは見事です。これならどんな敵にも太刀打ちできましょう」

東国や畿内では、いまだに一騎打ちが主流である。これほど徹底した集団戦法をとっている軍勢はどこにもなかった。

「そうですか。このような兵団があと五つあります」

顕家は嬉《うれ》しそうに胸を張り、もう一度高らかに太鼓を打ち鳴らした。

二

年が明けた建武三年（一三三六）一月二日、道誉は美濃、尾張の軍勢一万余をひきいて、印岐志呂《いきしろ》神社を本丸とする伊岐洲《いぎす》城（滋賀県草津市）を包囲していた。

芦浦《あしうら》を包み込むような形に曲輪《くるわ》をめぐらした広大な城には、比叡山の山法師ら一千人ばかりが立てこもっていた。

曲輪のまわりには琵琶湖から引いた水路を縦横にめぐらし、楯《たて》で守りを固めた船をずらりとならべている。水路の幅は広く、陸から攻めることはできなかった。

「我らにも船はある。今のうちに城を明け渡すなら、命は助けると申し入れてみよ」

道誉は朝妻や海津、今津から五百ばかりの兵船を集め、芦浦の沖に待機させている。城を落とす計略は手の内にあったが、できれば無傷のまま手に入れたかった。

「そのようなおおせもあろうかと、強弓《つよゆみ》の者を待機させております。さっそく矢文を射込ませてみましょう」

嫡子秀綱は手回しがいい。手越河原の戦いで叔父貞満が討死して以来、道誉の右腕となって軍勢の指揮をとっていた。

だが僧兵たちはひるまない。射込まれた鏑矢《かぶらや》に返信を結びつけ、三人の僧兵に射返させた。

「朝廷に災いをなす者に鉄槌《てっつい》を下すは、王城鎮護《ちんご》を命じられた当山のつとめである」

見事な筆跡でそう記されていた。

「ならばやむを得ぬ。合図の狼煙を上げよ」

本陣から真っ直ぐに立つ合図の煙を見て、沖に待機していた兵船がいっせいに水路に向かって動いた。

それと同時に、城を包囲した軍勢が敵の船に火矢を射かけた。

船舷《せんげん》に立てた楯に火矢が突き立ち、黒い煙と炎を上げる。僧兵たちはそれを消すことに手一杯で、水路に侵入してきた兵船に立ち向かうことができなかった。

道誉はわざと一方の水路を開け、敵が逃げるに任せている。その間に船をびっしりと水路に並べ、本丸、二の丸へ渡るための船橋をかけさせた。

これを見た僧兵らはかなわぬと観念したのか、印岐志呂神社と観音寺に火を放ち、混乱に乗じて坂本まで逃げ落ちていった。

道誉は伊岐洲城に一千人ばかりの守備兵を残し、勢多《せた》の足利本隊と合流した。

名和長年を大将とする五千人ばかりの天皇方は、勢多の唐橋《からはし》を引き落として宇治川を死守する構えをとっている。

尊氏や直義は兵を止め、どう攻めるべきか協議していた。

「評定《ひょうじょう》に顔を出されませぬか」

秀綱は伊岐洲城を落とした報告をしたがった。

「それには及ばぬ。戦はまだ始まったばかりだ」

兜《かぶと》をぬぎ鎧の胴をはずしてくつろいでいると、高師直と足利直義がつれ立ってやって来た。

「見事に勝たれましたな。正月早々のお手柄でござる」

師直は黒革おどしの鎧を着け、侍烏帽子《さむらいえぼし》をかぶっていた。

「新年の挨拶がわりと言うべきかな」

道誉は席をあけて火の側に招いた。

夜になって冷え込みが厳しくなっている。革や鉄を使った鎧を着けると、寒さはいっそう身にしみるのである。

「こたびの恩賞に芦浦の知行をお申し付けになりました」

直義は手回しよく尊氏の御教書《みぎょうしょ》を用意していた。

「これは有難い。何よりの褒美でござる」

道誉は思いがけない配慮に相好をくずした。

琵琶湖水運を中心として畿内北部の流通を掌握することは、元弘の乱に加担した頃からの目標だった。

「そればかりではありませぬ。兄者《あにじゃ》に乞うてこのような計らいをさせていただきました」

直義がもう一通の御教書を差し出した。

佐々木家の惣領《そうりょう》職に任じると記されている。これがあれば南近江の六角氏を配下に組み入れ、全国に所領を持つ佐々木一門に号令することができるのだった。

戦況は圧倒的に有利だった。

新田義貞らの東征軍を竹下の戦で打ち破り、三島から敗走させたことによって、天皇の新政に不満を持つ諸国の武士がいっせいに挙兵した。

関東から東海、尾張、美濃の武士の大半はすでに足利方に合流していたが、昨年末には四国の細川定禅《じょうぜん》、播磨の赤松円心らが反天皇の旗を挙げ、足利方に呼応して上洛《じょうらく》をめざしていた。

天皇方は勢多に名和長年、宇治に楠木正成を配し、山崎に義貞の弟脇屋義助、鳥羽口に近い大渡《おおわたり》に義貞をおいて都を守り抜こうとしたが、もはや兵力の差は五倍以上に広がっている。

奥州の精鋭をひきいた北畠顕家の到着を待つ以外に、状況を打開する手立てがないところまで追い込まれていた。

その顕家軍は十二月二十二日に多賀城を発ち、二十五日に鎌倉を攻め落とし、二十八日には遠江の橋本宿に着いたという。

これを聞いた尊氏は、未知の強敵に背後から襲われる危険をさけ、石清水八幡宮がある男山まで下って西国の軍勢と合流する作戦を取ることにした。

道誉は足利方の殿軍《しんがり》をつとめ、宇治大橋の西詰に本陣をおいた。

対岸の東詰には、楠木正成が五千ばかりの兵をひきいて守りを固めていた。

橋の下流には橘《たちばな》の小島と呼ばれる中洲がある。宇治の橋姫をまつった平等院の聖域だが、正成はここにも一千ばかりの兵を入れ、逆茂木《さかもぎ》を二重三重にならべて敵の渡河を阻止する構えを取っていた。

足利方の陣所にさせまいと平等院の門前から槙島《まきしま》村のあたりまで、四半里にわたって焼き払っているという。

道誉は河原の船屋まで焼き払う容赦のないやり方に、正成の焦りと変質を見ていた。

「父上、高秋《たかあき》どのが御意を得たいとおおせでございます」

秀綱が従弟《いとこ》の佐々木高秋を本陣に案内してきた。

藁科川の戦いで討死した弟貞満の嫡男で、二十歳になったばかりの若武者だった。

「巨椋《おぐら》池の漁師にかけ合い、四十艘《そう》の船を集めました。これに分乗して池を押し渡れば、敵の側面から攻めることができるものと存じます」

高秋は父の弔い合戦をしたいとはやり立っていた。

「我らはここで敵を引き付けておればよい。やがて足利勢と西国の衆がひとつになり、八幡や山崎で敵を打ち破るだろう」

そうすれば楠木勢も都に引き上げざるを得なくなる。それゆえ下知があるまで抜け駆けをしてはならぬと、道誉は厳しくいましめた。

「しかし、伯父上」

「貞満は東征軍との戦で果てた。身方を救おうとして敵の中に踏みとどまり、見事な最期をとげたのだ。不要の戦をして、貞満が喜ぶと思うか」

道誉はあの時の無念を思い、険しい口調で叱りつけた。

二人と入れ替わりに、東国に残していた音丸がやってきた。声聞師《しょうもんじ》の姿をして柿色の衣《ころも》をまとい、手に金鼓《こんく》を持っていた。

「殿、奥州勢が尾張の清須《きよす》まで到着いたしました」

「そうか。存外早かったな」

鎌倉が落とされたという早馬は、道誉のもとにもとどいている。それからわずか十日ばかりで東海道を駆け抜けてくるとは、信じられない速さだった。

「駿河の清水や遠江の橋本で、楠木家の者たちが兵糧、馬草、薪の補給をしております。冬枯れの道を不自由なく来られたのはそのためです」

「さようか。考えることは同じと見える」

補給がなければ大軍の移動は不可能である。道誉が足利勢のためにしたことを、正成は奥州勢のために行なったのである。

「沼津港にいた船団の中で、菊水丸だけが伊豆半島ぞいに南へ向かいました。あるいは正成どのは奥州に行かれたのかもしれません」

「でかした。それで読めたわ」

正成は多賀城まで行き、出陣するように北畠父子を説得したにちがいない。彼らの到着にすべての望みを賭けているので、それまでは村を焼き払う非情な手段を用いてもこの地を死守しようとしているのだった。

翌日は弓始《ゆみはじめ》だった。

古来朝廷には、年のはじめに弓場殿《ゆばどの》で弓を射させる射礼《じゃらい》という年中行事があった。鎌倉幕府もこれに倣《なら》い、正月八日に弓の上手《じょうず》十人を選び、十回ずつ弓を射させる弓始を行なうようになった。

そのせいか道誉の配下の将兵も、いつになく勇み立っている。

それを見透かしたのか、宇治橋の上に陣取った楠木勢が鏑矢を射かけて挑発の声をはり上げた。

「そちらに陣を張っておられるのは京極入道道誉どの、同じく六角判官時信どのとお見受けいたす。聞けばお二方とも、源平争乱の頃に宇治川の先陣を争った佐々木四郎高綱どののご血筋とのこと。それにしては先日から、この川を渡りかねておられるのはどうしたわけでござろうか」

いかにも小馬鹿にした言い方をして、再び鏑矢の雨を降らせた。

口汚なくののしって挑発し、おびき出そうとしているのは見え透いている。道誉は取り合う気にもなれなかったが、上流に布陣していた佐々木（六角）判官時信の軍勢は色めき立った。

佐々木家の直系は近江の南半国を領している六角氏である。ところが時信は凡庸な男で、佐々木家の惣領職を道誉に奪われたまま手をこまねいている。

このままでは所領まで奪われかねないと危惧《きぐ》した重臣たちは、この機会に先陣の功を挙げて名誉を挽回《ばんかい》しようと、敵の挑発を口実にして配下の軍勢に渡河を命じた。

「阿呆《あほう》めが。すぐにやめさせろ」

道誉は秀綱をつかわして時信の命令違反をとがめたが、重臣たちは猛《たけ》り立った馬のように従おうとしなかった。

しかもこの動きにつられたのか、佐々木高秋が船に兵を乗せて巨椋池にこぎ出そうとした。

「猿楽の者を呼べ、鼓を打ち笛を吹かせよ」

道誉は音丸に命じ、近江猿楽の者たちに演奏を始めさせた。

戦勝の後に諸将を招いて祝いをしようと、昨日のうちに呼び寄せていたのである。

「阿修羅、愉快な舞いを披露せよ。秀綱、ありったけの香をたけ」

見張り櫓《やぐら》の上で、時ならぬ音曲とあでやかな舞いが始まった。

しかも沈香《じんこう》の馥郁《ふくいく》たる香りが風に乗ってあたりにただよい、殺気立っていた将兵たちが我に返った。

川に乗り入れていた時信の配下たちは馬を返し、高秋らも船を岸にもどしてもやい綱を結びはじめた。

橋の上で挑発していた楠木勢までが、箙《えびら》を叩《たた》く手を休め、おだやかな表情になって阿修羅の舞いを見つめている。

「正月の祝いじゃ。皆にふるまってやれ」

道誉は荷車につんだ酒を陣中に配らせ、戦場を芝居見物の桟敷《さじき》に変えた。

この鮮やかな切り返しに正成も兜を脱いだらしい。それ以後、挑発じみた行動はいっさい取らなくなった。

その後も宇治川をはさんで両軍のにらみ合いがつづいたが、一月十日の昼頃になって楠木勢はあわただしく陣払いを始めた。

「どうやら見込んだ通りになったようじゃ」

道誉は全軍に進撃の仕度をして下知を待つように命じた。

その直後に高師直から戦勝を知らせる急使がとどいた。

「我が軍勢は早朝からの合戦で敵を打ち破り、細川、赤松勢と合流して大渡に向かっております」

馬から飛び下りた使者が口早に告げた。

南北からはさみ討ちにされる危機におちいった楠木勢は、大渡まで退却して新田義貞の軍勢と合流することにしたのだった。

「敵は浮き足立っております。態勢を立て直す間を与えずに追撃するべきと存じます」

いつもは冷静な秀綱が、勇み立って進言した。

「あわてずともよい。こたびの主役は足利どのじゃ」

道誉は楠木勢が退却するのを待ってから全軍に渡河を命じた。

追撃したなら、そのまま都まで乱入することになりかねない。被害が都にまでおよぶことは、今後の政権運営のためにも避けたかった。

大渡の西の橋詰で足利勢と合流すると、道誉は師直を呼んで真っ先にそのことを告げた。

「対岸の敵は、もうじき洛中まで退去しよう。その時性急に追撃しないように、尊氏公に伝えていただきたい」

「これは道誉どのとも思えぬ申され様じゃ。崩れた敵を叩くは、戦の常道でござる」

大鎧を着けた師直が、仁王立ちになって言いつのった。

「敵は奥州勢の到着に、形勢挽回の望みをたくしておる。それまでの間、帝は比叡山にこもって我らの攻撃をしのごうとなされるはずじゃ。一日待てば都は労せずして手に入る」

道誉がもっとも案じているのは、再建なったばかりの内裏《だいり》が戦火にかかることだった。花園上皇か光厳上皇にご復位願って朝廷を再建すべきだと考えていたので、何としてでも内裏を無傷で手に入れたかった。

「新しい帝を立てるのでござるか」

師直は意外そうだった。

「それがなくてはこの国は治まらぬ。それゆえ都への進撃は、一日待つように伝えていただきたい」

師直にはそう言ったばかりだが、道誉にはもうひとつの目論見《もくろみ》があった。琵琶湖水運の支配権を手に入れることである。

道誉は初め後醍醐天皇に従えばそれが実現できると考えていたが、新政権をきずかれた天皇は比叡山の圧力に抗しきれずに約束を反故《ほご》になされた。

そこで足利方に与《くみ》して新政権を倒すことにしたが、武家政権には琵琶湖水運について口を出す権利はない。それゆえ目的をとげるためには、武家方の朝廷を再興して承認してもらうことがどうしても必要だった。

尊氏は道誉の進言を容れ、その日は敗走する敵を追おうとしなかった。今日は悪日であるという理由で、都への進撃も翌日にのばした。

その間に、道誉は托鉢《たくはつ》の僧に姿を変え、音丸だけをつれて都に入った。

思った通り後醍醐天皇は比叡山に逃れ、配下の軍勢も都を引き払っている。ところが内裏からはすでに火の手が上がり、上京に軒をつらねる公家たちの屋敷も無残なばかりに壊されていた。

おそらく尊氏方に渡すまいとしたのだろう。あるいは盗賊や悪党の仕業かもしれないが、そうした行為をふせぐための留守役を残していくくらいの配慮もできないのかと腹立たしかった。

ひそかに都に入ったのは、上京にある持明院《じみょういん》をたずね、後伏見、花園、光厳の三上皇に対面するためである。

内裏の御殿から上がる煙や炎をながめながら近衛大路を北に向かっていると、陽明門の扉に一首の狂歌が書きつけてあった。

賢王《けんおう》の横言《おうげん》に成る世の中は
上を下へぞ帰したりける

後醍醐天皇の勝手気ままを痛烈に批判した歌である。

上を下へぞ帰したりけるとは、上を下へのごった返しという意味に、下克上の風潮を生んだという裏の意味を込めたものだった。

道誉は急に不吉な予感にかられ、持明院への道を急いだ。

寺の扉は閉ざされたままである。側のくぐり戸も厳重にかんぬきがかけてあった。

「しばらくお待ちを」

音丸が六尺棒を足場にして塀をのり越え、内側からくぐり戸を開けた。

中はもぬけの殻だった。

鎌倉幕府が滅亡して以来、この寺に隠棲《いんせい》しておられた三人の上皇は、後醍醐天皇に連れ去られていたのである。

三

安土《あづち》を過ぎると近江は急に雪が深くなる。

ここから北は北陸性の気候で、正面にそびえる伊吹山は山頂からふもとまでぶ厚い雪におおわれ、いつもよりひと回り大きくなったように見えた。

（これでは不破の関のあたりで、さぞ難儀されたことだろう）

正成は北畠顕家らのことを気にかけながら東山道を北へ向かった。

側には十一歳になる嫡男正行と五人の郎党が従っている。大義のために奥州からはるばる駆けつけた顕家勢の姿を、正行にも見せておきたかった。

愛知《えち》川にさしかかった頃、橋の向こうに人の気配があった。雪におおわれた河原に、白布をかぶった二人の男がひそんでいた。

（刺客か）

正成は歩みを止めて目をこらしたが、男たちは反対の方向をうかがっている。

その視線の先に二羽のうさぎがいた。雪の下に出始めた新芽をあさっているのか、無心に何かを食べている。

男たちがおどり上がって追いかけると、二羽は身をひるがえして逃げ始めた。

その時、一人の男が手にしていた桟俵《さんだわら》を投げた。米俵の丸く平たいふたの部分で、円板のような形をしている。

これを飛ばすと鷹《たか》や鷲《わし》が風を切って飛んでいるような音がするので、うさぎは本能的に足を止め、身をすくめて天敵から逃れようとする。

この習性を利用して居《い》すくませた二羽を、もう一人の男がやすやすと撲殺《ぼくさつ》した。

「正行、見たか」

ふり返ってたずねた。

「はい。あのような方法があると初めて知りました」

「覚えておけ。あれこそ兵法の極意だ」

敵の習性をつかみ、意表をついて混乱させ、隙に付け込んで叩く。兵法は詭道《きどう》だと孫《そん》子《し》も言っているが、そのコツは獣を獲《と》るのとまったく同じだった。

奥州勢はすでに愛知川の宿に到着していた。

二万の顕家軍と関東で合流した新田や宇都宮の一族三万ほどが、東山道の両側に長い列を作って野営の仕度にかかっている。

その間を駆け回って兵糧や馬草をくばっているのは、正成が手配した馬借《ばしやく》や車借《しやしやく》たちだった。

正成は顕家が本営としている寺をたずねた。

顕家は小具足姿になって本堂でくつろいでいた。

親房は水干の上に毛皮をまとい、火鉢の側で横になってうたた寝をしていた。

「顕家どの、よう来て下された」

正成は顕家の手を握りしめた。

「正成どののお陰です。清水でも橋本でも充分に兵糧や馬草を入れてもらいました」

あれがなければ軍勢は四分五裂していたはずだと、顕家も固く手を握り返した。

顔が雪焼けして真っ黒になっている。体力を使い果たして目が落ちくぼんでいるが、瞳は美しく澄んで強い光を放っていた。

「去る十日に足利勢に都を奪われ、主上は坂本の日吉大社に難をさけておられます。お疲れのこととは存じますが、明日にも兵を進めていただきたい」

「承知しました。なまじ休ませては、兵も馬もかえって足が立たなくなりましょう」

顕家は雄々しく請け合い、どう戦うべきか指南してほしいと言った。

なれない土地なので地形も方角も分らないのである。

「まず伊岐洲城を奪い返し、坂本への航路を確保します」

正成は用意の絵図を広げ、航路を確保したなら軍勢を二手に分け、一手は船で坂本に上陸し、一手は陸路を勢多の唐橋へ向けてもらいたいと言った。

「足利方は三井寺《みいでら》に六万の兵を入れ、細川定禅を大将として坂本に攻め寄せる構えを取っております。これを坂本と勢多からはさみ討ちにするのが上策でございましょう」

「分りました。すべてご下知に従いますゆえ、よろしくお引き回しいただきたい」

顕家は明朝卯《う》の刻（午前六時）に進撃すると全軍に伝えたが、親房はここに残ると言い出した。

「もう馬はこりごりや。身共は敷島《しきしま》の道の者やさかい、戦に行っても何の役にもたたへんやろ」

尻も股も鞍《くら》ずれがして歩くことができぬと、親房はほとほと弱り果てていた。

翌日、顕家は軍勢を二手に分け、自ら二万の兵をひきいて伊岐洲城を包囲した。

対岸の坂本からも、正成から連絡を受けた僧兵らが五百艘ばかりをつらねて攻めかかった。

東西から迫られた佐々木勢は、半刻（約一時間）ほどの間に五百人ちかくが討ち取られ、城を明け渡すことを条件に降伏した。

顕家勢は城の西方に位置する志那《しな》の港まで出て、僧兵たちの船団に坂本まで渡してもらうことにした。

「こんなに近いとは知らなかった。まさに目と鼻の先ですね」

顕家は対岸の坂本をながめて驚きの声をあげた。

「ここから近江の米が比叡山に運ばれます。観音寺はそのためにもうけられた寺です」

正成はそう言ったが、実際に来たのは初めてだった。

「しなてるや鳰《にほ》のみづうみに漕《こ》ぐ舟の、まほならねどもあひ見《み》し物を。そんな歌が源氏物語にありましたね」

顕家は公家だけあって文籍に造詣《ぞうけい》が深い。

確か早蕨《さわらび》の巻《まき》だったと付け加えたが、正成はそんな書物があることくらいしか知らなかった。

「一緒に坂本に行きませんか。主上もお喜びになられると存じますが」

「ありがたいおおせですが、ここに残ります。三井寺との合戦までに、浦々から船を集めておかなければなりません」

正成は口実をかまえて断わった。

後醍醐天皇の行宮《あんぐう》へ行っても対面を許してもらえそうにないからだが、顕家にそのことを話すのはためらわれた。

一月十六日の未明、天皇方が動いた。

新田勢三万、北畠勢二万が湖づたいの道を南下して三井寺へ向かった。勢多の唐橋を渡った別動隊三万も、石山から打出《うちで》の浜へ進撃を開始した。

夜明け前とあって松明《たいまつ》をかかげた者たちが多い。湖を縁取るように炎の列がつづき、波がよせるたびに水面に映った炎がゆらめいていた。

正成らは志那の港に船団をとどめたまま様子を見ていた。

真冬のこととて比叡山から吹き下ろす風は冷たい。正成らは楯で風をよけながら、対岸の戦況を見守っていた。

「正行、頭の中に絵図はあるか」

正成はふり返ってたずねた。

「はい」

正行はためらいなく答えた。

子供用の鎧と兜を身にまとい、今日が初陣なのである。

「ならばその絵図をもとに、戦のなりゆきを言い当ててみよ」

「まず坂本からの軍勢が三井寺に攻めかかります。敵がそちらに気を取られた隙をついて、勢多からの軍勢が東から攻めかかるものと存じます」

「策はそれだけか」

正成に手厳しく言われて正行は口ごもった。

暗闇をおおう沈黙の中で、船に打ち寄せる波の音だけが聞こえていた。

「大将、たいした教育ぶりでござるが、若にはまだ難しゅうございましょう」

橋本右京亮が庇《かば》った。

「戦場に出たら大人も子供もない。勝つ者と負ける者がいるだけだ」

「ひ、火を放ちます」

正行はためらいがちに答えた。

「寺にか、町にか」

「まず町を焼き払い、敵を内に追い込んでから寺に火を放ちます」

「そうじゃ。新田どのはそうなされるであろう」

なぜ答えをためらったのかと、正成はたずねた。

「神仏の御社《みやしろ》を焼いて良いものかどうか、分らなかったからです」

十一歳の少年にしては、瞠目《どうもく》すべき思慮深さである。正成は胸を打たれ、頭をなでるかわりに正行の兜の鉢を軽く叩いた。

夜がしらじらと明け始めた頃、意外な援軍があらわれた。

「大将、お客人が陣中見舞いに参られましたぞ」

右京亮が弟の正季を本陣に案内してきた。

「おお、よく来てくれた」

正成は久々の再会を喜んだが、大和を留守にしていいのかと気づかった。

正季は正成らが出陣している間葛村にとどまり、商いに専念している。正成らが軍資金や兵糧の心配なく戦えるのは、正季の働きのおかげだった。

「義姉上《あねうえ》もおられますので、数日くらい留守にしても大丈夫です」

正季は菊乃から頼まれたと言って小さな包みをさし出した。

中には匂い袋が二つ入っていて、伽羅《きやら》のふくよかな香りがする。正行のためにあつらえたものには、初陣の無事を願って信貴山のお守りがそえてあった。

「菊乃は元気か」

「つつがなく過ごしておられますが、やはり正行のことが案じられるのでございましょう。毎日お百度を踏んでおられます」

心配ぶりを見かねた正季が、自分が行って様子を見てくると申し出たという。

「案ずることはない。今日の戦は遠矢を射かけるだけですむはずだ」

「兄者がついておられるゆえ、心配はしておりません。もう少し早く来るつもりでしたが、兵糧の調達に手間取りましたゆえ」

正季は五百俵の米と銭五百貫を、配下の馬借三百人にはこばせていた。

「冬場で兵糧がつきかけていた。有難く使わせてもらう」

「どうだ。初陣の気分は」

正季が正行に声をかけた。

「闇の中に駆け出すような気持でございます」

何が起こるか分らないが、ひたすら走り抜けるつもりである。正行は緊張した顔でそう答えた。

「それでよい。私も戦は恐ろしくてならぬ」

正季は笑いながら正行の覚悟をほめ、紀州の湯浅孫六らもじきに着くはずだと言った。

「めずらしや。ひげの入道どのが参られるのでござるか」

右京亮が元気づいた。

孫六には皮肉ばかりあびせていたが、内心気に入っていたのだった。

「紀ノ川の船方衆をひきつれておられる。手ぶらで行くわけにも参らぬので、船を手に入れてから参陣すると、昨日のうちに発たれましたが」

どうしたのだろうと案じていると、見張りの兵が孫六の到着を告げた。

「河内守どの、右京亮どの、お懐しゅうござる」

孫六は相変わらず黒々としたひげをたくわえ、固太りの丸い体付きをしていた。

「よう来て下された。紀州の様子など聞かせて下され」

正成は床几《しょうぎ》をすすめたが、孫六は遠慮して座ろうとしなかった。

「ご新政が成って、我々も奪われた所領を取りもどすことができ申した。これも河内守どののおかげでござる」

それゆえ正成らの窮地を黙ってみているわけにはいかぬと、手勢をひきいて加勢に来たのだった。

「孫六どの、そのように太っておられるところを見ると、よほど銭もたまったようでござるな」

右京亮が舌なめずりして辛辣《しんらつ》なことを言った。

「有難いことに、銭なら貴殿を買い取れるくらい持っており申す」

孫六も負けじと応戦した。

「ならばもう少し加勢がほしいものじゃ」

「ご安心下され。それがしも日々精進を重ねておりましてな。配下は一騎当千の強兵《つわもの》ばかりでござる」

戦になれば分ると、孫六は自信たっぷりに謎をかけた。

陽が昇るのを待って、新田勢は三井寺の門前町である松本宿に火を放った。

西への出口を封じ、北側の参道から攻めかかったが、細川勢も南院の坂口に出て石垣の上から矢を射かけてきた。

新田勢の先陣は寺の門を打ち破って真っ先に境内へおどり込んだが、待ちかまえていた数千の敵に三方から押し包まれ、半数ちかくがあえなく討死した。

二番手は北畠勢だった。

顕家自ら一万の兵をひきい、鍛え抜いた槍隊を先頭に立てて突撃したが、城塞と化した寺の中では平野のように自在に動けない。隊列も乱れがちになり、敵の遠矢の餌食になって死傷する者が続出した。

別動隊を指揮していた結城入道宗広《むねひろ》は、顕家の危機を救おうと二千人ばかりで炎の中を突っ切り、西の参道から寺に乱入した。

これに助けられて顕家勢が退却すると、新田義貞が二万の兵をひきいて突入した。だが無理押しはせず、半刻ばかり戦った後に唐崎《からさき》に向かって退却を始めた。

勝ったと思った細川勢は、攻め太鼓を打ち鳴らして追撃を始めた。六万の大軍を二手に分け、唐崎と打出の浜に向かっていく。

だがこれは、正成が敵を寺から誘い出すために仕掛けた罠《わな》だった。

細川勢が湖ぞいの道を長蛇の列になって進撃するのを待って、

「今だ。かかれ」

正成が声高に命じた。

配下の者たちが北風を制して対岸に船をこぎ寄せ、いっせいに横矢を射かけた。

中でも異彩をはなったのは湯浅孫六の船団だった。二十艘ばかりに分乗した家臣と船方衆は弩《ど》をもちい、船縁《ふなべり》に立てならべた楯のかげから次々に矢を放った。

弩とは中国から伝わった武器で、弓と直角に組み合わせた板の上に矢をつがえ、引き金によって飛ばせるようにしてある。

孫六が配下は一騎当千の強兵だと豪語したのは、この武器があったからだった。

敵は向きを変えて応戦するが、船縁の楯にはばまれて矢も槍も通じない。間近からの強弓に鎧を射ぬかれ、戦死者を増やすばかりだった。

これを見た新田勢と結城勢は反撃に転じ、敵を寺の中へ追い詰めた。

背後の如意《にょい》ヶ岳《たけ》からは、三井寺を目の仇《かたき》にしている延暦寺の僧兵二万人ほどが、この時とばかりに乱入した。

戦いの最中に方々に火が放たれ、創建以来六百五十年余の伝統を誇る三井寺は一宇も残さず焼失したのだった。

四

京極高辻の屋敷は戸板や柱まで持ち去られた後に火をつけられ、見る影もなく焼き払われていた。

道誉は屋敷の西隣にある竜泉寺に仮住いしていた。

こうした場合にそなえて寺を創建し、禅の師である夢窓疎石に頼んで弟子を派遣してもらっていたのだった。

道誉は境内を戦火で焼け出された窮民に開放し、施粥《せがゆ》を行なっていた。大鍋二つをすえて粥《かゆ》を炊き、緋色《ひいろ》のあでやかな着物をまとった女たちに配らせている。

本堂では臨時の質屋をいとなみ、なけなしの家財道具や着物を高価で預かっていた。

そうしなければ今日一日を暮らしていけない者たちが大勢いるのだった。

道誉は疎石の弟子である沢石《たくせき》と、本堂のぬれ縁に立って様子を見ていた。

「一夜、暗中に碌甎《ろくせん》を颺《あ》げ、か」

我知らず疎石の「投機の偈」を口ずさんでいた。

「等閑《なおざり》に撃砕《げきさい》す虚空の骨、でございますな」

沢石が後をつづけ、何か迷っておられるように見受けると言った。

「わしには長年の夢がある。それを成し遂げるために幕府を倒す決断をしたが、結果はこのようなことになってしまった」

「投機とは執着を断って無一物の世界に入ることだと、師は教えておられます」

「夢も執着だと分っているが、なかなか捨てられぬ。それに向かってどれほど進めるか、自分の力を試さずにはおれないのだ」

琵琶湖水運の支配権を手に入れたなら、近江ばかりかこの国全体を変えられる。権力ではなく経済の力で、国を豊かにし万民を幸せにすることができる。

道誉はそれを実現しようと、この動乱に賭けたのだった。

「己を捨てた果てに見えてくるものがありましょう。それを見据えた者が国を導いたなら、真に万民を救うことができるのではないでしょうか」

「捨てた果てに見えてくる、か」

道誉は鎌倉幕府も後醍醐天皇の新政も捨てた。

そんなものより己の夢が大事だと思ったからだが、それをどう実現し、その先に何を成し遂げるかつかみかねていた。

「殿さま、音丸さんが戻らはりましたえ」

娘たちにまじって施粥をしていた阿修羅が、庭先から嬉々《きき》として告げた。

音丸は沙弥《しやみ》に姿を変え、笠をかぶり錫杖《しやくじよう》を持っていた。

「ご苦労、どうであった」

「申しわけございませぬ。坂本に行き比叡山にも登ってみたのですが、お三方がどこにおられるか分りませんでした」

音丸は道誉に命じられ、持明院から連れ去られた後伏見、花園、光厳の三上皇の行方を追っていた。

「どこかに幽閉されておられるかもしれませんが、警備が厳重で近付くことができなかったのでございます」

音丸は片膝をつき、笠を目深にかぶったままだった。

「音丸さん、どないしはったの」

阿修羅がいたずらのつもりで笠を上げた。

左目から耳にかけて白い布でおおっている。布は血を吸って赤いしみを作っていた。

「根本中堂《こんぽんちゅうどう》に近付こうとしたところ、物陰から斬りつけられました。斬り伏せて逃れてきたのですが」

傷は眼球にまで達する深いもので、左目を失ったのである。

「すぐに僧医を呼ぶ。阿修羅、庫裏《くり》に行って手当てをしてやれ」

道誉は痛ましさに胸を衝《つ》かれた。

配下の将兵が戦場で死傷することには慣れている。だが音丸ほどの役者が舞台に立てなくなると思うと、密偵に仕立てたことがひどく悔やまれたのだった。

翌日、高師直が鎧姿でたずねて来た。

「身方は大敗北でござる。思った以上に手強《てごわ》い敵じゃ」

師直は三井寺の後詰《ごづ》めをするために逢坂《おうさか》の関に布陣していたが、寺は救援に駆けつける間もなく攻め落とされたという。

「伊岐洲城を取られたのが痛手でござる。志那の港から敵の船団が出て、細川勢に横矢を射かけ申した」

「それは楠木どのの仕業《しわざ》でござろう」

「我らは逢坂の関で敵を食い止めようとしたが、北畠勢に押しまくられて何もできませなんだ。あれは強い。見事な用兵でござった」

「ほう。師直どのも兜を脱ぐことがお有りのようじゃな」

「長槍を構えた二十人が、横一列になって突っ込んでくるのでござる。弓を射ても鉄の小札の鎧を射ぬくことができぬゆえ、手のほどこしようがないのじゃ」

あのような戦の仕方は初めて見たと、師直はしきりに感心していた。

「おそらく宋《そう》や元《げん》の兵法書から学んだのであろう。わしも読んだことがある」

広大な大地と人民をもつ中国では、早くから集団戦が用いられている。

奥州では十三湊を拠点として大陸と交易しているので、兵法の書も輸入しているはずだった。

「いよいよ敵が攻めて参りますぞ。本隊は西坂を下って北白河へ出るものと存ずる。道誉どのには、二条方面の守りの指揮をとっていただきたい」

「すでに辻々《つじつじ》に柵を立てて、洛中への侵入を防ぐ構えは取っておる。だがこのままでは、いくら大勢を集めたところで勝てませぬぞ」

「またその話でござるか」

師直はいささかうんざりした顔をした。

「何度でも言うが、この国は主上をいただかねば治まりがつかぬのじゃ」

「しかし、お三方の行方が知れぬとおおせられたではござらぬか」

「何とか探す手立てを考える。それまでは正面からの決戦をさけるように、尊氏どのに伝えてもらいたい」

「それほどの御仁《ごじん》でござるか。主上というお方は」

「東国育ちの貴殿には、すぐには分るまい。だがこちらで戦をつづければ、底知れぬ力をお持ちだということが追々《おいおい》分ってくるはずじゃ」

この国には太古の昔から、山野河海《さんやかかい》はあまねく天皇家のものだという信仰がある。そのお力に守られているから平穏に暮らせるのだと庶民は信じてきた。

自然崇拝にちかい素朴な信仰は、やがて神道や仏教と分ちがたく結びつき、庶民の心に根強い影響を与えつづけている。

後醍醐天皇はこの信仰を取り込んでご自身の神格化をはかっておられるのだから、武力で対決しても勝てるわけがない。

三上皇のどなたかにもう一度皇位に復していただく他に、この混乱をおさめることはできないと、道誉は考えていた。

一月二十七日の未明、天皇方が動いた。

楠木正成、結城宗広らの軍勢三千が、比叡山から西坂を下って一乗寺《いちじようじ》下松《さがりまつ》に布陣した。

新田義貞勢はその脇をとおって北白河に陣を張り、北畠顕家の軍勢三万は大津から山科を抜けて粟田口に進んでいる。

東山三十六峰のふもとは、まるで錦繡《きんしゆう》を敷きつめたように天皇方の将兵の旗でうまった。

道誉は二条通りの北側と京極通りの東側に柵をめぐらし、五千の兵を配して守備にあたっていた。

足利本隊は四条、五条のあたりで敵と当たる構えである。その背後に敵が回り込まないように、厳重な陣地をきずいていた。

後方には、細川定禅の軍勢四万ばかりが、三井寺での敗戦の恥をすすごうと控えている。その中には赤松貞範《さだのり》の軍勢五千ばかりも交じっていた。

「道誉どの、筑前守《ちくぜんのかみ》貞範と申します」

赤糸おどしの鎧をまとった貞範が、わざわざ本陣をたずねて来た。

円心の子で、父のかわりに播磨の軍勢の指揮をとっていた。

「御意を得たいと思いながら、今日になってしまいました。父がくれぐれもよろしくと申しておりました」

「ご丁寧にかたじけない。円心どのは息災であろうか」

「道誉どののお陰で大局を見誤らずにすんだと申しております。本来なら陣頭に立つべきところですが、大塔宮さまへの遠慮があって寺に引きこもっております」

「それは殊勝なことじゃ。貴殿の弟も宮さまとは入魂《じっこん》の間柄であったと聞いたが」

「宮さまが幕府に追われて吉野や十津川に身をひそめておられた頃、三男の律師則祐がお側に従って苦労をともにしておりました」

宮さまさえご健在なら、足利方になることはなかっただろう。貞範は悪びれることなく言ったが、円心とちがって天皇方と戦うことにためらいはないようだった。

戦いは夜明けとともに始まった。山門の僧兵一万余が先陣の功を立てようと、神楽岡《かぐらおか》（吉田山）に布陣する足利勢に攻めかかった。

楠木、結城の軍勢は下鴨神社の南の糺《ただす》の森を横切り、出雲路に出て周囲に火を放った。この方面の通路を確保し、洛中に入って道誉らの背後に回り込もうとしたのである。

尊氏はこれを阻止しようと上杉、畠山、斯波《しば》の軍勢を向かわせたが、正成の巧妙なかけ引きに翻弄《ほんろう》されて四条河原まで退却した。

その時、東大路から火の手が上がった。

北畠顕家の軍勢三万が民家や寺を焼き払い、広々と通路をあけて五条河原に突撃してきたのである。

尊氏は自ら五万の兵をひきいて立ち向かったが、槍衾《やりぶすま》を作って突っ込んでくる顕家勢になす術《すべ》もなく突き崩され、くもの子を散らすように洛中に逃げ込んだ。

敵が押したら退き、退いたら押して消耗戦に持ち込むという意図があってのことだが、大将が逃げれば他の将兵は浮き足立つ。

その動揺をとらえて新田義貞の軍勢三万が二条河原を越えて攻め込んでくると、柵を前にした道誉の軍勢でさえ持ちこたえることができなかった。

「退け退け。無理な戦をしてはならぬ」

道誉は全軍を船岡山まで後退させた。

このようなこともあろうかと、あらかじめ山上に陣地をきずいている。そこに登ると都の荒廃ぶりが手に取るように分った。

街の半分ちかくが焦土と化し、残った家も破壊や掠奪《りゃくだつ》にあって傾いている。原形をとどめているのは、神社や寺など数えるほどしかなかった。

(ああ、これが……)

自分らが招いた災いなのだと、道誉は悲痛な思いで胸を叩いた。

真冬だというのに、辻や大路には大勢の者たちが焼け出されている。粗末な小屋をかけることができた者は恵まれたほうで、多くの者は塀や築地《ついじ》の陰に身を寄せて寒さをしのいでいた。

(これ以上、都を荒らさせてはならぬ。無辜《むこ》の民を泣かせてはならぬ)

尊氏にかけ合って今すぐ洛中から兵を引かせようと思った瞬間、別の考えが稲妻のようにひらめいた。

(そうだ。このまま都を放棄すればよいのだ)

そうすれば後醍醐天皇は都にもどる。連行されていた三上皇も、持明院に帰されるはずである。

なぜこんな簡単なことを今まで思いつかなかったかと自分を責めながら、道誉は船岡山を駆け下りて尊氏の本陣へ向かった。

五

正成は神楽岡の頂から、退却していく足利勢の様子をながめていた。

敵はさほどの痛手を受けているわけではない。それでも一散に逃げていくのは、短期の決戦をさけて消耗戦に持ち込もうとしているからにちがいなかった。

「右京亮、留守を頼む」

正成はそう言いおき、北白河の義貞の本陣をたずねた。

「敵の退却は策略でござる。このまま洛中に兵を進めたなら、とって返した敵に手痛い敗北をきっすることになりましょう。身方は兵糧が不足し寒さにこごえておりますゆえ、民家に押し入って狼藉《ろうぜき》におよぶおそれもございます」

そうすればいっそう敵に付け入られることになるので、今日はこのまま鴨川の東に兵をとどめるように進言した。

「承知した。兵糧と薪をそれぞれの陣所に配り、充分な休息を取らせることにいたす」

義貞も自軍が疲れていることは充分に承知していた。

「されど主上は、一日も早く王城を奪回せよとおおせでござる。どうすべきでござろうか」

「敵の結束を乱し、足利勢の本隊を急襲する以外に勝つ道はないものと存ずる」

尊氏を討ち取れば足利勢は関東に引かざるを得なくなる。正成はそう考え、尊氏の本陣を急襲するための特別部隊を編成していた。

ところが尊氏本人もそのことを察したらしく、桂川の西の寺戸《てらど》（京都府向日《むこう》市寺戸町）に本陣をおいたまま洛中に戻ろうとしなかった。

他の軍勢はもとの陣所に戻って天皇方にそなえていたが、尊氏は一万ばかりの将兵とともに寺戸から動かなかった。

これでは対陣が長引き、都を荒廃させるだけだと案じた正成は、謀略を用いて敵をゆさぶることにした。

後醍醐天皇から足利直義にあてた綸旨《りんじ》を偽造し、討死した者の懐に入れて細川定禅の陣所のちかくに放置したのである。

定禅の家臣がこれを見つけて改めたところ、足利勢が前非を悔いて兵を退くなら尊氏に関東八ヵ国を安堵《あんど》すると記してある。

報告を受けた定禅は大いに驚き、さては足利本隊が寺戸を動かないのはこのためかと疑った。

そこで本意を確かめようと本陣を洛中に移すように求めたが、尊氏が拒否したためにますます不審をつのらせ、にわかに兵をまとめて領国に引き上げた。

道誉や赤松貞範もこれに同調して兵を引いたために、足利方の守りは手薄になり、天皇方は一月三十日の合戦でやすやすと都を奪い返すことに成功したが、正成はこれで勝ったとは思っていなかった。

新政に対する世の支持はあまりに低い。鎌倉に人をつかわして大塔宮をさがし出し、主上との和解をはかって都に戻ってもらう以外に、劣勢を挽回できないことは目に見えていた。

（このことを主上に奏上する手立てはないものか）

そう思案しているところに、北畠顕家がたずねてきた。

「正成どの、よくお導き下された」

ここまでやれたのは正成のお陰だと、顕家は奥ゆかしいほど丁重に礼を言った。

「顕家卿のご努力の賜物《たまもの》でござる。よう成し遂げて下された」

「しかし、都がこれほど荒れ果てているとは思いませんでした。奥州から上洛された九郎判官どのの嘆きもかくやと思われます」

「このままでは足利勢が再び都に攻め込んで参りましょう。それを防ぐ手立てを、一刻も早く講じなければなりません」

「そのことを主上に奏上していただきたくて、こうしてお迎えに上がりました」

天皇が御在所となされた成就護国院に一緒に行こうと、顕家は袖を取るようにして急《せ》き立《た》てた。

「残念ながら、それはならぬと存じます」

「どうしてですか」

「それがしが行っても、対面をお許しいただけますまい」

正成はこれまでの後醍醐天皇との行きちがいを打ち明けた。

「それなら大丈夫です。私がご対面いただけるように計らいました」

天皇に直言できるのは正成しかいないと思った顕家は、自分の手柄と引きかえに対面に応じてくれるよう直訴した。その甲斐《かい》あって、天皇は正成のこれまでの不忠を不問にふすとおおせられたという。

成就護国院の庭には、消え残った雪がぶ厚く積っていた。

枯れ山水の築山や阿弥陀三尊に見立てた岩が、雪の中から顔を出している。椿が深緑色の肉厚の葉をつけ、小さなつぼみを結びかけていた。

主殿に入ると千種忠顕が出迎えた。

驚いたことに髪を下ろして出家し、墨染めの衣をまとっていた。

「そちのせいや。恨みに思うで」

忠顕はそう言ったが、迷いの晴れた清々《すがすが》しい表情をしていた。

正成を独断で使いに出していたことが発覚し、天皇から鋭く叱責《しっせき》された。佐々木道誉から受け取った進物を、阿野廉子に回していたことも問題になった。

そこで忠顕は出家して罪をわびることにしたが、天皇は法体《ほったい》のままで構わぬから側に仕えよとお引き止めになったのである。

「主上のご信任がこれほど厚かったかと、身共は嬉《うれ》しゅうてな。嬉し泣きに泣いたもんや。これもそちのお陰かもしれへんな」

天皇は御簾《みす》の奥におられた。

いつぞやのように鳳凰《ほうおう》を描いた派手派手しい御簾ではなく、寺で用意した葦《あし》作りの簡素なものだった。

正成と顕家は下段の間に平伏した。

「もっと近《ちこ》うとのおおせや」

忠顕が上段の間に上がるようにうながした。

「都に戻ることができたのは、その方らの働きによるものだ。よう戦ってくれた」

天皇は二人の働きをお認めになったものの、勝手をくり返してはならぬと正成に釘《くぎ》を刺された。

「臣下の身で勝手をすれば、世の秩序が乱れる。それが分らぬ楠木ではあるまい」

「申し訳ございませぬ。罪は万死に値すると承知しておりますが」

大塔宮の安否が気がかりで、じっとしていられなかったと訴えた。

「護良は無事じゃ」

天皇が断言なされた。

「北条勢に攻め落とされる前に鎌倉を脱出し、確かな者の所に身を寄せておる」

「恐れながら、どうしてそれを」

ご存知なのかと、正成は許しも得ずに直言した。

「護良から文が来た。今は道中物騒ゆえ動けぬが、許しがあり次第上洛すると伝えてきた」

「それではお許しいただけるのでございましょうか」

「足利が叛《そむ》いた今になって、護良が正しかったことが分った。許さぬはずがあるまい」

「かたじけのうございます」

正成は感激のあまり我知らず涙ぐんでいた。

「それゆえこの先も力を尽くしてくれ」

明日にも摂津に出陣して足利勢を討ち果たすようお命じになると、早々と席をお立ちになった。

「正成どの、ようございましたな」

顕家ももらい泣きしていた。

「かたじけない。これも貴殿のお力添えのお陰でござる」

正成は涙をぬぐって照れたように笑った。

宮の文を拝見し、偽書でないことを確かめたい。どこに身を寄せ、どうしているかも聞いてみたかったが、ここは内裏である。

ようやく和らいだ主上のお気持を逆なでしてはならぬという配慮もあって、喉元までせり上がった言葉を抑えていたのだった。

第六章　院宣工作

一

猪名川《いながわ》の河原には、春の草が芽吹きはじめていた。

長い冬の間じっと身をひそめていた草たちが若苗色の二葉を出し、あたりを薄緑にそめている。

もうすぐ土筆《つくし》やわらびが顔を出し、春菜つみの女や子供がやってくるだろう。広々とした川は上流の雪解け水を集め、大坂湾へ向けてゆったりと流れていた。

のどかな景色とはうらはらに、元弘の乱にゆれる人間界はあわただしい。

川の西岸には足利勢三万、東岸には新田、北畠勢五万が布陣し、早春の風に旗をひるがえして対峙《たいじ》していた。

京都を放棄して三上皇の帰洛《きらく》を待つ作戦を立てた道誉は、足利尊氏に全軍をひきいて摂丹《せったん》の境を分ける山地を横切り、猪名川の豊島《てしま》河原（大阪府池田市）に布陣するよう進言した。

ここで踏みとどまって持明院から院宣がとどくのを待ち、大義名分を得て都に攻めのぼる計略だった。

道誉は高師直とともに最前線にいた。

「悔しゅうござるなあ。公家の小僧ごときにしてやられるとは」

師直は対岸に陣取った北畠勢をながめて愚痴をこぼした。

長槍《ながやり》を持った徒兵を横にならべて突撃してくる戦法は、当たるところ敵なしの強さを発揮している。一騎討ちが主流だった合戦の概念を変えるほどの衝撃を、東国や西国の武士たちに与えていた。

「長槍をかかえて奥州から駆けてきたと聞いた時には、阿呆《あほう》な奴《やつ》らだと笑ったものだが、その理由がよく分り申した。わずか二年でよくもこれだけの兵を育て上げたものじゃ」

「公家の生まれゆえにできたのかもしれぬ」

道誉も顕家の手腕に一目おいている。猪名川を前にあてて布陣したのは、北畠勢の突撃戦法を封じるためだった。

「それはどういう訳でござろうか」

「公家の生まれゆえ、我らのように一騎討ちにこだわることがない。また一騎討ちをしても勝てぬと思うゆえ、勝つ方法を必死で考えたのであろう」

「なるほど。道理でござるわ」

師直が手を打って感心し、ならば我らはどうしたら良かろうとたずねた。

「これは武蔵守《むさしのかみ》どのの言葉とも思えぬ。敵に勝つ方法をお忘れかな」

「相手の得手を封じ、こちらの強みを出す。ただそれだけでござる」

「さよう。敵の長槍はこの川を渡らねば使えませぬ」

その欠点をつくには、渡河の途中で遠矢を射かければよい。そう考えた道誉は三段の弓隊を編成し、どんな状況にも即座に対応できる訓練をかさねてきたのだった。

「ところで、都の方はいかがでござる。こちらの仕掛けた罠《わな》に、うさぎは都合よく飛び込んでくれましょうか」

「去る七日に主上は内侍所《ないしどころ》（神鏡）を洛中に移されたそうじゃ。お三方が持明院にもどられる日も、遠いことではあるまい」

都には音丸を残し、三上皇がもどられたならすぐに知らせるように命じている。それまでこの陣所で持ちこたえられるかどうかが、勝敗の分れ目だった。

両軍は猪名川を間にしたままにらみ合いをつづけていた。

道誉らの陣の下流には足利直義が布陣し、新田義貞の本隊にそなえている。

尊氏は直義勢の後方にある小高い丘に本陣をおき、一万の兵を三段に配して後詰めをする構えを取っていた。

突然、対岸から鯨波《とき》の声が上がった。

北畠勢千人ばかりがいっせいに長槍を立て、二十人が一組となった得意の戦法で川を押しわたろうとした。

ひと足ごとに長槍がゆらめき、風にゆれる竹林のようである。その林が胸までの深さの川をものともせずに渡ってくる。

「まだまだ。川の中ほどを過ぎるまで敵を引きつけよ」

道誉は前線の弓隊に命じた。

川岸には柵と逆茂木《さかもぎ》をめぐらして敵の上陸をはばんでいる。その後ろから矢を射かけるのだから安全なはずなのに、北畠勢の強さを知っている兵たちは浮き足立っていた。

道誉は敵が半町ばかりに迫るのを待って、

「今だ。放て」

手にした軍扇をふり下ろした。

五百人の弓隊が放った矢は、柵や逆茂木をこえて敵の頭上にふりそそぐ。

だが頭形《ずなり》の兜《かぶと》をかぶり鉄の小札の鎧《よろい》をまとった北畠勢には、山なりに放った矢では通じなかった。

「うろたえるな。教えたとおり水平に射よ」

道誉は自ら弓を取って手本を示し、槍を持つ手元をねらわせた。

兜や胴丸は頑強でも、小手《こて》は動きやすいように鎖や厚革で作られている。そこを射ぬかれて槍を取り落とす者が続出し、北畠勢の突撃の足がにぶった。

合戦は下流でも始まっていた。

脇屋義助を先陣とする新田勢は、小楯《こだて》を押し立てて矢を防ぎながら岸にとりつき、鉤《かぎ》縄《なわ》をかけて柵を引き倒そうとした。

足利勢は小楯をよけて敵の後方に遠矢を射かけるが、五千余の新田勢は身方の犠牲をものともせず、次々と軍勢をくり出してくる。

やがて柵と逆茂木を取り払い、濁流となって斬り込んできた。

直義は仁木《にき》、細川、畠山という一門の軍勢を出して防ごうとしたが、敵の勢いに押されてじりじりと後退していた。

「左馬頭どのの戦下手《いくさべた》にも困ったものじゃ」

師直はあきれ顔で戦況をながめている。

直義とは昔から気が合わないので、苦戦しているのを見てもいい気味だとしか思っていないようだった。

「薄情なことを言うものではない。助けてやりなされ」

道誉は弓隊を下流に向け、川の中にいる敵に横矢を射かけさせた。

「さようか。道誉どのがそう申されるなら」

師直は金の鍬形《くわがた》をつけた兜をかぶると、五百騎の先頭に立って川ぞいの道を走り、側面から新田勢に襲いかかった。

馬の鼻面をぶつけるようにして駆け入り、右に左に刀をふるいながら敵を打ち倒していく。足利軍団最強の名に恥じない戦ぶりで、新田勢は手も足も出せないまま真っ二つに分断された。

これに力を得た足利勢は、細川定禅の手勢を先頭にして隊列を組み直し、新田勢を逆茂木の後ろまで追い返した。

その時、下流に広がる松林の中から、長槍を構えた五百人ばかりが突撃してきた。二十人が横一列になり、槍先をそろえて突撃してくる。誰もが北畠勢かと恐れをなしたが、かかげた旗は菊水の紋。楠木正成の手勢だった。

豊島河原が主戦場となると見た正成は、昨夜のうちに渡河を終え、松林にひそんで戦機をうかがっていたらしい。長槍の戦法は顕家から学んだものだった。

よく鍛えられた将兵たちは、北畠勢に勝るとも劣らぬ働きぶりで、師直の騎馬隊を楽々と突きくずし、直義の本営にまで迫った。

これに力を得た新田勢は、逆茂木の陰から走り出て足利勢にいどみかかっていく。義貞はこの時とばかりに馬を出し、全軍を投入して総攻撃にかかった。

後方の尊氏は動かない。堅固にかまえた本陣に腰をすえて戦況をうかがっていたが、敵が総攻撃にかかるのを見て退《の》き太鼓を打たせた。

正面からの激突をさけ、全軍を本陣にこめて時間をかせごうとしたのである。

「わしは都にもどってみる。そちは足利どのと行動をともにせよ」

道誉は嫡男秀綱に命じた。

「このような時に、何のために都などに」

秀綱は負け戦の無念さに顔を紅潮《こうちょう》させていた。

「この戦は君と君の争いにしなければ勝ち目はない。これから都にもどり、そのための根回しをしてくる」

「持明院の君を頼まれまするか」

「そうじゃ。すでに日野中納言どのに取り次ぎを頼んでおる」

「されど都は敵地でございます。警固の兵がなければ危のうございましょう」

「わしは出家の身ゆえ、僧になって出歩けば危ないことはない。警固などつければかえって狙われるばかりじゃ」

それに都には、音丸が配下の坊人《ぼうじん》たちをひきいてひそんでいる。日野中納言資明《すけあきら》と連絡をとるように命じているので、都に行きさえすればそれほど手間はかからないはずだった。

秀綱には血気にはやらず知らせを待てと固く申し付け、道誉はわずかな手勢をつれて翌日の早朝には洛中に入った。

都はすでに天皇方の支配下にある。京の七口には関所を立て、不審な者の入京に目を光らせていた。

道誉は桂川を越えると、夢窓疎石ゆかりの寺に立ち寄り、人数分の僧衣と笠を借りた。寺の手形ももらい受けて難なく関所を通り抜け、真っ直《ます》ぐに上京の持明院へ向かった。

西大路の辻まで出た時、猿楽座の一団と行き合った。

荷車に能や狂言の道具を載せ、談山《たんざん》神社の神旗をおし立ててにぎやかにやってくる。すれ違おうとした時、荷車を押していた浅黒い顔の老人がすっと近付いてきた。

「お三方は、昨日持明院におもどりです」

そうささやきかけたのは猿丸である。

身が軽く足が速いので、音丸に道誉への使いを命じられたのだった。

「日野さまとの連絡もとれたので、至急お戻りいただきたいとのおおせです」

「この者たちは？」

「大和猿楽座の方々です。丹波へ向かわれるというので、関所を抜けるまで一座に加えてもらいました」

山陽道は天皇方に押さえられているので、豊島河原に行くには丹波を抜けるしかない。

そのことがかえって幸いして、偶然にも行き合うことができたのだった。

足を速めて竜泉寺にたどり着くと、音丸が待ちわびていた。

「お申し付けの通り、日野中納言さまに書状を渡しました。日野さまは委細《いさい》承知したとおおせになりました」

日野中納言に会い、お三方に対面できる段取りもととのえたという。

「苦労であった。それにしてもよく計らってくれたものじゃ」

「眼《まなこ》はひとつでも、殿のお志を見失ったりはいたしませぬ」

音丸がにこりと笑って胸を張った。

美しく整った顔だけに、左目の眼帯がよけいに痛々しかった。

道誉は矢立てを取り出し、高師直あてに文を書いた。

数日のうちには院宣をとどけるので、何としてでも豊島河原に踏みとどまるように要請したのだった。

「これを豊島河原の武蔵守どのにとどけてくれ。それがすんだなら、有馬の湯にでも入ってくるがよい」

しばらく体をいたわれと、銀の小粒を押し付けた。

持明院は現在の新町通り上立売《かみだちうり》を上がったところにあった。

表門はぴたりと閉ざされている。お三方がおもどりになったというのに門番も立てていない。世をはばかるように、ひっそりと静まり返っていた。

道誉はくぐり戸を叩《たた》き、低い声で用件を告げた。

すぐに内に通され、日野資明が迎えに出てきた。

四十がらみの背の高い公家で、仙人のように長いあごひげをたくわえていた。

「書状は確かにいただきましたが、これほど早く参られるとは思っておりませんでした」

「事は一刻を争いますので」

「ただいまご叡慮《えいりよ》をうかがってまいります。こちらでお待ち下され」

道誉を客殿に案内し、あわただしく奥に入っていった。

広々とした客殿には、仏像も安置していない。仏の座だけが空《くう》を乗せ、主のいない淋《さび》しさをかこっている。

昨日おもどりになったばかりで、このような所までは手が回らないようだった。

「お三方がお目にかかられます。ご用の向きはお耳に入れておりますので」

資明は思いがけないほど好意的だった。

主殿の上段の間に、法体になられた後伏見法皇と花園法皇、光厳上皇が待ち受けておられた。

後伏見は四十九歳、弟の花園は四十歳、そして後伏見の長子であられる光厳は二十四歳である。

お三方とも鎌倉幕府の時代に皇位にあられたが、元弘の乱で幕府が滅亡した後には後醍醐天皇の監視下におかれ、囚人のような暮らしを強いられている。

それでも三人身を寄せて、じっと耐えておられるのだった。

「本日はぶしつけな推参《すいさん》をお許しいただき、かたじけのうございます」

御簾《みす》もかけておられないので、道誉は直視をさけて平伏したままだった。

「久しいな。あの折は世話になった」

後伏見法皇がもう少し寄るようにと手招きなされた。

あの折とは三年前、六波羅探題北条仲時ら四百三十二人が近江の番場《ばんば》の宿で自害した時のことである。

仲時らに擁《よう》されて東国へ向かっておられたお三方は、戦乱に巻きこまれて進退に窮しておられたが、道誉の尽力によって無事に柏原の寺に難を避けられた。

それから都にもどられるまでの間、道誉は親身になって世話をした。

たとえ敵対する立場になろうと、尊い御身であることに変わりはないからである。

「あの時の有難さは忘れられへん。こうして対面を許したのも、恩義を忘れておらんからや」

「もったいないお言葉でございます。法皇さまもお健やかでお喜び申し上げます」

「健やかとは言えへん。天下がこのような有様やさかいな」

「その天下を改めるために、お願い申し上げたき儀がございます」

「院宣のことやったら中納言に聞いた。今上のやり方でええとは思わんが、さりとてな」

　朝家を二つに割るような院宣を出すことはできぬと、後伏見法皇は難色をお示しになった。

「保元の乱の例もございます。天下のためにご英断を下していただきとう存じます」

「保元の乱では、崇徳院《すとくいん》が負けはったやないか。そのあげく讃岐《さぬき》に流罪にならはったんや」

「勝ったら栄え負けたら零落《れいらく》するは、勝負の常と存じます。だからといって目の前に横行する不正を容認するようで、王道と言えましょうや」

　道誉は不敬を承知できびしく迫った。

「そんならそちは、王道のために自分を犠牲にできるんか」

「どのような御意でございましょうか」

「院宣を出したと知れたら、尊治《たかはる》（後醍醐天皇の諱《いみな》）は身共を生かしてはおくまい。それを守り抜いてくれるかということや」

「むろん、当家の総力をあげてお守りいたします」

「そんならいったん尊治に降《くだ》ることができるか」

後醍醐天皇に帰順し、今の政権に従って都にいなければ、自分を守り抜くことはできない。法皇はそうおおせられた。

「承知いたしました。御意とあらば、近江源氏の存亡をかけておおせに従います」

道誉はこの一瞬に賭けていた。

院宣を得られれば、尊氏の勝利が確定するばかりではない。新しい朝廷から琵琶湖水運の権利を認めてもらう道も開けるのだった。

尊氏あての院宣を得た道誉は、来た道を引き返して豊島河原に向かった。

夕方には摂津に着いたが、足利勢はいなかった。天皇方の猛攻を受けて本陣を支えきれず、兵庫まで退却したのである。

後を追って兵庫まで行くと、船に乗って西へ敗走したという。

どこへ向かったか分からないが、道誉は翌日の上げ潮を待って室《むろ》の津《つ》行きの船に乗った。

紀淡《きたん》海峡から瀬戸内海に流れ込んだ潮は、潮位を高くして川のような流れとなって西へ向かっていく。その潮に乗ると、兵庫から室の津までは半日で行くことができた。

室の津は海にせり出した藻振鼻《もふりばな》に守られた港である。

兵庫や鞆《とも》の浦《うら》とならぶ要港で、藻振鼻の先端を回ると足利勢の軍船がひしめいていた。

半円形の港に入りきれずに、港の外に錨《いかり》を下ろしている軍船も多い。その大半は周防《すおう》から来た大内氏と豊後《ぶんご》の大友氏のものだった。

「この先は入れぬ。他の港に回れ」

港を警固する者たちが、民間の船の出入りを禁じていた。

「そういうお手前方は、大友入道どのの手勢か」

道誉は僧形のまま問いかけた。

「そうじゃ。御坊は殿をご存知か」

「鎌倉で共に出家した仲じゃ。近江の佐々木入道が来たと取り次いでくれ」

警固番の者たちも佐々木道誉の名は知っている。ご無礼をいたしましたと恐縮し、大友入道貞宗《さだむね》の陣屋に案内した。

あいにく貞宗は他家の陣屋に出かけている。やむなく尊氏の本陣をたずね、高師直に面会を求めた。

師直はすぐに出てきた。

「うれしや道誉どの。待ちかねておりましたぞ」

地獄で仏に会ったように喜び、殿がまた例の病気をわずらって困っていると訴えた。

「弱気の虫でござるか」

「弱虫、泣き虫、勝手虫でござる。近くの寺に引きこもったまま、誰にも会おうとなされぬ」

　自分は天子に弓を引くつもりはない。このまま都にもどって投降する。そう言い出したという。

「初めは大友入道どのの勧めに従って九州に向かうと言っておられた。ところが昨夜から、がらりと雲行きが変わったのでござる」

「ならばこれをお目にかけるがよい。弱気の虫の特効薬じゃ」

　道誉は後伏見法皇の院宣を差し出した。

　水にぬれないように二重三重に油紙でつつみ、桐《きり》の箱に入れていた。

「これが例の院宣というものでござろうか」

「さよう。これで天下の趨勢《すうせい》はいっきょに定まる」

「ならば道誉どのがご披露下され。これは貴殿の手柄でござる」

　院宣の値打ちが分らない自分にはその資格がないと殊勝なことを言い、師直は尊氏がいる寺に道誉を連れて行った。

二

　正成は嫡男正行や橋本右京亮らを従えて、朱雀《すざく》大路を南へ向かっていた。

三月から再び検非違使に任じられ、洛中を見回る役目を負っていたのである。

豊島河原や西宮での戦いに勝って足利勢を九州まで敗走させたものの、洛中の治安は一向に回復しない。

食い詰めた者が強盗をはたらいたり、主家を失った武士たちが盗賊になっているばかりか、天皇方の軍勢の中にさえ飢えや寒さに耐えかねて同様の悪行に走る輩《やから》がいた。

奥州や関東から出てきた将兵たちは、この戦勝の手柄に見合う恩賞をもらい、一刻も早く帰国したがっている。

ところが足利勢が来襲するおそれがあるので軍備をとくこともできず、兵糧《ひょうろう》や薪《たきぎ》も充分に配給しないまま洛中に駐留させている。

そのことへの不満と怒りが将兵たちを殺気立たせ、いつ爆発するか分らない不穏な空気がただよっていた。

「近頃都に流行《はや》るもの、でござるな」

右京亮が路上にたむろする窮民たちに腹立たしげな目を向けた。

「夜討ち、強盗、にせ綸旨《りんじ》、本領はなるる訴訟人」

二条河原の落書の文句は、今や都中に知れ渡っている。しかも状況は二年前よりいっそう悪化していた。

「あの者たちは戦で焼け出されたのだ。そのように咎《とが》めてはならぬ」

「咎めるつもりは毛頭ござらぬ。我々はいったい何のために戦ってきたのかと、情《なさ》けなさに腸《はらわた》がにえくり返るのでござるよ」

「源平の争乱が新しい時代を生んだ。この混乱も生みの苦しみなのだ」

「ならばお伺いいたす。我らは新しい時代の側に立っているのでござろうか」

「分らぬ。だが、今さら後もどりはできぬのだ」

八条大路まで下がると、東寺の北の方から怒鳴り合う声が聞こえてきた。

一方は関東なまり、もう一方は聞き取ることもできないほどの奥州なまりで、大人数が激情にかられてののしり合っている。ちょうど五重の塔の下あたりだった。

 何事かと走り寄っている間に、刀や槍を打ち合わす激闘の音が聞こえてきた。斬りつける時にあげる気合や断末魔の叫びも混じっている。

現場に駆けつけた時には、百人ばかりが入り乱れて戦っていた。

新田と北畠の将兵たちで、一方は中黒の家紋を入れた胴丸を、一方は鉄の小札で作った鎧を着けていた。

すでに十人ばかりの死人が出て、路面を血に染めて倒れている。側には検非違使庁の役人も駆けつけていたが、五、六人では手が出せる状況ではなく、群衆にまぎれて傍観しているだけだった。

「何事だ。なぜ止めぬ」

正成は役人たちを怒鳴りつけた。

「東寺から施米《せまい》がありました。その分け前をめぐって争いになったのでございます」

止めようとしたが聞いてもらえなかったと、役人たちは弱い声で訴えた。

「己の尻もぬぐえぬ腰抜けどもよ。者ども、取りしずめよ」

右京亮が怒りに顔を赤くして家臣たちに命じた。

「待て、右京亮」

正成は鋭く呼び止め、お前が行けと正行に命じた。

「どんな手を用いてもよい。あの争いを止めてみよ」

わずか十一歳には過酷な役目である。だが正行は恐れる気色もなく引き受け、近くで焚火《たきび》をしている者たちから燃えさかる木をもらい受けた。

それを両手に高々とかざし、

「楠木河内守の嫡男正行でござる。双方刀をおさめられよ」

子供らしい高く澄んだ声をあげながら、争いの真っただ中に進んでいった。

これには戦場往来の猛者《もさ》たちも気を呑《の》まれ、刀をおさめて双方に引き分れた。中には自分の子の姿と重ね合わせ、涙ぐんで非をわびる者もいた。

数日後、北畠顕家がたずねてきた。

桜が満開の時期を迎える頃で、庭先ではうぐいすがさかんに鳴き交わしていた。

「先日は当家の者がご迷惑をおかけいたしました」

騒動をおこしたことをわび、正行に会いたいと言った。

「お心遣い、かたじけのうござる」

正成はすぐに正行を呼んだ。

「なるほど。さすがは河内守どののご嫡男ですね」

顕家は正行の間近に寄って肩を叩き、引出物があると表に連れ出した。

玄関先では北畠家の郎従が十人ばかり、整然と隊列をととのえて待っていた。顕家は郎従から鞍《くら》をつけた馬を受け取り、正行に手綱を渡した。

「これは奥州からつれてきたものだ。先日のお礼に受け取ってもらいたい」

「もったいのうございます。このような立派な馬は、まだ私の手に負えません」

正行は馬の見事さにおそれをなした。

黒い剛毛《ごうもう》におおわれた馬は、畿内のものよりふた回りも大きい。背までの高さは四尺六寸くらいあり、正行の背丈より高かった。

「正行どののならすぐに乗れるようになる。案ずることはない」

顕家は正行をひょいと抱え、鞍に押し上げた。

漆黒《しっこく》の馬は微動だにせず、じっと立ちつくしている。正行は感動に目をかがやかせ、そっと鬣《たてがみ》をなでた。

「よく似合う。この馬を私の思い出にしてもらいたい」

顕家は兄のようなやさしい手つきで正行を抱き下ろし、近々奥州に引き上げることになったと告げた。

「もどった頃には奥州の桜も見頃でしょう。花を追って旅をするのも悪くはない」

言葉とはうらはらに、顕家の表情は暗かった。

「ならば都の花も見ていただきたい。ちょうど見頃の所がござる」

正成は顕家の苦衷《くちゆう》を察して花見にさそった。

北野天満宮の南に、下《しも》の森《もり》と呼ばれる林がある。うっそうたる雑木林の中に、ただ二本だけ山桜の巨木があり、夫婦桜《めおとざくら》と呼ばれて親しまれていた。

ここも何度か戦場になったが、そのたびに戦火をまぬがれ、いつもの年と変わらぬ花を咲かせていた。

正成と顕家は桜の下に座って頭上を見上げた。白みをおびた花と新緑の葉が入り乱れ、空一面をおおっていた。

「ご無礼をいたします」

顕家は律儀にことわり、あお向けに寝転んで背伸びをした。

「ああ、生き返ったようだ」

思わずもらした言葉に、都での苦しみがにじんでいた。

正成もあお向けになった。からりと晴れた青空に、花の色がくっきりと映えていた。しばらく無言のまま花を見上げていると、

「この三月《みつき》の戦いは、何だったのでしょうか」

顕家がうめくようにつぶやいた。

厳寒の奥州から駆け上がり、朝敵を追い払ったと人は誉めたたえる。だが都の状況も天下の政もいっこうに良くならない。

将兵は郷里への想《おも》いをふり切って果敢に戦い、死傷者も少なくないというのに、兵糧や薪もまともに与えてやることができないのである。

「天下のために帝のためにと、私は彼らを都までつれてきました。それなのにこのような体たらくでは、合わせる顔がないのです」

顕家は急に黙り込み、頭をかかえてすすり泣いた。

「貴殿は見事に役目をはたしておられる。こたびの働きが天下の賞賛をあびていることは、将兵たちの誇りにもなっておりましょう」

「正成どのは、今の状況をどのように見ておられますか」

斬りつけるようにたずねられて、正成は返答をためらった。

このままでは新政権は崩壊するという危機感は日増しにつのっているが、それを言えば顕家の苦悩を深くするばかりだった。

す」

「私は帝《みかど》というお方に失望しました」

顕家は心の奥に押し込めていた本音を、長いため息とともに吐き出した。

「ご自身の理想を語ることはできても、現実に対処する力を持っておられない。このままではいくら我らが支えようとしても、底の抜けた桶《おけ》に水をそそぎ込むようなものです」

「ならば、どうなされるおつもりかな」

「奥州にもどって国を富ませ、民の暮らしを豊かにします。私にできることはそれだけです」

「足利方は九州で身方をつのり、形勢を挽回《ばんかい》しようとしています。もし筑前博多を押さえられたら、我らに勝ち目はないでしょう」

正成は顕家の真情に打たれ、本音を語らねばならぬと思った。

博多は元や高麗との貿易港で、瀬戸内海や日本海につづく流通路への入口である。日本で流通している銅銭の大半は元からの輸入にたよっているのだから、ここを押さえられれば畿内の経済は死命を制されることになる。

それゆえ正成は九州に大軍を派遣して足利方を討つべきだと主張したが、主上は応じようとなされず、新田義貞も重い腰を上げようとしなかったのだった。

「そうですか。やはりそうなるのでしょうね」

顕家はさばさばした表情をして、懐から笛を取り出した。

「花は散るからこそ美しいのかもしれません。人はただ天命をまっとうすればよいのだ」

自分に言いきかせるようにつぶやき、別れの曲をかなで始めた。高く澄んだ美しい音色には、そこはかとない哀《かな》しみがただよっている。

正成は笛の音に耳を傾けながら、大塔宮のことを思った。

顕家と宮には相通じるものがある。共に戦うことができたらどれほど見事な軍勢ができ上がるだろうと、為《せ》ん方《かた》ない想像をめぐらしていたのだった。


二月二十九日、建武から延元《えんげん》に年号があらためられた。

尊氏が反旗をひるがえして以来争乱がつづくことに危機感を抱いた朝廷は、新政が長くつづくようにという願いを込めて延元という年号を選んだのである。

三月十日には北畠顕家が二万余の軍勢をひきいて奥州への帰途についた。たび重なる合戦で死傷者が続出し、軍勢の数は二ヵ月前に上洛した時の半数以下になっている。

天皇方の窮地を救う華々しい働きをしたわりには報賞が少なく、敗軍のように打ちひしがれた姿で粟田口を出ていった。

それから十日ほどして桜の花も散り落ちた頃、服部善助と千草がもどってきた。

「遠江の橋本で行き合いましたので」

千草は帰る途中に病みつき、橋本右京亮の屋敷でしばらく療養していた。知らせを受けた善助は橋本に立ち寄り、回復を待って連れてきたのだった。

「何の病気だ」

「分りません。腹のあたりにさし込むような痛みが走って、歩けなくなったのでございます」

千草が面目なさそうにうつむいた。

ふくよかだった丸い顔がやせ細り、目は落ちくぼみ、頬骨が浮き出していた。

「無理がたたったのであろう。右京亮が名のある僧医を知っておるゆえ、明日にでも診てもらうことだ」

正成は千草を下がらせ、善助に探索の結果をたずねた。

「北畠勢が鎌倉を占領してくれたおかげで、誰はばかることなく宮さまの行方《ゆくえ》を追うことができました。中先代の乱の頃に直義に仕えていた武士や下人にも話を聞き申したが」

結果はあまり良くはない。足利直義は鎌倉を脱出する時、土牢《つちろう》に閉じ込めた大塔宮を殺すように命じたことが分ったという。

「宮さまを……。まことか」

　正成の全身が、驚きと怒りに鳥肌立った。

「命令を受けたのは、淵辺《ふちべ》伊賀守という相州の武士でございます。宮さまを土牢から引き出し、力ずくで組み伏せて首を討ったと」

　長い間土牢に幽閉されていた大塔宮は足も手も萎《な》えていて、屈強の武士に抵抗することができなかった。

　そこで刃に噛《か》みついて防ごうとしたが、無残にも顎《あご》ごと押し切られたという。

「津軽の安藤新九郎どのが、宮さまを助けに行かれたという噂《うわさ》も聞いたが」

「間に合わなかったのでございましょう。これは淵辺伊賀守の郎従から聞いたことゆえ、間違いないと思います」

「そうか。あの宮さまが……」

　正成は言いようのない無力感にとらわれた。

　帝の理想を成し遂げるために身命を賭して戦ってきた大塔宮が、そんな悲惨な最期を迎えたとは信じたくなかった。

「隼女のことは、何か分ったか」

「箱根峠に近い水飲で殺されたようです。土地の者たちが哀れんで、隼女塚を作って供養しております」

「水飲といえば、直義が陣を張っていた所ではないか」

「さよう。隼女は直義配下の犬使いたちにいたぶられ、殿のもとに使いをするように仕込まれたのでございましょう」

その揚句に斬り殺されたのである。隼女が見るも無残な姿をしていたのは、よほどひどい虐待を受けたからにちがいなかった。

「やはり、あれは偽書であったか」

正成は己のうかつさを悔やんだ。

(だとすれば主上にあてた宮さまの文も)

偽書の可能性がある。その真偽を、ぜひとも確かめなければならなかった。

正成は花山院の皇居をたずね、千種忠顕に対面を申し入れた。

半刻(約一時間)ほどしてから、忠顕が対面所に出てきた。

「待たせたな。播磨に加勢を送れと矢の催促で、出陣の割り当てや兵糧米の搬送に追われとるんや」

寝る間もないほど忙殺されていると、忠顕は僧形の頭を苛立《いらだ》たしげになで回した。

九州に落ちのびた足利尊氏は、三月二日に博多のちかくの多々良浜《たたらはま》で天皇方の軍勢を打ち破り、都に向かって攻め上がる構えを見せている。

これを迎え討つために、新田義貞は五万の軍勢をひきいて九州に向かったが、播磨の赤松円心にはばまれて苦戦をつづけていた。

そこで援軍を送るように、朝廷に要請してきたのである。

「九州に向かうというのに、播磨の山奥の白旗城《しらはた》に攻めかかっとらはる。あの御仁《ごじん》の考えはよう分らん」

このまま戦況が悪化するようなら、正成にも出陣してもらうことになるだろうと、忠顕はそれとなく了解を求めた。

「承知いたしました。ただし、その前にお願いがございます」

「何や。えらい剣幕やな」

「先日主上は大塔宮さまから文が来たとおおせになりました」

その書状をどういういきさつで入手されたか教えてもらいたい。偽書でないかどうかも確かめさせてもらいたいと申し入れた。

「身共も拝見してへんけど、偽書の疑いがあるんか」

「偽の綸旨や令旨《りょうじ》は前々から横行しております。中でも左馬頭直義はどんな筆跡でも真似られる者を使って謀略をめぐらしております」

自分も竹下の戦いの直前に偽書をつかまされたと、正成は恥を忍んで打ち明けた。

「それゆえこの目で確かめなければ安心できないのでございます」

「そやけど、なあ」

忠顕は困りきって目をそらした。

主上にそんなことを奏上すれば、我が子の筆《て》を見誤るような愚か者だと思うかと激怒なされるというのである。

「それがしは五年以上も宮さまに従い、何通もの書状を拝見しております。それなのに偽書と見抜けませんでした」

「そちと主上を一緒にしたらあかん。それこそどんなお叱りを受けるか分らへんで」

「おそれながら、主上は宮さまのご真筆にお触れになったことは、それほどないと存じます」

正成はくい下がった。

偽書にあざむかれておられるなら、宮さまと和解し都に呼びもどすという約束も反故《ほご》になる。たったひとつの希望の光が、陰謀の黒い雲にかき消されるのだった。

「実はな、今はそれどころやあらへんのや」

忠顕はそう言ったものの、先を話すことをためらった。

「九州のことでしょうか」

「それもあるが、それ以上に深刻なことが起こったんや」

忠顕は長々とためらった末に、後伏見法皇が尊氏に天下静謐《せいひつ》を命じる院宣をお下しになったと打ち明けた。

「そのことをさる筋からお聞きになり、主上はご双眼から火を噴くほど激怒なされた。このことにどう対応するか、さっきも公卿《くぎょう》らを集めて協議なされたとこや」

だから今はとても奏上できる状態ではない。もうしばらく待ってくれと、忠顕は疲れ果てた表情で了解を求めた。

三

京極高辻の西隣にある竜泉寺には、能の舞台がしつらえてあった。

日々の無聊《ぶりょう》をまぎらすために、道誉が他の屋敷から買い取ったものである。

後伏見法皇に約束した通り天皇方に投降した道誉は、佐々木家の実権を嫡男秀綱にゆずり、この寺で隠居暮らしをしている。

すべての責任を取って世を捨てたように見せかけながら、尊氏が後伏見法皇の院宣をかかげ、大軍をひきいて上洛する日を待っていた。

すでに多々良浜で大勝しているのでさして時間はかかるまいと、毎日能、狂言の世界にひたる優雅な日々をすごしていた。

舞台の袖で高らかに笛が鳴りわたり、音丸の舞いがはじまった。

狂女の面をつけ、ゆっくりと橋掛《はしがか》りを歩いて舞台中央へと進み出る。

〽かれがれの契《ちぎ》りの末はあだ夢の　契りの末はあだ夢の　おもかげばかり添ひ寝して

謡いとともに、音丸がたおやかな所作で舞いはじめた。

謡曲「案《あん》の字《じ》」の一節である。

文字を買うために蜀《しよく》の国へおもむいた夫の安否を気づかいながら、一人寝の淋しさに耐えて帰りを待つ妻の、焦《こが》れる心情をあらわしたものだ。

普通は小面《こおもて》を用いるが、狂女の面をつけて妻の内面の狂おしさを強調しようとしたところに、音丸の新しい工夫があった。

〽あたりさびしき床《とこ》の上　涙の波は音もせず　袖に流るる川水の

音丸の舞いは深く静かである。抑制がきいた所作は、気品にみちている。

それが狂女の面とあいまって、待ち焦れる妻の切ない心情を浮き彫りにしている。若い体のうずきまで感じられて、あやしいばかりの色気にみちていた。

〽袖に流るる川水の　逢瀬《おうせ》はいづくなるらん　逢瀬はいづくなるらん

曲が終っても、道誉は感動のあまりしばらく茫然《ぼうぜん》としていた。兜ごしに一撃をくらった時のように、目まいさえ覚えていた。

「いかがでございましょうか」

音丸が面をつけたまま評を乞うた。

片方の目を失っているので、素面《すめん》をさらすことをはばかったのである。

「上出来じゃ。よう舞《も》うてくれた」

道誉は正直にほめた。

何かを失ってしか得られぬものがあると、この時ほど感じたことはなかった。

「進境いちじるしいが、心に悟ることがあったか」

「さしたることはございません。ままならぬこの身を、舞いを極めるために使い切りたいと願っているだけでございます」

「ああ、それよな」

それこそが放下《ほうげ》、すべてを抛《なげう》つという禅の教えにつながっている。

夢窓疎石の「投機の偈」と同じ境地を、音丸は舞いで示してくれたのだった。

道誉はすっかり高揚した気持になり、音丸のために手ずから香をたき茶を点《た》てた。

「人間五十年という。されど心をゆさぶるものは、人から人へと伝えられて永遠に消え去ることはないのだ」

そこに芸能の効用があると道誉は言った。

舞いも歌も茶も花も、日常では味わうことのできない感化を人に与える。そのことによって人は変わり、より良い人生を生きたいと願うようになる。

ひいてはそれが世の中を変える力になるのである。

「武力も富も愚かなものだ。人の心を良くしなければ、世の中が良くなるはずがあるまい」

道誉はそう考えて芸能の精進につとめている。

中でも能楽についての鑑賞眼は傑出していて、後に能楽の大成者である世阿弥が「この道の先達《せんだつ》である一忠《いっちゅう》の芸を私は見ていないが、京極の道誉などの話から推量すると、よほど立派な役者であったようだ」と『中楽談儀《さるがくだんぎ》』の中で語るほどの域に達していた。

夕暮れも近付いた頃、

「殿、例の方より知らせが参りました」

近習の若侍が、持明院に入れた阿修羅からの密書をとどけた。

「御君《おんきみ》、身マカらる」

カナまじりの走り書きでそう記してある。

御君とは後伏見法皇のことだとすぐに分ったが、下の文意をつかむまでにしばらく手いた。

（法皇が身を負けられるとは、ご自身を低くしておられるということだろうか）

などと考えたが、しばらく走り書きをながめているうちに身罷《みまか》ると読むべきだと気付いた。

道誉は初め身負《みま》かると読み、間取った。

「身罷られただと」

事の重大さに気付き、我知らず声を上げた。

法皇が崩御《ほうぎょ》なされたとはにわかには信じ難いが、阿修羅は確かにそう告げている。罷るという字を思い出せず、カナを当てたにちがいなかった。

道誉は音丸を呼び、持明院へ行って様子を確かめてくるように命じた。

「門番頭の松岡という者に、若狭局《わかさのつぼね》に会いたいと伝えよ」

若狭局とは持明院に女御《にょうご》としてもぐり込んだ阿修羅の名前である。松岡という青侍《あおざむらい》は、後伏見法皇を警固するために道誉がつかわした家臣だった。

日が暮れた頃、青菜売りに姿を変えた音丸がもどった。

「法皇さまは昼餉《ひるげ》を召し上がられた後に、腹痛を訴えられたそうでございます。すぐに僧医の手当てを受けられたそうですが」

薬石の効なく申《さる》の刻（午後四時）頃には崩御なされたという。

「ご病気か」

「僧医は新芽の毒にあたられたのではないかと申したそうでございます」

昼餉に山菜の煮浸《にびた》しを食べられたが、その中に毒を含んだものがあったのではないかというのである。

「馬鹿な、膳部《ぜんぶ》の者がそのような物をお出しするはずがあるまい」

「山菜の中には、いつもは食べられるのにこの時期だけ毒を持つものがあるそうです」

音丸が聞いてきたのはそれだけだった。

(何ということだ)

道誉は無念のあまり頭を抱えた。

二ヵ月前に持明院をたずねた時に、後伏見法皇はこうなることを予感しておられた。そうして自分を守り抜いてくれるならと、院宣を下すことに同意なされたのである。

道誉は近江源氏の総力をあげてお守りするために、天皇方に投降して洛中にもどり、阿修羅や松岡らを持明院に入れた。

院の御所のまわりにも、ひそかに音丸配下の坊人を百人ばかり住まわせ、異変があればすぐに駆けつける態勢をとらせている。

だが、そんな警固など何の力にもならなかった。

法皇のお命をねらう者は、持明院の厨《くりや》に人を送り込み、やすやすと事を成し遂げたのである。

（法皇さま、お許し下され）

道誉は悲嘆のあまり地べたにぬかずき、持明院に向かって手を合わせた。

武士の本分は皇居を守ることである。北面の武士の制が定められて以来、多くの武士はこの役につくことに無上の誇りを感じてきた。

道誉にもその思いは強くある。それなのにこのような大事な役目をしくじるとは、悔やんでも悔やみきれない失態だった。

道誉はその夜一睡もせず、翌朝早々に僧衣をまとって持明院に出かけた。

表門がひっそりと閉ざされている。脇のくぐり戸を叩くと、松岡の郎従が顔を出した。

道誉は中にすべり込み、松岡を呼べと命じた。

「申し訳ございませぬ。父は昨夜」

責任をとって自害したと、松岡兵部大夫の子が告げた。

名を兵庫という。まだ十六ばかりの若者だった。

「そうか。かわりにそちが詰めておるか」

「父がそうせよと申しましたので」

主殿にはまだ明かりがともっている。

後伏見法皇の死をいたんで、花園法皇や光厳上皇が通夜をしておられるのだった。

道誉は取り次ぎの者に案内され、主殿の廻《まわ》り縁《えん》にひかえた。

「よう来てくれたな」

こちらに来て念仏でもとなえてくれと、花園法皇が手招きをなされた。

ご遺体には白絹の夜具がかけられ、お顔は白い布でおおわれていた。

「こんな身の上では、充分に供養させていただくこともできんさかいな」

側では年若い光厳上皇が、じっとご遺体を見つめて唇をかみしめておられる。横にならんでおられるのは、弟君の豊仁《とよひと》親王（後の光明《こうみよう》天皇）だった。

道誉はお言葉に従って前に進み、ご遺体に向かって手を合わせた。

本来なら自分も追腹《おいばら》を切るべきである。しかし天下静謐をはかるために今しばらくの時間をいただきたいと、心の中で許しを乞うた。

「誰も責めたらあかんと、兄君はいまわの際におおせられた。責めても憎しみの心が生まれるだけやさかいな」

だからそちも自分を責めるなと、花園法皇は道誉を気づかわれた。

打ちひしがれて主殿を辞すと、阿修羅が歩み寄ってきた。

髪を垂髪にして袿《うちき》をまとい、見事に御所の女御になりきっている。

「厨付きの女房が一人、昨日から行方《ゆくえ》をくらましております」

おそらくそれが下手人だろうが、身許を調べる手がかりはないという。

確かなことは何も分らないし調べようもないが、すべては後伏見法皇が予言された通りだと道誉は思った。

法皇の院宣を無効にするにはこういう手段を取るしかないと、あのお方が決断なされたのである。

目的のためには手段を選ばぬ非情きわまりないやり方だった。

四

道誉は音丸だけを従え、大念仏狂言にわく上京の引接寺《いんじょうじ》をたずねた。

引接寺は仏師の定朝《じょうちょう》作と伝えられる閻魔《えんま》大王を本尊とし、俗に千本閻魔堂と呼ばれている。

この寺では毎年五月一日から三日まで、大念仏狂言が行なわれる。

平安時代にこの寺を開山した定覚《じょうかく》上人が、布教のために狂言を用いて教えを説いたことに起源があるという。

初番に演じられるのは「閻魔の庁」である。

地獄に落ちた亡者が閻魔庁で審判を受ける時、千本閻魔堂で発行した閻魔大王の手判《てはん》を示したところ、罪が許されて極楽に送られたという狂言である。

最終日には「千人切」が行なわれる。

定覚上人の守護侍とされる源《みなもとのためとも》為朝が金剛杖《こんごうづえ》を持って舞台を下り、見物客の中に分け入って駆けまわる。

その杖の先があたるとすべての病気が治ると信じられているので、洛中洛外から数千人が集まり、為朝がまわってくるのを今か今かと待ちわびる。

この「千人切」で熱狂する境内をぬけて、道誉と音丸は閻魔堂の本堂に入った。

巨大な閻魔大王像の下には、冥界《めいかい》に見立てた真っ暗な地下通路がある。そこをくぐり抜け、鐘撞《かねつ》き堂の横に出た。

これほど用心するのは、天皇方の密偵を警戒してのことだ。後伏見法皇のことがあるので、秘密の保持には万全の注意をはらっていた。

道誉は鐘撞き堂に音丸を残し、本堂裏の経堂へ行った。

経典を保存した書庫のとなりに、書見のための十畳ばかりの部屋がある。その中央で日野資明が待っていた。

「このような所までご足労いただき、かたじけのうござる」

この日を選んで来てもらったのは、大勢の中のほうが密偵に尾《つ》けられるおそれが少ないからだった。

「身共も久々に閻魔堂の狂言を見ました。子供の頃に来て以来です」

資明は折烏帽子《おりえぼし》をかぶり、物売りに姿をかえていた。

「昨日、足利尊氏どのから安芸《あき》の宮島に着いたという知らせがありました。数日の間参籠《さんろう》して、鞆の浦に向かうそうでございます」

「新田左中将が西国に向かったと聞きましたが、戦には勝てましょうか」

「尊氏どのは多々良浜の戦に勝ち、博多の港に入ってくる元国からの銭を押さえておられます。いかに新田勢が猛《たけ》くとも、銭がなければ兵をやとうことも兵糧を買うこともできますまい」

元国から輸入している銭は年間数十万貫におよぶ。

尊氏は九州に下ってその入口を押さえ、天皇方に渡らないようにしたのだから、もはや勝敗の行方は明らかだった。

「しかし天下を平定するためには、もう一度院宣を下していただかなければなりません」

道誉が資明と密会したのは、その工作を頼むためだった。

「身共もそう思います。しかし、あのようなことがあった後ですから」

資明がきびしい表情をして、長く伸ばしたあごひげをさすった。

「お二方には応じていただけないでしょうか」

「法皇さまはとても無理でございましょう。そのようなご気性ではありません」

花園法皇はお気持が優しすぎるので、このような事に関わり合うのを忌み嫌っておられる。だが光厳上皇なら見込みがあるかもしれぬと、資明は独り言《ひとりごと》ちながら考えをめぐらした。

「今の上皇さまは今上を憎んでおられる。元弘の乱で皇位を奪われ、今度はお父君まで奪われたのだから無理もありますまい。しかし、ご決断をいただけるかどうか」

院宣を下すことの意味はあまりに大きく、身の危険も思いやられる。よほどうまく説得しなければ応じていただけまいという。

「それがしがその役をつとめます。お目にかかれる機会を作っていただけませぬか」

「そうしたいところですが、持明院に仕えている者の中に今も密偵がまぎれ込んでいるおそれがあります」

「どこにでも参ります。どこか安全な場所はありませぬか」

「うむ。そうですな」

資明はしばらく考え込み、安楽光院はどうかと言った。

持明院の西隣に安楽光院という持仏堂《じぶつどう》がある。

光厳上皇は法皇の月命日の供養に六日から参籠なされるので、その時なら誰にも気付かれずに会うことができるという。

「承知いたしました。前日から誰一人中に入れないようにしていただきたい」

安楽光院は現在の上立売通りに面した所にあった。

今出川通りから北に二筋上がった所で、西側の通りは安楽小路と呼ばれている。

道誉は音丸らを入れて誰もひそんでいないことを確かめさせ、五日の夜から堂内に入った。上皇が参籠される六日には注目が集まるので、その前夜から待つことにしたのだった。

阿弥陀如来や薬師如来に囲まれて一夜を過ごし、座禅を組んで待っていると、正午過ぎに光厳上皇がただ一人で入堂なされた。

「お待ち申し上げておりました」

僧衣姿で御前に平伏した。

「中納言から話は聞いた」

上皇は阿弥陀三尊に手を合わせてから、道誉の方に向き直られた。

道誉は襟《えり》を正し、法皇との約束を守れなかったことをわびた。

「法皇さまをお守りすると約束しておきながら、あのような仕儀となりました。おわび申し上げます」

「元弘の乱以来、そちはようつとめてくれた。今度のことかて、そちのせいやない」

決してうらみに思っているわけではない。幽閉同然の身の上ゆえ、父君の死因を糾《きゅう》明《めい》することも、盛大な葬儀を行なうこともできないのが辛《つら》いだけだと、上皇は目にうっすらと涙をうかべられた。

「なまじ騒ぎ立てれば、持明院がつぶされる。亡き父君もそれを案じ、うらみに思うなと遺言しはったんや」

「中納言さまにお願い申し上げたことは、お聞きとどけいただけましょうか」

「院宣か」

「さようでございます。尊氏どのはやがて上洛なされましょうが、上皇さまのご命令がなくては天下に号令する名分が立ちませぬ」

「院宣ならここにある」

上皇はすでに用意して懐に入れておられたが、これを下すには条件があるとおおせられた。

「皇位のことでございましょうか」

「戦に勝っても、今上の罪をとがめぬことや。憎しみが憎しみを生むような争いを、これ以上つづけたらあかん。皇統の尊厳を傷つけるばかりや」

「承知いたしました。この院宣はそれがしがあずかり、御意をしかと申し伝えた上で尊氏どのに手渡すことにいたします」

道誉は上皇の深いご配慮に感動していた。

この若さでこれだけの境地に達することができるのは、尊い血脈のなせるわざだろうか。それとも音丸の芸のように、大きな苦難が上皇に悟りを開かせたのか……。

その悟りの末に下された院宣だと思えば、あだやおろそかにはできなかった。

五

後伏見法皇の崩御から二十日後の四月二十六日、正成は菊水丸に乗って備前の児島へ向かっていた。

都から白旗城に駆け付け、新田義貞と会って九州から攻め登って来る足利尊氏に備えるように進言した。

義貞はこれに応じ、弟の脇屋義助に三万の軍勢をさずけて備前に向かわせたが、足利方の細川定禅が国境にある船坂峠に立てこもって道をふさいだ。

わずか二千あまりの小勢だが、峠に頑丈な砦《とりで》をきずいて立てこもり、地の利を生かして脇屋勢に付け入る隙を与えない。

これ以上手間取ることを危惧《きぐ》した正成は、備前の児島にいる児島高徳《たかのり》に援助を求め、船坂峠の敵を東西からはさみ討ちにしようと考えたのだった。

小豆島を南に見ながら瀬戸内海を走れば、児島までは二刻ほどで着く。島の西半分は細川定禅の所領なので、東側の南端にある下津井《しもつい》港に船をつけた。

児島はその名の通り、海に浮かぶ島だった。

昔から海運によって紀伊半島とつながっていたので、熊野大社とのかかわりが深い。役小角《えんのおづの》の頃に五人の弟子が来島し、五流尊瀧院《ごりゆうそんりゆういん》をはじめとする五つの寺院を開いて修験道《しゆげんどう》の道場にした。

それ以来五流山伏《ごりゆうやまぶし》と呼ばれる修験者たちが活躍するようになり、天皇や法皇が熊野行幸をなされる際には先達をつとめるのが慣例となっていた。

児島高徳もこうした山伏を配下に持ち、高梁川《たかはし》で産する鉄を諸国に売りさばくことで台頭した商業型の武士である。

早くから大塔宮の令旨を受けて倒幕の活動にたずさわり、後醍醐天皇が隠岐に流される時には、天皇が宿所とされた宿の桜に、

「天勾践《こうせん》を空《むな》しゅうすることなかれ、時に范蠡《はんれい》なきにしもあらず」

という詩を刻みつけて、忠節の意を示したことで知られている。

正成も高徳とは大塔宮のもとで顔を合わせているし、鉄の交易をする取り引き相手でもあった。

下津井港を取り仕切っているのは高徳の配下である。至急対面したいと申し入れると、夕方に高徳が山伏の姿をして船宿にやってきた。

「去年の冬に細川方との戦に負けて以来、この首に賞金がかけられておりましてな。御

寺の行場に身を伏せており申す」

御寺とは五流尊瀧院のことである。

細川方の武士も、守護不入の特権を持つ寺には踏み込めないので、行場にこもって再起をはかっていたのだった。

「ご苦労のほど、お察し申し上げる」

正成は挨拶もそこそこに備前の状況をたずねた。

「よくありませぬ。九州を押さえられて以来、身方が次々に離れていき申す。我らに勝目はないと見切りをつけたのでござろう」

高徳は闊達《かったつ》な男である。窮地におちいっていると言いながら、少しも落胆した様子はなかった。

「新田どのが大軍をひきいて下向されたなら、備前、備中の身方をつのって形勢を挽回しようと準備をすすめており申した。ところが白旗城に引きつけられたまま、日を過ごしておられる。大蛇と戦うのに、尻尾に食いつくようでは勝てませんわな」

「義貞どのもそう思われたのでしょう。このたび脇屋義助どのに三万の兵をさずけて備前に向かうように命じられました」

ところが船坂峠で細川勢にはばまれて進めないので、こちらで兵を挙げて敵の後方をおびやかしてほしい。正成はそう申し入れた。

「敵は峠に二千、ふもとの三石《みついし》に一千ばかりゆえ、東西から攻めればたやすく打ち破れるものと存じます」

「力になりたいのは山々だが、今は三百ばかりの兵しか集められませぬ。備前の侍は機を見るのが敏《さと》うござってな。足利尊氏が厳島《いつくしま》まで来ていると知って、そちらに走った方が得だと考えているのでござる」

「正面から戦う必要はござらぬ。船坂峠の敵にひと当てしたなら、どこか要害の地に立てこもって敵を引きつけていただけばよい」

そうすれば脇屋勢が敵を打ち破って備前に進攻してくると言ったが、高徳はむずかしいとくり返すばかりだった。

「ならばそれがしが、こちらに残って戦いましょう」

「河内守どの、まことでござるか」

「菊水丸には五十人ばかりしか乗っておりませぬが、少しはお役に立てるものと存じます」

「貴殿がいっしょに戦って下さるのなら、それがし一人でも兵を挙げまする。備前の寝返り侍どもに、まことの忠節とはどのようなものか見せつけてやりましょうぞ」

翌日の早朝、下津井港を出た正成らの一行は、島の南をまわって児島湾に入った。

この頃の児島港は現在よりずっと奥まで湾入していて、大富《おおどみ》、富崎《とみさき》のあたりまで海だった。そこの港に船をつなぎ、正成の手勢五十、高徳の手勢百ばかりで吉井川をさかのぼった。

一里（約四キロメートル）ばかりで刀匠《とうしょう》の里として有名な備前長船《おさふね》に着く。そこから二里ほどさかのぼると、目の前に熊山（標高五百九メートル）がそびえていた。

ふもとからつづく斜面はけわしく切り立っているが、山頂部は水平の稜線《りょうせん》が長く延びて空を区切っている。どことなく比叡山に似た山容だった。

「あの山でござる。おいおい身方も集まってくるものと存ずる」

高徳が先に立って細い山道を登りはじめた。

険しい道を登りきると、広々とした山頂に出た。あまりに広いので少人数ではかえって守りにくいほどだが、あたりのながめは素晴らしかった。

昼までに八百人ほどが集まった。

讃岐を本拠地とする細川定禅に圧倒されていた豪族たちが、楠木正成とともに熊山で兵を挙げるので参集するようにという高徳の呼びかけに応じ、一族郎党をひきつれて来たのである。

総勢一千ほどの兵を、正成は三手に分けた。

一手は船坂峠の背後をつく先陣部隊、一手は追走して来る敵を待ち伏せる伏兵部隊、そして一手が熊山にこもって城造りをする留守部隊である。

先陣は正成、伏兵は高徳、留守部隊は橋本右京亮が指揮をとることにした。

「この右京亮は、長年それがしの軍師をつとめてきた者でござる。山城造りの達人ゆえ、下知に従っていただきたい」

正成は備前の侍たちが右京亮をあなどっていると見て、大げさなほど誉めあげた。

「赤坂城も千早城も、わしが縄張りをいたした。この山ならば百万の兵に攻められても落ちぬ城をきずいてみせよう」

右京亮はここぞとばかりに大きく出た。

しばらくこの山の地相の良さを誉めちぎってから、おごそかな身ぶりをしてあたりを歩き回り、地面の一点に長い杖を突き立てた。

「ここを掘れば水が出る。二間（約三・六メートル）も掘れば玉水《ぎょくすい》の池となるであろう」

そう予言して皆を驚かせたが、これははったりではない。地形を見ればどこに水脈がとおっているか、十中八、九分るのだった。

翌日の夜、正成は夜陰にまぎれて三石までの道を歩きとおし、夜明けを待って細川勢の陣屋に攻めかかった。

寝込みを襲われた敵はあわてふためいたが、ほどなく混乱から立ち直り、一千余の兵力にものを言わせて反撃に出た。

正成は北畠顕家ゆずりの長槍部隊で敵を押し込み、相手がひるんだ隙に退却をはじめた。

三石から熊山へつづく道を一散に走ると、敵は勝ちに乗って追いかけてくる。細い道を一列になって隊列が伸びきったところに、高徳の部隊が道の両側から矢を射かけた。

山中で自在に使えるように短弓を用いている。間近から矢を射かけられた敵は、何が起こったか分らないまま次々と倒れていった。

この機に乗じて正成らは隊列をととのえ、高徳の兵と一手になって反撃に出た。そのまま三石まで攻め返すと、細川勢は柵の門を固く閉ざして防戦し、合図の旗をふって船坂峠の本隊に救援を求めた。

やがて一千ばかりの救援部隊が、峠からの道をおっ取り刀で駆け下りてきた。

それを見届けると、正成と高徳は熊山まで兵を返した。

敵の新手は身方の恥をすすごうと猛烈な勢いで追撃してくる。それを途中の砦であしらいながら、夕方までにまんまと熊山のふもとまで誘い出した。

「早く城に上がられよ。後は我らに任せて下され」

登城口の木戸で右京亮が出迎えた。

まわりに頑丈な柵をゆい回し、長槍を突き出して敵の接近をはばんでいる。その後ろに二百人の弓隊を配していた。

山頂には数百のかがり火を焚き、数千の兵が集まっているように見せかけている。誘い出された細川勢は一気に攻めかかることができず、登城口を遠巻きにして様子をうかがった。

その間に脇屋義助らはやすやすと船坂峠の敵陣を攻め破り、山陽道を西に向かって進撃してきたのだった。


翌日、正成は脇屋勢と合流するために長船まで出た。

吉井川の渡し場に陣を構えて待っていると、都に残した服部善助が駆け込んできた。

「佐々木道誉どのが、安楽光院で光厳上皇と密会なされました」

道誉の監視をつづけていた善助は、後を尾けて寺の近くまで行ったが警戒がきびしくて中に入れなかったという。

「一昨日、日野家の僧をともない、尼ヶ崎へ向かわれました。今頃は西国行きの船に乗っておられるやも知れません」

「新たな院宣が下ったということか」

「確かなことは分りませぬが、一刻も早くお伝えしなければと存じまして」

道誉の先回りをして、山陽道を馬で駆けてきたのだった。

「分った。そちは室の津まで引き返し、それらしき船が入ったかどうか確かめてくれ」

正成は菊水丸に乗って下津井港にもどった。

道誉はすでに室の津に着き、明日にも鞆の浦に向けて出港するかもしれない。

この港で網を張ってそれを食い止め、院宣が尊氏に渡るのを阻止しなければ、後醍醐天皇を奉じる大義名分さえ失いかねなかった。

第七章　渦中の玉《ぎょく》

一

鷗《かもめ》が飛んでいた。

海面を押し上げるようにして西へ向かういわしの群を追って、数百羽の鷗が甲高い声をあげて飛び交っている。

真っ白な羽の色が、青く澄んだ空にあざやかに映えていた。

「あの魚《とと》の群も、鞆の浦に向かっているそうでございますな」

潮風に吹かれながら醍醐《だいご》寺《じ》の僧賢俊《けんしゅん》が心地《ここち》好《よ》さそうに目をほそめた。

「魚も時の勢いになびくということかな」

賢俊の従者に姿を変えた道誉は、僧衣に僧帽という姿で寄り添っていた。

「いやいや。これはもう少し生臭い話でしてな。船頭から聞いた話ですが」

魚が西に向かうのは、足利尊氏が大船団をひきいて備後の鞆の浦に入ったからだ。船に乗った将兵たちは食べ残しを海にすてたり、艪棚《ろだな》に出て脱糞《だっぷん》したりする。それをえさにしようと、魚が群をなして集まっているというのである。

「なるほど。左様なこともありましょうな」

道誉は妙に感心した。

大軍が動けば兵糧《ひょうろう》や武具などを売りつけるために商人が動くし、春をひさぐために遊女たちも小屋掛けをする。

それは見慣れた光景だが、魚までがおこぼれにあずかろうと群をなして集まるとは意外である。しかもそれを追って鷗が群れ飛ぶとは、何やら深淵《しんえん》な自然の摂理を教えられた気がした。

「人の世の争いも所詮はえさの取り合いでございましょう。されどそのことなくして世の中が成り立たぬのなら、我らも手をこまねいてはおられぬのでございます」

賢俊は弁解でもするように言い添えた。

船は上げ潮に乗って快調に進んでいく。

瀬戸内海は干満の差が大きいので、潮の流れを利用した航海法が古くから用いられている。西の関門海峡や豊後水道、東の紀伊水道から流れ込んだ潮が出合い、潮の分れ目となる内海のど真ん中が、尊氏がとどまっている鞆の浦だった。

正午過ぎに藻振鼻の沖を回って室の津に入った。播磨灘《はりまなだ》に突き出した岬の内側に湾入した小さな港である。

道誉らは賢俊に案内されて港の近くにある醍醐寺の別院に入った。

この時代の寺社は、商売や金貸し、酒造りなどを特権的に行なっている。港におかれた別院は、そのための支店の役割もはたしていた。

「よくお出で下さいました。よい日和《ひより》でようございました」

本山の重職である賢俊を、別院の院主《いんじゅ》は緊張しきって迎えた。

賢俊は道誉を紹介してから、こちらの状況はどうなっているかとたずねた。

「新田義貞さまは播磨にとどまったままでございます。七日に斑鳩寺《いかるがでら》で勝軍会《しょうぐんえ》を行ない、勝利を祈願されたそうでございます」

院主は天皇方の動きを詳細につかんでいた。

「楠木正成さまは新田さまを支援するために坂越の港に船団をつけておられます。先日船坂峠と三石をかためていた細川勢が脇屋義助さまの軍勢に打ち負けましたが、これは正成さまの働きによるものだそうでございます」

正成は児島高徳らを熊山で挙兵させ、細川勢の背後をついて混乱をさそった。

それを待って脇屋勢が一気に船坂峠と三石を突破し、福山城に立てこもって足利勢を迎え討つかまえを取っているという。

「楠木どのは、今どこにおられる」

道誉がたずねた。

「船団は坂越にとどまったままですが、正成さまは児島の下津井港におられるそうでございます」

「今から坂越まで行けようか」

「まだ上げ潮がつづいておりますゆえ、半刻もあれば行けると存じます」

「では、人をやって正成どのの動きを調べてもらいたい」

正成がこちらの動きをつかんだなら、配下の船団を用いて行手をはばむおそれがある。鞆の浦の尊氏に院宣を渡すまで、一瞬たりとも気が抜けなかった。

夕方、薄汚れた衣をまとった物乞いが境内にまぎれ込んできた。

道誉はすぐに音丸だと気付いて表に出た。

「この寺を見張っている者がおります。ご用心下され」

音丸は同じ船で室の津まで来たが、別々に行動して敵方の動きをさぐっていた。

「何者だ」

「忍びのようですが、正体は分りませぬ」

「その者を見張れ。正成どのの手の者かもしれぬ」

「承知いたしました。分り次第」

報告に来ると言いおいて、音丸は物乞いの真似をしながら立ち去った。

（やはり、そうか）

安楽光院に行った時も、尼ヶ崎へ向かう時も、誰かに後《あと》を尾《つ》けられている気配がした。その時から、これほど周到な手を打つのは正成しかあるまいと感じていたのだった。

夜になって再び音丸がやって来た。

「忍びは女でございました。駿河の沼津港で見かけた者でございます」

「楠木の手の者だな」

「十人ばかりの仲間とともに、この寺と船の見張りにあたっております」

「ご苦労。今夜はもう休め」

道誉は賢俊にこのことを告げ、どうするべきか話し合った。

「ここは賀茂神社の領分ゆえ、港でさわぎを起こすことはできませぬ。襲ってくるとしたなら、外に出てからでございましょう」

「児島までは敵中も同じじゃ。相手に気付かれずに別の船に乗って脱出しなければなるまい」

敵は正成ばかりではない。下津井港にも天皇方の児島水軍がいるので、どの船に乗っているかが知れたなら逃げきるのは難しかった。

二

正成は児島の下津井港から坂越港に移動していた。

今朝から下津井港に待機し、要所に配した者たちに不審な船を発見したなら狼煙《のろし》をあげるように命じていたが、夕方になっても何の知らせもなかった。

この時期には、申《さる》の刻（午後四時）頃に上げ潮が終り、酉《とり》の刻（午後六時）頃には引き潮にかわる。

引き潮にさからって西に向かうことはできないので、道誉の乗った船はまだ室の津を出ていないということだ。

正成はそう判断し、児島水軍の船八艘《そう》をひきいて坂越港に移ったのだった。

「道誉どのがまだ室の津におられるのなら、港の口で待ち伏せすればようござる」

橋本右京亮が港の絵図を広げて、船を待機させる場所を示した。

「港は賀茂神社の御厨《みくりや》だ。土足で汚すことはできぬ」

室の津は守護不入の権利に守られているので、港を封鎖して船を取り調べることはできない。道誉の乗った船をどうやって発見するかが問題だった。

「今頃は善助どのの配下が港中を見張っておりましょう。どの船に乗られたかくらいは、すぐに突き止めると存じますが」

「道誉どのも忍びの術にたけた者を召し使っておられる。こちらの動きが察知されるおそれもある」

どんな策を用いて裏をかいてくるか分らないので、細心の注意が必要である。

船団の連携も欠かせないが、楠木水軍と児島水軍とでは号令の仕方がちがうので、一糸乱れぬ動きをするのは至難の業《わざ》だった。

「そちはこの船に乗って指揮をとってくれ」

「大将はどうなされる」

「児島水軍の旗船《はたぶね》で指揮をとる。そうすれば息の乱れをふせげよう」

「馬鹿を申されるな。向こうはたった八艘、こちらは十五艘でござる。大将にはこちらの指揮をとっていただかねば大損になり申す」

それなら自分があの海賊どもの船に乗ったほうがましだと、右京亮は毒舌を放った。

「だがな、備讃瀬戸を仕切っているのは児島水軍なのだ」

島々には彼らの身内が船をそろえて待機しているし、潮の流れも知りつくしている。

室の津の口で万一道誉を取り逃がしたなら、児島水軍を頼まなければ追跡することができなかった。

「その役目なら、それがしに」

背後でうめくような声がした。

顔中に白布を巻いた男が、棒にすがってよろよろと歩いてくる。額のあたりが、痛々しく血に染っていた。

「おいたわしや。児島高徳どのではござらぬか」

右京亮が駆け寄って腕を取った。

「面目ない。夜戦で不覚を取り申した」

昨夜、高徳らは熊山の山頂で夜営していた。

登城口は右京亮らが固めているし、細川勢はふもとですくみ上がっている。そんな安心と油断があって、夜番も立てずに眠りについた。

すると夜半になって、二百人ばかりの斬り込み隊がおそいかかってきた。

わずかな星明かりでは、敵の動きもつかみがたい。兜《かぶと》をかぶる暇《いとま》もなく斬りむすんでいるうちに、敵の刀が高徳の額をとらえた。

幸い刃が立っていなかったので致命傷にはならなかったが、額の皮が横に切り破られ、頭蓋骨《ずがい》が陥没するほどの重傷を負った。

高徳は衝撃で真後ろに倒れ、あやうく首を取られそうになったが、敵襲におどろいて闇の中を駆け回っていた馬が敵との間に割って入ったために難を逃れたという。

「今日の夕方、わが水軍が貴殿とともに坂越に向かったという知らせがござってな。ならばこうしてはいられぬと、馬を飛ばして駆けつけたのでござるよ」

「傷は大事ござらぬか」

正成は高徳の容体を気づかった。

出血は今も止まらず、白布の赤い染みは少しずつ大きくなっていた。

「血が出るのは馬にゆられたからでござる。船ならそれほどのことはござるまい」

高徳は愉快そうに笑い飛ばし、児島水軍の指図は自分がすると請け合った。

初夏の月が頭上にかかった頃、黒装束を着込んだ服部千草がたずねてきた。

「そちは都で療養していたのではないのか」

正成は千草の容体を気づかって船屋形で休ませた。

「もう何ともありませぬ。父から室の津を見張るように命じられましたので」

港に身をひそめていたところ、道誉が上陸して醍醐寺の別院に入った。善助にそれを伝えると、急いで正成に知らせるように命じられたという。

「道誉どのは何人連れだ」

「二人でございます。同じ年くらいの僧を供にしておられます」

「年若い忍びを召し使われていたようだが」

千草は沼津港でその男に匂い玉をつけられて尾行されたことがある。おそらく顔も見られているはずだった。

「二人でございます。別院を見張っておりましたが、他に出入りした者はおりませんでした」

「ご苦労であった。港の船宿を手配するゆえ、泊っていくがよい」

病のせいか千草の集中力が落ちている。正成はそう感じた。

「この船におらせて下さいませ。多聞さまのお側にいて、役に立ちとうございます」

「ここではゆっくり横になることもできまい」

「それでも良いのでございます。お願い申し上げます」

翌朝未明、正成は月明かりを頼りに船を出した。

港を出て東へ向かうと、一刻ばかりで赤松鼻の沖に着いた。

道誉らの船を港の口で取り逃がしたなら、赤松鼻と藻振鼻の間の湾口が第二の捕獲線となる。

それにそなえて児島水軍八艘を赤松鼻の陰に待機させた。

正成は残りの船を港の口の左右に分け、一艘だけを港に入れた。

この船に善助らが乗り込み、道誉が乗った船の後を尾けてそれと知らせる手筈《てはず》だった。

三

五月十日の早朝、道誉は賢俊とともに賀茂神社に参拝した。

神社は港の南側に突き出した岬の上にあった。

なだらかな参道をのぼると大きな朱色の鳥居が立ち、境内が広がっている。その一角の高台に立つと、港を眼下にのぞむことができた。

今日もいい天気で、空はカラリと晴れている。波もおだやかで絶好の航海日和だった。

港には潮待ちをする船が、船縁《ふなべり》をすり合わせてびっしりと並んでいる。入りきれずに港の口の左右に分れて錨《いかり》を下ろしている船もあった。

「あちらに七艘、手前に七艘というところでござろうか」

道誉は正成の船が港の口を固めていることを見破っていた。

客船や荷船のように装っていても、軍船は造りがちがう。船軍《ふないくさ》の足場にするために船側の艪棚《ろだな》を広く取っているし、速度を上げるために船首の水押《みおし》を鋭くしている。

他の船とは面付《つらつ》きがまるでちがっていた。

「そうでしょうか。私には見分けがつきませぬが」

寺での生活が長い賢俊は、船を見ることさえまれだという。

「そのわりには船酔いをされぬ。立派なものじゃ」

「以前に尊氏公のもとに院宣をとどけた時に、嫌というほど酔いました。その時の苦労が実ったのでございましょう」

「鞆の浦まではあと半日じゃ。何とか無事にこの網を抜け出したいものでござる」

道誉は岬の先端まで足をはこび、泊っている船をつぶさにながめた。

正成が旗船としている菊水丸の姿がない。室の津に来ていないのか、それとも別の場所に身を潜めているのかと気になったが、行方《ゆくえ》を確かめる術《すべ》はなかった。

別院にもどると、音丸が待っていた。

「この寺は見張られております」

昨夜女忍びの後を尾けたところ、一味の者と落ち合ってから姿を消した。女のかわりに十人ばかりが港に伏せて様子をさぐっているという。

「正成どのに知らせにいったのであろう。我らはこの港で袋のねずみにされておる」

それならなぜ菊水丸の姿がないのかと、道誉の脳裡《のうり》に再びさっきの疑問がわき上がった。

「用意はととのえてくれたか」

「ととのっております。いつでもお申し付け下され」

「分った。しばらく待っておれ」

道誉は院主の許しを得て僧たちを集め、背格好の似た者を別室に呼んだ。

「そなたにわしの身代りをしてもらう。これを着よ」

自分の僧衣と僧帽を与え、音丸の前につれていった。

「少々ご辛抱を」

音丸は袋の中から道具を取り出し、三十ばかりの僧を道誉に仕立てはじめた。

口の中に綿をつめて頰をふくらませ、日焼けした顔を白めにぬって普通の肌色にする。

その上から眉やしわの特徴を描き加えると、道誉と瓜二つの顔ができ上がった。

「これは凄《すご》い。本物の入道どののようだ」

あまりに鮮やかな手際に、賢俊も院主も狐につままれたような顔をしていた。

「この者は猿楽の役者でござってな。変装はお手のものでござる」

出港は午《うま》の刻（午前十二時）。近くの禅寺の鐘が鳴ってからと決めている。

賢俊はそれまでに間に合うように仕度をととのえ、偽の道誉をつれて港に向かった。

見張りの者の注意を引きつけるために、院主以下十人もの僧がぞろぞろと見送りに出ていった。

「さて、それでは我らも仕度をいたそうか」

道誉は腹に晒《さら》しを巻き、院宣をしっかりと仕舞い込んだ。

四

正成は港の口に泊めた船に乗っていた。

初めは菊水丸で指揮をとるつもりだったが、港を封鎖して道誉の船を捕えるだけなら他の船で充分である。裏をかかれて取り逃がした場合にそなえて、菊水丸を藻振鼻の陰に待機させることにしたのだった。

港の朝はあわただしい。

上陸していた船頭や水夫《かこ》が船にもどり、船客を収容したり積荷を検《あらた》めたりして出港の仕度に忙殺されていた。

やがて二百艘ちかい船が、潮の流れが変わるのを待って次々と港を出ていくだろう。その流れをさまたげることなく道誉が乗った船を捕えるにはどうすればいいのか、正成は港をながめながら考えていた。

「沖から見ると案外広いものでございますね」

いつの間にか千草が側に立っていた。

陸から見た時は、室の津とはこんなに狭い港かと驚いたという。

「目の位置が低いからだ。道誉どのが泊られた別院はどこか分るか」

「南側の岬のつけ根あたりですが、船にさえぎられてここからは見えませぬ」

「船を一艘、港に入れてある。その船で道誉どのを追う手筈だが、途中で別の船に乗り移られるかもしれぬ。しっかりと見張っていてくれ」

正成は千草に船屋形の見張り台に上がるように命じた。

巳《み》の刻（午前十時）になって潮の流れが変わった。

引き潮が終ってしばらく凪《な》いでいた海に、上げ潮が流れ込んでくる。潮はあとからあとから押し寄せて、港の水位を上げていった。

それを待って一番船が港をこぎ出し、真《ま》っ直《す》ぐに赤松鼻をめざしていく。他の船も一列になって後に従っていった。

半刻ばかりの間に百艘ほどの船が出ていったが、道誉らはまだ動かない。すでに出ていった船に乗っていたおそれもあるが、服部善助らを信じてじっと待つしかなかった。

港が空《す》くのを見計らって、上げ潮に乗って来た船が藻振鼻の沖を回って次々と港にやって来たが、出港する船の邪魔にならないように、港の口で船を泊めて待機している。

すると港から朱色の大傘を立てた何艘もの小舟が、先を争うようにこぎ寄っていった。名にしおう室の津の遊女たちで、少しでも早く客をつかまえようと、入港してきた船に乗り込もうとしている。

その華やかな一群の後から、東寺の旗をかかげた船がこぎ出してきた。後ろには正成の配下の船がぴたりとついている。

港の口に近付くにつれて、舳先《へさき》に立った善助が手旗を振っているのがはっきりと見えた。

「多聞さま、来ました」

見張り台に上がっていた千草が切迫した声を上げた。

正成は合図の旗を上げて船を出した。

他の船もいっせいに動いて港の口を封じ、東寺の船の進路をはばんだ。

「楠木河内守正成である。不審の儀があって船内を取り調べる」

正成は停船を命じ、善助の船の到着を待った。

「間違いござらぬ。この船に乗り込まれましたぞ」

善助が声を張り上げた。

「お待ち下され。この船は御寺のご用をうけたまわって西国へ向かっているところでござる」

船頭が東寺の船は守護不入だと言い立てて乗船を拒んだ。

「火急の用じゃ。咎《とが》めがあればわしが受ける」

正成は構わず乗り込み、二十人ばかりの船客を舳先に集めた。

「そちらの坊さまが道誉どのでござる」

善助が二人連れの僧を指さしたが、道誉とは似ても似つかぬ男だった。

「拙僧は醍醐寺の賢俊、こちらは供の俊覚《しゅんがく》という者です。何かご用でございましょうか」

賢俊が勝ち誇ったふくみ笑いをした。

道誉に変装した俊覚を船に乗り込ませて見張りを引きつけ、出港した後に元の顔にもどしたのだろう。善助らはまんまとその罠《わな》にはまったのだった。

「他の船には乗り込んでおられませぬ。この船でなければ、まだ港にひそんでおられるはずでござる」

「身を変えておられたのだ。何か思い当たることはないか」

正成はそうたずねたが、善助は首をふるばかりだった。

「多聞さま、さきほど遊女を乗せた船が出ていきましたが」

千草がためらいがちに告げた。

入港するはずの船が出ていくのは妙だと思ったが、乗り込んだのは遊女とやり手だけなので知らせなかったという。

「それだ。道誉どのはやり手に化けておられたのだ」

遊女の小舟は船宿から出る。だから善助も気付かなかったのである。

「その船はどんな様子をしていた。荷船か、客船か」

「荷船でございます。真っ直ぐに南に向かいました」

「狼煙を上げて菊水丸に知らせよ。善助、手を貸せ」

正成は二艘の船を横にならべ、丸太を渡してつなぎ合わせた。

五

沖に出て潮の流れに乗ると、道誉はかつらをはずして白粉《おしろい》くさい小袖を脱ぎすてた。

「いやはや、坊主が遊女に化けるとは、聖と俗とを突きまぜたようじゃ」

道誉はそう言いながらも、まんざら悪い気もしなかった。

「なかなか見事な女ぶりでございました。今度は舞台に立たれたらいかがでございますか」

音丸は色鮮やかな袿《うちき》を着て、垂髪のかつらをつけている。

身のこなしも見事に女になりきっているが、左目の無残な傷ばかりは隠し様がなかった。

「醜女《しこめ》の騒《わわ》しい女が似合いの役所《やくどころ》であろうよ。一度そちの相方《あいかた》をさせてもらうのも悪くはあるまい」

道誉は化粧をおとし、船頭に全速力で鞆の浦に向かうよう申し付けた。

「褒美ははずむぞ。皆も力の限り船をこげ」

艪棚に立った十人の水夫を励ましていると、背後の港から狼煙が上がった。

それに応じて赤松鼻の陰から八艘がこぎ出してきた。いずれも弓を持った兵を乗せ、戦仕度をととのえていた。

「あれは児島水軍の船でございます」

この先の下津井港を本拠地とする者たちだと、船頭が教えてくれた。

「案ずることはない。あの様子ではとても追いつけまい」

「殿、後ろから追って来る者がおります」

音丸に言われてふり返ると、船影が小さく見えた。どうやら菊水丸のようだった。

「藻振鼻の陰に伏せていたようだな」

沖に突き出た藻振鼻からなら、すぐに潮の流れに乗ることができる。

さすがに正成だけあって隙のない手配ぶりだった。

「しかし、この距離はうめられまい。鞆の浦まであとどれくらいで着くのじゃ」

「二刻ばかりでございます」

船頭はそう答えたが、途中の備讃瀬戸の島々に児島水軍の者たちが待ちかまえているおそれがあるという。

「ならば讃岐にちかい海路をとれ。細川定禅どのの領内ゆえ、児島水軍の者たちも手出しができまい」

「かなり遠回りになりますが、よろしゅうございますか」

距離が遠くなるだけではない。潮の流れから抜け出すのが難しいので、一刻ばかり余計にかかるという。

「構わぬ。少々遠回りでも、海賊どもに追い回されるよりましであろう」

今日のうちに鞆の浦に着けばいいのだから、少しでも安全な航路を取りたかった。

小豆島の北側にある妙見崎の沖にさしかかった頃、

「殿、敵が近付いております」

音丸が船尾から声をかけた。

さっきまで蠅《はえ》の頭ほどにしか見えなかった菊水丸が、大豆ほどの大きさになっている。

向こうの方が船足が速いようで、次第に距離を詰められていた。

「あとどれくらいで追いつかれる。細川領まで逃げきれるか」

道誉は船頭にたずねた。

「無理でございます。これではあと一刻ほどで追いつかれましょう」

「何とかならぬか」

この荷船に武士は乗っていない。追いつかれたら勝ち目はなかった。

「このまま真っ直ぐ下津井に向かえば、半刻ほどで沖を抜けられます」

「ならばやむを得ぬ。そうしてくれ」

小豆島と小豊島《おてしま》の間を抜けて直島《なおしま》諸島にさしかかった頃には、菊水丸の姿は盃《さかずき》ほどに大きくなり、舳先に立った武士たちの姿が見えた。

そのはるか後方にも、大豆ほどの大きさの船影が迫っている。こちらは双胴船のようだった。

(あれは正成どのではないか)

不吉な予感が道誉の背筋を寒くした。

さっきはまったく見えなかったのだから、菊水丸よりずっと速いにちがいなかった。

「音丸、船をこげ。疲れた水夫と交代しろ」

やがて風が出てきた。幸い西風である。この逆風は道誉らの荷船より、船体の大きい菊水丸のほうに大きな障害となるにちがいなかった。

「天の祐《たす》けじゃ。頑張れ」

道誉も艪棚に下りて疲れた水夫と交代した。

長さ二間もある太い艪は、前後に動かすだけでひと苦労である。こぎなれた水夫たちに息を合わせるのは、戦場で槍《やり》をふるうよりはるかに難しかった。

船は備讃瀬戸に入り、大槌《おおづち》島の沖を快調に進んでいく。児島の南の狭い海峡にさしかかるにつれて、潮の流れは川かと思うほど速くなった。

（これなら逃げ切れる）

道誉はほっと息をついた。

児島水軍に停船を命じられても、この速さなら突破して追跡をふり切ることができるはずだった。

「行くぞ。ここからが正念場だ」

道誉は甲板にもどって指揮をとった。

切所《せつしょ》に斬り込む覚悟で久須美《くすみ》鼻と松島の間の海峡に船を乗り入れると、大きく湾入した島の内懐に吸い込まれ、切り立った崖に激突しそうになった。

「取舵《とりかじ》じゃ。舵をきれ」

道誉は思わず叫び声をあげた。

むろん船頭は心得ている。舵をきって船首を左に向けた。

船はあやうく激突をさけたが、左に曲がりすぎて松島の方に向かっていく。

船頭は面舵《おもかじ》をきって船首を立て直そうとしたが、今度はまったくきかなかった。動きの自由をうばわれたまま、船はその場を大きく回り始めた。

「な、何をしておる」

道誉は船頭の不手際を責めたが、これは操船の問題ではなかった。

上げ潮が児島の岸にぶつかり、久須美鼻と松島の間で大渦を巻いていたのである。

船は巨大な渦にのまれ、くるくると円を描くばかりだった。

六

正成の双胴船からも、菊水丸と道誉の荷船の船影ははっきりと見えるようになった。

「どうやら進路を変えたようだな」

南に向かおうとしていた菊水丸が、真西に進路をとっている。それは道誉の船が下津井沖に向かっていることを意味していた。

「四国に向かおうとしたようですが、それでは逃げきれぬと見たのでございましょう」

楠木水軍の頭である志摩兵庫《しまひょうご》が答えた。

名前の通り志摩を拠点とする海賊だが、先代の頃から楠木家に従うようになっていた。

「追いつけるか」

「下津井沖までに追いつくのは無理でございます。されど鞆の浦までには何とか」

兵庫は瀬戸内海の航路にも通じていた。

「舳先で狼煙を上げよ」

正成は服部善助と千草に申し付けた。

児島水軍の者たちと申し合わせているわけではないが、非常の狼煙を見たなら敵が迫っていると気付くかもしれなかった。

大槌島の沖をすぎると、菊水丸の姿が急に大きく見え始めた。

これまでの何倍もの速さで船影が大きくなっていく。こちらの速度が上がったわけではないので、向こうが遅くなったとしか考えられなかった。

「どうしたのだ、動いておらぬようだが」

「まだ千尋（約千八百メートル）ほども離れているので、はっきりとは分らなかった。

「逆艪《さかろ》を使っているようでござる。何か変事が起こったのでございましょう」

菊水丸は釜島の北側で泊っていた。こぐのをやめただけでは潮に流されるので、艪を後ろにこいで同じ場所にとどまっていた。

正成は菊水丸に船を寄せ、何が起こったのかとたずねた。

「大渦でござる。あれをご覧下され」

橋本右京亮が前方を指さした。

久須美鼻と松島の間で渦潮がおこり、道誉の荷船が大きな弧を描いて回っている。このまま進めば渦に巻き込まれるので、船を止めて様子を見ていたのだった。

「奇妙なことでござる。ここの渦潮は引き潮の時に起こると聞きましたが」

兵庫が首をかしげた。

久須美鼻は渦潮が巻くことで知られている。

下津井節に「鷲羽山《わしゆうざん》から久須美を見れば、渦巻く潮に月が射す」と唄《うた》われたほどだが、普通は引き潮の時に起こる。

上げ潮の時に、しかもこれほど巨大な渦が起こるのはきわめて珍しいことだった。

「渦にのまれたならどうなる」

「しかとは分りませぬが、内へ内へと巻き込まれて海に沈むと聞いたことがあります」

渦のまわりの海面が盛りあがっているので、遠くからでは中の様子をうかがうことができなかった。

「上げ潮が止まれば、渦も止まるであろう」

「その通りでござる」

「あと何刻くらいで止まるものか」

「そうでござるな」

兵庫は太陽の位置を確かめ、半刻ばかりだと言った。

「ならば久須美鼻までゆるりと船を近付け、潮が止まる直前に渦に乗り入れよ」

渦が巻いている間は道誉らは逃げられない。そこに船を乗りつけて、光厳上皇の院宣をうばい取るつもりだった。

七

大渦は久須美鼻と松島の間の海峡に居座り、我物顔で左回りに回っていた。直径は四町（約四百三十六メートル）ばかりだが、中をただよっているとはるかに広く見える。

渦の縁《ふち》は人が歩くほどの速さだが、内側に入るほど速さが増し、海の底の奈落へつづいていた。

道誉の乗った荷船はなす術もなく渦に流され、ひと回りするたびに少しずつ内側へ引き込まれていった。

渦の縁から底までは二十間（約三十六メートル）ばかりの深さがある。

巨大な漏斗《じょうご》のようなもので、中心部は錐揉《きりも》みしながら海中へ突き立っているが、そのあたりは水が泡立って地獄の口をおおっていた。

このままあそこに巻き込まれたなら、この船は舳先から真っ逆さまに海にのみ込まれる。

その前に潮の流れが止まるか脱出する方法を考えなければ、院宣もろとも海の藻屑《もくず》となるしかなかった。

「何か手立てはないのか」

道誉は船頭にたずねた。

「このような大渦は初めてでござる。どうしたものやら」

船頭は絶望に頭をかかえ、長い物や軽い物は渦に巻き込まれにくいと聞いたことがあると言った。

なるほど他の浮遊物を見ても、重そうな物がどんどん軽い物を追いこして渦の中心へ巻き込まれている。

「ならば積荷を捨てて船を軽くしろ。帆柱も切り倒せばよかろう」

少しでも長く渦の中をただよっていれば、助かる可能性も高くなる。帆柱がなければ後の航行に支障をきたすが、今はそんなことに構っている場合ではなかった。

「承知しました。者共、急げ」

船頭は十数人の水夫に作業にかかるように命じた。

数人が大黒柱ほどの太さの帆柱に鉞《まさかり》を打ち込んで切り倒しにかかり、他の者は船底につんでいた米俵を次々と海に投げ入れた。

「待て。帆柱は捨てずに錨のように流してみてはどうだ」

道誉は思いつきを口にした。

綱をむすびつけて帆柱を引きずれば、長い物は沈みにくいという条件に合う。それに帆柱は船より渦に巻き込まれるのが遅いのだから、後ろから引き止める効果があるかもしれなかった。

「なるほど、その通りでござる」

船頭はさっそく帆柱に綱を巻きつけ、一方の端を外艫《そとども》の梁《はり》にしっかりと結びつけた。

やがて高さ三間ばかりの帆柱が海にむかって切り倒され、あっという間に後方へ流されていく。

そうして長い綱がぴんと張ると、船の速度がわずかに落ちた。

「有難い。これで切り抜けられまするぞ」

船頭が安堵《あんど》の声を上げた時、釜島の方から双胴船が近付いてきた。

「殿、舳先に立っておられるのは、楠木正成どのでございます」

目のいい音丸が告げた。

距離にしておよそ四百尋。ぐるりと渦の反対側に回ると、その距離は半分ばかりになった。

「南無三。渦の上から乗りつける気だ」

道誉はすぐに正成の手の内を察した。

こちらは籠《かご》の鳥、池の魚も同然なのだから、渦に巻かれている間に取り押さえようという魂胆なのである。

「船を乗りつけ、討ち入ってくるつもりだ。楯《たて》はないか」

「十枚ほどございます」

海賊におそわれた場合にそなえて、そうした用意がしてあった。

「すぐに甲板に上げよ。艪棚に立てて敵の侵入を防ぐのじゃ」

道誉は僧衣の上にたすきをかけて手頃な槍をさがした。

海賊の侵入を防ぐために、ひときわ長い柄をつけたものだった。

八

正成は釜島の沖に双胴船を止めて大渦に乗り込む機会をうかがおうとしたが、潮の流れが速く逆艪を使っても止めることができなかった。

「やむを得ぬ。あの島の先に回れ」

松島の陰に入って潮の流れをよけながら、道誉の荷船の様子をうかがった。

この渦に乗り込まなければ院宣はうばえない。だがこれほどの大渦に巻かれたなら何が起こるか予想もつかないので、さすがに二の足を踏んでいた。

（渦中の玉《ぎよく》とはこのことだ）

正成はためらう自分を薄く笑った。

「分段《ぶんだん》の荒き浪《なみ》、玉体を沈め奉る、という一節が『平家物語』にある。安徳天皇が壇の浦で入水《じゅすい》する場面で、玉体とは天皇の体のことである。

正成がうばおうとしている院宣も、玉にちがいあるまい。それが大渦にのまれてくるくると回っている様は、戦乱の渦にのまれて迷走をつづけるこの国を象徴しているかのようだった。

「正成どの、船を寄せていただければ、我らが向こうに乗り移ります」

善助が三人の配下をつれて名乗り出た。

「この速さだ、どうやって乗り移る」

「艪棚の柵に鉤縄《かぎなわ》をかけ、向こうの船を引き寄せます。そうすれば飛び移ることができましょう」

もし万一のことがあれば千草を頼み申す。善助は愛娘を案じる父親の顔になってそう言った。

「あと四半刻ばかりで、上げ潮は止まるはずでござる」

兵庫の言葉が、正成の背中を押した。

「よし、行くぞ」

正成は荷船が回ってくる頃合いを見定め、双胴船を渦の縁まで進めた。

眼下の渦は巨大な蟻《あり》地獄のようである。帆柱を切り倒した道誉の荷船は、罠におちた蟻さながらに渦の中でもがいている。

その船が十尋ほどに近付くのを待って、正成は一気に渦に乗り入れた。斜面をすべり落ちる感触があって、双胴船の左舷が荷船の右舷にぶつかった。

衝突の衝撃からいち早く立ち直った善助らは、鉤縄を投げて相手の船を引き付けようとした。

ところが道誉はこれを察し、衝突の直前に艪棚にいっせいに楯をならべた。

これでは柵に鉤をかけられないし、かけても乗り移る足場がない。どうしたものかと迷っているうちに、二つの船は衝突の反作用で離れていった。

しかも双胴船の方が速く流され、道誉らの船を追い越していく。両者の距離は見る間に開き、相手の姿が小さくなっていった。

こうなったら船をこいでもう一度追いつくしかない。正成はそうせよと命じたが、速度を上げようとすればするほど、双胴船は渦の斜面をすべって中心へ引き込まれていった。

「重い船ほど、早く渦にのまれるようでござる。このままでは潮が止まるまでもちませぬ」

兵庫が悲痛な声をあげた。

「ならば左舷だけこいでみよ」

水夫全員が左に移り、一本の艪を二人でこいだ。二十人の屈強の男たちが、声を上げ力を合わせて艪をこぐと、船は徐々に上向いていった。

何度か渦を回るうちに、道誉の荷船に追いついた。

両者の距離は少しずつちぢまっていくが、引きずっている帆柱が邪魔になって真後ろから迫ることはできなかった。

これでは内側から迫るしか道はない。問題はどうやって相手の船と離れないようにするかだった。

「これを用いたらどうでしょうか」

兵庫が一間ばかりの長さの鎹《かすがい》を持ってきた。船側《せんそく》の板を補強するためのものだ。これを両方の船縁に何本か打ち込めば離れないというのである。

「それだ。船を寄せたら、楯を突き破って乗り移れ」

正成は全員に戦いの準備をさせ、道誉の船に迫っていった。

九

道誉は船尾に立って接近してくる双胴船を見ていた。

内側から船を寄せて乗り移ってくるようである。その攻撃にそなえて、楯を左舷の船縁に移しかえた。

艪棚より船縁のほうがしっかりと固定できる。楯と楯の間にわずかな隙間をあけ、槍や棒を突き出して敵を防ぐつもりだった。

（火矢を射かければ良いものを）

舳先に立った正成に、道誉は懐しい友人を見るようなまなざしを向けた。

この状況で火矢を射かけられたなら、道誉らに防ぐ術はない。尊氏に院宣が渡ることを阻止するだけなら、それが一番確実で手っ取り早い方法なのである。

正成がそうしないのは、院宣を焼き払うことをはばかっているからだ。

臣下の身で院宣を焼くのは、上皇御自身を否定するのと同じ大罪である。もし誰かがそうした形で朝威をおかせば、この国を支えている秩序そのものが崩れ去ってしまう。

正成がそう考えて手段を選んでいることが、道誉にはよく分った。

（惜しい男だ。天に昇る龍であったものを）

後醍醐という異形の帝を奉じたために、清らかな志が無に帰そうとしている。もし大塔宮さえ健在であったなら、正成も日本という国もこれほどひどいことにはならなかったはずだった。

「そちは泳げるな」

音丸を間近に呼んでたずねた。

「この渦がおさまれば、一日くらいは泳げまするる」

「それを見込んで頼みがある」

道誉は晒しに巻いた院宣を音丸に託した。

「わしは泳げぬ。万一の時は腹に巻いて海に飛び込め」

「ぬれても大丈夫でしょうか」

「油紙を三重に巻き、蠟《ろう》びきの布につつんである。何日泳いでいようと水が入ることはない」

「承知しました」

かならず鞆の浦に持参すると、音丸はしっかりと腹に仕舞い込んだ。

「わしも一緒に行きたいが、子供の頃おぼれかけたことがあってな」

それ以来水が怖い。実は渦に巻かれた時から生きた心地がしなかったが、懸命に平静を保っていたのだった。

その間にも双胴船は刻々と近付き、左舷から体当たりしてきた。今度は衝撃がまったくなく、二艘の船はぴたりと寄り添って流されはじめた。

正成らは大きな鋲を道誉の船の船縁に打ち込み、双胴船に固定しようとする。

道誉らはそれを防ぐために、槍や棒をふるって相手を突き放そうとした。

「船を突け。向こうへ押しやるのだ」

道誉は鞘《さや》をつけたまま槍をついた。

「善助、鉤縄をかけて楯を引き倒せ」

正成は楯を倒して乗り込もうとしている。

配下の者がすかさず楯の上端に鉤をかけたが、船縁に固定された楯はびくともしなかった。

「そのまま引き寄せよ。今のうちに鎹を打て」

正成が矢継ぎ早に命じた。

道誉らの船は三本の鉤縄に引っ張られ、わずかに左舷に傾いている。双胴船に寄りかかるようにして回っている間に、鎹でしっかりとつなぎ合わされていた。

もはや両者をへだてるのは、高さ一間ばかりの楯だけである。

正成の配下たちはそれを乗り越えようと船縁に上がるが、道誉らは楯の間から槍や棒を突いて寄せつけなかった。

「入道どの、降参なされよ」

正成は楯ごしに呼びかけた。

「我らには松明《たいまつ》の用意がある。これ以上抗《あらが》うなら火を放ちますぞ」

「わしは院宣を帯しておる。それを承知の上での言い草か」

道誉は言い返した。

「承知しておるゆえ、かく申しておるのでござる。こちらは礼を尽くし申した。礼をもって返されよ」

これ以上抵抗して院宣を焼くことがあれば、道誉の責任だというのである。

「いかにもその通りじゃ。だが近江源氏の名にかけて降参はせぬ」

火を放つなら放つがよい。院宣もろとも焼け死んで、泉下の後伏見法皇におわび申し上げると言いながら、道誉は音丸に脱出の仕度をするように目くばせした。

「やむを得ぬ、松明を持て」

正成は善助と千草に命じた。

上げ潮が止まりつつあり、大渦の勢いは少しずつ弱くなっていた。

渦の縁が下がり、底が上がり始めている。

外側から回転が止まり、直径は少しずつ小さくなって深い穴ができていた。

鎖でつながれた道誉と正成の船は、その穴に急速に引き込まれていった。

木の葉のようにくるくると回り、舳先から穴の底へ突っ込んでいく。

もはやこれまでと誰もが観念した時、突然下から波が突き上げ、船が宙に持ち上げられた。

渦の力が弱まったために、中心の空洞をめざして四方の海水が押し寄せ、ぶつかりあって高々と噴き上げたのである。

二艘の船は五間ばかりも持ち上げられ、次の瞬間海に叩《たた》きつけられた。

その衝撃で鎹がはずれ、道誉らの船は自由になった。

帆柱を引いていた綱も、いつの間にか切れていた。

「今だ、船をこげ」

道誉は茫然《ぼうぜん》としている水夫たちを怒鳴りつけた。

落下の反動で船はもう一度持ち上げられ、双胴船とは逆の方向に押し流されていく。

善助がそれを止めようと鉤縄を投げた。

鉤は艫棚の柵をしっかりととらえたが、一人の力では波にはあらがえない。善助は船から軽々と引き出され、高く宙に舞って海に落ちた。

「父上」

千草が鋭い叫びを上げて行方を追った。

盛り上がった海は再び沈み、二艘の船は波の谷間に引き寄せられて後ろ向きに衝突した。

この衝撃で双胴船をつないでいた木材がはずれ、均整をくずした船が横倒しになった。

正成らは全員海に投げ出され、上下動をつづける海面をただよった。

道誉の荷船は無事だった。

外海を航行できるように外艫を頑丈に作っていたのが幸いしたのである。

「楯をはずせ。海に投げよ」

道誉は好敵手を見殺しにすることができなかった。

十枚の楯をすべて投げると、海に投げ出された者たちが次々につかまった。

正成も達者に泳いで、千草や善助を救い上げている。

それを見届けると、道誉は船を出すように命じた。

帆柱のない船はいかにも不格好で頼りない。だが船足は快調で、鞆の浦に向かって真っ直ぐに進んでいった。

第八章　永訣湊川

一

五月十七日の午後、道誉らはやっとの思いで鞆の港にたどりついた。

大渦に呑《の》まれまいと帆柱を切り倒した上に、楠木正成との戦いで船縁や艪棚が何ヵ所もこわれている。

まるで落武者のような姿だが、潮に押されてかろうじて港にすべり込んだ。

「何者だ。どこへ行く」

さっそく足利方の番船がこぎ寄ってきた。

「高武蔵守師直どのの陣屋じゃ。近江の佐々木道誉が来たと伝えよ」

正成らとの戦いの高ぶりからさめきれぬまま、道誉は荒々しく命じた。

船は港の西側にある日之出神社の前に着岸した。

神社の境内でしばらく待つと、師直が馬を飛ばしてやってきた。大柄の体に小手《こて》や脛《すね》当《あて》をつけ、馬を組みひしぐようにして走らせていた。

「入道どの、このような所までおいで下さるとは思ってもおりませなんだ」

院宣のことを知らない師直は、道誉が来たと聞いて半信半疑でやって来た。

「都で異変でもあったのでござろうか」

「師直どのの元気な顔が見とうなったのよ。九州ではたいそうな働きをなされたそうじゃな」

「なかなか手強い輩《やから》でござったが、殿のお力で何とか勝つことができ申した」

師直らは筑前の多々良浜で天皇方の軍勢を打ち破ったが、決して楽な戦いではなかったという。

「何しろ我らには馬の用意がなく、軍勢も寄せ集めでござってな。それがしも久々に徒《か》兵《ち》になって槍《やり》をふるい申した」

「尊氏どのにお目にかかれようか」

「むろんご案内いたしまするが、何のご用か明かしていただけまいか」

「院宣をとどけに参ったのじゃよ」

「それなら以前に室の津にご持参いただき申したが」

「いろいろ事情があってな。詳しいことは尊氏どのに申し上げる」

道誉もさすがに疲れていて、二度も同じ説明をするのが面倒だった。

尊氏は明円寺《みようえんじ》を本陣にしていた。

港をのぞむ高台にある寺で、ふもとから山門まで参道が真《ま》っ直《す》ぐにつづいている。

参道の両側には、西国から従ってきた武将たちが陣屋をかまえて尊氏に目をかけてもらう機会をうかがっていた。

尊氏は寺の本堂にいた。

左右には戦勝に功績のあった西国、九州の大名がひかえていた。

「殿、佐々木入道どのがご用あって参られましたぞ」

寺の門をくぐるなり師直が大声をあげた。

「これは珍しい。このような所でお目にかかれようとは」

尊氏は境内に下りて出迎えた。

丸顔で小太りの愛敬《あいきよう》のある顔をしている。気性もおおらかで、誰とでも腹を割って付き合える器量の大きさがあった。

「お渡ししたいものがござる。本陣の座におもどり下され」

道誉は尊氏を本堂に座らせ、今日は光厳上皇の使者として来たと告げた。

「それはおそれ多い。どうぞ、上座へ」

尊氏は席を立って下座にまわった。

師直や他の大名たちも、何事が始まるのかといぶかりながら尊氏にならった。

「上皇さまからのお申し付けでござる。ご披見いただきたい」

院宣をわたすと、尊氏はうやうやしく押しいただいて封を開いた。

「早く上洛《じようらく》をとげ、天下の静謐《せいひつ》をなしとげるべし」

そう記されているばかりだが、これで尊氏は朝家の命によって後醍醐天皇と戦う大義名分を得たのだった。

「かたじけない。九州の地で法皇さまが薨《こう》じられたと聞き、この先どうなることかと案じていたところでござる」

「お父君の無念を晴らしてほしいと、上皇さまはおおせでございます」

「すると法皇さまは、敵の手に……」

「証拠はござらぬが、そうとしか思えませぬ」

道誉は今でも天皇方の刺客が法皇のお命を奪ったのだと思っていた。

「そのような状況《なか》にあって、よくぞご決断くだされたものじゃ」

尊氏は感極まった顔をして、もう一度高々と院宣を押しいただいた。

「憎しみが憎しみを生むような争いをこれ以上つづけてはならぬと、上皇さまはおおせられました。そのことを胆《きも》に銘じていただきたい」

安楽光院で院宣をいただいた時の光厳上皇のご様子を、道誉はつぶさに語った。

「しかとうけたまわった。ご上意にそむくことは決していたしませぬが、入道どののお働きには何をもって報いれば良いのでござろうか」

自分にできることは何でもするので、所領でも官位でも望みがあれば言ってほしい。尊氏はそう申し出た。

「元弘の乱の折、貴殿に兵を挙げるように勧めたのはそれがしでござる。その時の約束をはたしたと思っていただければ結構でござる」

「ありがたいおおせだが、このままではそれがしの気がすみませぬ。そうじゃ。入道どのは琵琶湖の水運にご執心とうかがいましたが」

「それは、まあ、長年の悲願でござる」

道誉はつい正直なことを口にした。

「上洛後すぐに計らわせていただきます。大船に乗ったつもりでいて下され」

「かたじけない。お言葉に甘えてもうひとつ」

直義と会いたいので、仲介の労をとってほしいと頼んだ。

会って確かめたいことがあった。

足利直義は翌日の夕方やって来た。

西国の軍勢を引きつれて山陽道をのぼっていたが、尊氏の呼び出しに応じて安芸の安浦から船でわたってきたのだった。

道誉は宿所にした福禅寺に直義を招き、酒宴を張ってもてなすことにした。

「このたびのお働き、まことにかたじけのうござった」

烏帽子《えぼし》に藤色の大紋という姿で現われた直義は、こんなことができる御仁《ごじん》は入道どの の他にないと持ち上げた。

言葉はなめらかだが実《じつ》がない。何もかも頭で計算しつくしている男で、尊氏の兄弟と は思えないほど顔立ちも性格もちがっていた。

「ご足労いただき申し訳ござらぬ。今宵は月など愛でながら、戦勝を祝って酒《ささ》などいか がかと思うてな」

海ぞいの高台にある福禅寺は、仙酔島を目の前にのぞむことができる。その島の向こ うから月が昇るさまは、古くから歌に詠まれたほど見事だった。

道誉は派手好きである。鞆の船宿から数人の白拍子を呼び、舞いや酌をさせながら月 が出るのを待つことにした。

「実はそれがしが、九州に下って再起をはかるべきだと進言したのでござる」

直義は酔いがまわるにつれて口が軽くなり、己の手柄を自慢しはじめた。

「あの異形の帝を支持した者たちは、名和も楠木も大手の寺社も交易によって財をなし ておりまする。その大元《おおもと》は元国との貿易にござる。ここから日本に入ってくる銭さえ押さえれば、天皇方は水の手を断たれた城も同然じゃ。そうは思われませぬか」

「まことに、さようでござるな」

内心うんざりしながらも、道誉は愛想よく相槌《あいづち》を打った。

「ところが坂東の猪武者には、そのような才覚はござらぬ。そもそも銭というものがどのように動き、どのような働きをしておるかさえ知らぬ。それは兄者とて同じでござる」

そこで自分が筑前の大名に連絡をとり、元国との貿易の拠点である博多港を押さえることにした。

その戦略が正しかったから、西国、九州をわずか一月で切り従えて上洛の軍勢をもよおすことができたのだと、直義は酒に顔を赤らめて力説した。

「そのことにも気付かぬとは、天皇方にも人がおりませぬな。新田義貞ごときを重用するゆえ、このようなことになるのでござる。足利と新田は隣り合っておるゆえ、あの御仁のことはよう存じておるが、漢書も読めず算用もできぬ阿呆《あほう》でござるよ」

直義はくっくっと喉を鳴らして笑い、小気味よさそうに義貞の失態をあげつらってから、従者に笛のつつみを持参させた。

「これは元国から到来したものでござるが、入道どのに差し上げようと持参いたした。お納め下され」

紫色のつつみには、金糸と銀糸で龍のぬい取りがしてある。笛は宮廷でもちいられる篳篥《ひちりき》と同じ六寸（約十八センチメートル）の長さだが、管が太く指穴が八つもあった。

どうやら唐の時代に使われていた管子《かんし》のようで、黒漆《くろうるし》の深い色が細工の良さをうかがわせた。

「入道どのは猿楽の名手と聞き申した。そろそろ月も出るようでござるゆえ、一曲聞かせてはいただけませぬか」

「ありがたく頂戴いたすが、これは我が国の笛とは勝手がちがうようじゃ。急には吹けまい」

「ご謙遜をなさらず、ぜひとも腕前のほどを」

今夜の思い出に異国の音色を聞かせてほしいと迫ったが、道誉はこんな男のために指一本動かす気にはなれなかった。

「ならばそれがしの従者に名手がおりますゆえ」

音丸にかなでさせることにした。

「おそれながら、しばらくお待ちを」

音丸はしばらく手間取り、口から下を切り落とした翁の面をつけて登場した。

左目の傷をかくそうととっさに趣向をこらしたようだが、それがほのかにさし始めた月の光やあたりの薄暗さにぴたりと合っていた。

笛の音《ね》も素晴らしかった。

篳篥の音は大地をはうような低音と天に突き抜ける高音を、おののきに似た震えをもってかなでるところに特長がある。

ところが音域がせまいという欠点があって、どうしても演奏が単調になりがちだが、音丸がかなでる管子は笛の管を太くし八つの指穴をうがつことによって、こうした短所をやすやすと克服していた。

折しも現われた月が、薄曇りの空にはかなげに輝いている。

うさぎの餅《もち》つきと言われる陰影は、奥ゆかしげな美女のほほ笑みにも見え、まわりにかかる光の輪があやしさをかもし出す。

あたりに星はまったく見えず、おぼろな月ばかりがぽっかりと浮かぶ様は、深い迷いの中にたゆたう人の姿を見るようで、そこはかとない哀《かな》しみをさそわずにはおかなかった。

月の光は人を狂わせるという。道誉は常ならぬ残忍な気持になって、直義の取り澄ました顔をじっと見つめた。

「何でしょうか」

直義は道誉の無遠慮な視線に気付いて苛立っていた。

「あの月をながめていると、大塔宮さまのことが思い出されてな。鎌倉でいったい何があったのか、聞きとうなったのでござるよ」

そのことを確かめるために直義を呼んだのだが、こんなにあからさまなたずね方をしようとは自分でも思っていなかった。

「そのことなら、以前にもお話し申し上げたと存ずる」

直義は不快そうに盃を飲み干した。

中先代の乱で北条方の軍勢に攻められ、あわてて鎌倉を脱出した。

それゆえ大塔宮を同行する余裕がなかったと、直義はこれまで何度も釈明していた。

「ところがどうもそうではなさそうじゃ。貴殿は大塔宮さまの生死について、はっきりと存じておられるはずだ」

「笑止な。何ゆえそのようなことを」

「大塔宮さまの書状が出回っておる。初めは竹下の戦いの直前に楠木正成どのの所にとどいた。二度目は主上のもとにとどき、配流の罪が許され次第上洛すると知らせて参られたそうじゃ」

道誉は千種忠顕からそのことを聞き、家臣をつかわして大塔宮の行方《ゆくえ》を追わせた。

ところが行方を知る者はなく、所在は杳《よう》として分らないので、大塔宮はすでに殺されたのではないかという疑念をつのらせていた。

「なるほど。それでここに呼び出したというわけですか」

「あいにくその通りでな。問うたことに答えてもらいたい」

「存じませぬ。そのような疑いをかけられるとは心外でござる」

直義は腹を立てて席を立ったが、仙酔島の上空にかかる月をながめて足を止めた。

月は静かに凪《な》いだ海面にうつり、二つになって妖《あや》しい光を放っている。まるでこの世が合わせ鏡になったような不思議な光景だった。

「面白いお方だ。入道どのは」

直義は座敷の真ん中に仁王立ちになって道誉を見下ろした。

「もしそれがしが大塔宮を殺し、偽の書状を作って主上や楠木をあやつったとしたらどうです。何か不都合でもありますか」

「やはり、そういうことか」

「そうだとしたら、という話です。入道どのも案外頭の悪いお方だ」

直義が引きつった笑い声を上げた。

面長の端整な顔が月に照らされ、死人のように青ざめていた。

道誉は小馬鹿にしたような目を向け、話をする気にもならぬと言いたげに食膳にのった鯛《たい》の身をむしりつづけた。

直義のように自尊心の強い男には、こうした無視の仕方が一番こたえると分った上での演技だった。

「そんな手には乗り申さぬよ。見え透いたやり方だ」

「宮さまを殺したかどうか、はっきり答えたらどうだ」

「だから知らぬと申しておるではないか」

「恥知らずが。己をあざむくのもたいがいにせい」

道誉は禅にならい、機をとらえて肺腑《はいふ》をえぐる喝《かつ》を入れた。

「恥知らずだと。この似非《えせ》入道めが……」

直義は逆上し、たとえ大塔宮を殺したとしても文句を言われる筋合いはないと開き直った。

「宮を鎌倉に流したのは、父君である主上なのじゃ。その時、手にあまるようなら極刑にしても構わぬという命令を受けていた。わしはただ、その命令に従ったばかりじゃ」

「主上が、しかと申されたか」

「后《きさき》がおおせられたことだが、ご寵愛《ちようあい》深い阿野廉子さまのお言葉じゃ。主上もご同意だと思うのは当然ではないか」

「つまらぬ法螺《ほら》を吹くものよ。語るに落ちるとはこのことじゃ」

もし阿野廉子の了解を得てやったことなら、大塔宮が生きていると見せかけるような真似《まね》をするはずがない。道誉はそう詰め寄った。

「お前はただ、宮さまが恐ろしかったのだ。それゆえ鎌倉を逃げ出す時に、殺しておかねば安心できなかったのであろう」

「馬鹿な。このわしが宮など恐れるものか」

直義はそう吐き捨てて立ち去ろうとしたが、何かの気がかりがそれをはばんだらしい。まるで床に足を打ちつけられたように動かなかった。

「何ゆえじゃ。何ゆえこのわしが宮ごときを恐れなければならぬ」

自問するようにもう一度くり返した。

「宮さまが尊い血を受け継いでおられるからじゃよ。その尊厳に対する恐れが、お前を凶行に駆り立てたのだ」

「くだらぬ。人は人ではないか」

直義は大声で笑い出し、帝《みかど》や宮に特別な力があるのなら死ぬはずがあるまいとうそぶいた。

「特別な力とは、人の心に与える感化のことじゃ。その力にお前はねじ伏せられておるではないか」

「黙れ。わしは動じてなどおらぬ。帝であろうが宮であろうが、邪魔をする奴《やつ》は何度でも殺してやる。何度でも、何度でもだ」

直義は自分の言葉におびえたように身震いしたが、強気の姿勢をくずそうとはしなかった。

直義はこの仕返しはかならずするとつぶやき、弱々しい足取りで立ち去った。

「あれは犬使いにくれてやった。どうしているかわしは知らぬ」

「宮さまが連れておられた黒い犬がいたはずじゃ」

道誉は話の矛先を急に変えた。

「隼人はどうした」


翌日、道誉は音丸とともに鞆の浦を出港した。

尼ヶ崎に上陸して都までの道を急ぎ、日野資明に無事に院宣をとどけたことを報告した。

「足利勢は十日のうちには上洛をはたしましょう」

道誉は鞆の浦や福山に十万ちかい軍勢が集まっていることを告げ、院宣をいただいたからには負ける気づかいはないと言った。

「ただし、上皇さまのご身辺が危ぶまれます。どちらにおられましょうか」

「安楽光院の持仏堂です。あの日参籠《さんろう》なされて以来、一度も外にお出になりません」

「事がおさまるまで、どこか安全な所にお移りいただいた方がよいと存じます。お目にかかることはできましょうか」

「分りました。伺ってみますので、しばらくお待ち下さい」

対面の許しはすぐに得られたが、上皇はここを動くつもりはないとおおせられた。

「身は国家の平安と万民の幸せを願って、神仏におすがりしとるんや。危険が迫っているからいうて、それを投げ出すわけにはいかぬ」

「しかし足利勢が都に攻め寄せてきたなら、主上は上皇さまを捕えて比叡山につれていこうとなされるでしょう。ここにおられては、それを防ぐことはできませぬ」

「今上がそこまでなされるなら、この命を投げ出してお諫《いさ》めするばかりや。怖いことは何もない」

上皇のご決意は固く、持仏堂から出ようとなさらない。道誉はやむなく引き下がり、安楽光院の警固の人数を二倍にふやして上皇を守り抜くことにした。

「そちは多賀衆をひきいて鎌倉に行き、隼人という犬をさがしてくれ」

音丸にすぐに発てと命じた。

直義が大塔宮を殺すように命じたことは間違いない。

だが中先代の乱の混乱のさなかに、その命令がはたされたかどうかは分らないのである。

隼人をさがせば、その間の事情を知る者に行き当たるかもしれなかった。

二

道誉が帰洛した二日後、正成も都にもどった。

新田義貞の軍勢は備中の福山城に立てこもって足利勢の東上を阻止しようとしたが、足利直義軍に包囲されて窮地におちいっている。

鞆の港にいた足利尊氏の船団も室の津まで進出し、いつでも摂津に上陸できる態勢をとっていた。

しかも院宣は尊氏の手の中にある。

これでは勝てる見込みがないと見た正成は、次善の策をはかるために配下の船団とともに引き上げてきたのだった。

都の屋敷に着くと嫡男正行らが出迎えた。

まだ十一歳の少年だが、正成の留守中は家臣に助けられながら検非違使《けびいし》の役目を立派にはたしていた。

「一昨日《おととい》あたりから足利勢が上洛するという噂《うわさ》が飛び交い、洛中から逃げ出す者が多くなっております」

都の七口をふさいでこれを阻止しようとしたが、手が足りないので防ぐことができなかったという。新政権が崩壊することを、庶民たちはいち早く鋭く感じ取っていたのである。

「野伏《のぶせり》らがどさくさにまぎれて逃げ出す者を襲ったり、留守になった家に盗み入ったりしております。兵を出して百人ばかりは討ち果たしましたが」

平安を保つことができずに申し訳ないと、正行は力が及ばなかった責任を一人で背負い込んでいた。

「そなたのせいではない。大きな船が沈む時には、一人二人があがいてもどうにもならぬ」

正成は正行の働きを誉め、河内に帰る仕度をしておけと言った。

「足利勢には勝てないのですか」

「それは分らぬが、都が戦乱に巻き込まれることはさけられぬ」

その前に正行だけは菊乃のもとにもどしてやりたかった。

「この間、北畠中将さまから文をいただきました」

「ほう。何とおおせられた」

「できるだけ都の様子を知らせてほしいとおおせでございました。この先難しいことになるとお考えのようでございます」

「さようか。あのお方は頼むに足る英傑じゃ。いろいろと教えていただくがよい」

その夜、正成は一睡もせずに今後の方策を考え抜き、後醍醐天皇と足利尊氏の和をはかる以外に窮地を乗り切る方法はないと決意した。

和解の条件は、尊氏を征夷大将軍に任じて新しい幕府をひらかせることだ。

そうして鎌倉幕府の頃のように大覚寺統と持明院統から交互に天皇を立てれば、天下のおさまりもつくはずだった。

翌日、正成は二条富小路の内裏に千種忠顕をたずねて協力を求めた。

「そんなん無理や。主上がお許しになるはずがない」

忠顕は考えただけで恐ろしいと身震いした。

「中将さまを見込んでお願い申しております。無理は承知の上でござる」

このままでは戦に負けて悲惨なことになるばかりだと、正成は強引に迫った。

「新田勢は健在だと聞いた。何とかできぬか」

「足利勢は五倍の大軍でござる。まっこうから戦って勝てる相手ではございませぬ」

義貞は正面から遮二無二《しやにむに》立ち向かう戦しかできない男である。それに金銭面で圧倒的に不利なのだから手の打ちようがなかった。

「銭、銭、銭か。そやから早《はよ》う九州に下って足利を叩《たた》けと言うたんや」

義貞が白旗城などにおびき寄せられるからこんなことになったのだと、忠顕は今さらながらの愚痴をこぼした。

「中将さまがおできにならないのなら、それがしが奏上いたしましょう。お目にかかれるように取り計らっていただきたい」

「もし、もし万一、主上がお認めになられたとしても、足利がその条件で和議に応じるとはかぎるまい」

「奏上する機会さえ作っていただけるなら、これからさるお方にご尽力を頼んでまいります」

正成は道誉を動かすつもりだが、まだその名を明かすわけにはいかなかった。

「おことは死ぬつもりやないやろな」

忠顕はじっと正成の目をのぞき込んだ。

「これは我らが招いた争乱でござる。我らの手で治める責任がありましょう」

「そうや。身共にもその覚悟はある」

忠顕はふっと表情をゆるめ、手ずから茶をいれて正成にふるまった。

「近頃は闘茶《とうちゃ》という妙なもんが流行《はや》る。栂尾の本茶や」

正成は茶碗を押しいただき、ゆっくりと飲み干した。

甘くほろ苦い味がして、さわやかな香りが口の中に残った。

「国造りの理想に燃えて上洛したのは三年前のことや。なんでこないなことになったんやろな」

忠顕も上品な手付きで茶を味わい、しんみりとした口調でたずねた。

「主上の独断が過ぎたせいでございましょう」

「そやろか。そんならどうすれば良かったんや」

「大塔宮さまを征夷大将軍のままでおかれるべきだったと存じます」

大塔宮が商業的武士団の統率をなしとげ、天皇が朝廷のことを司《つかさど》ったなら、もう少し円滑な政権運営ができたはずである。

今さら為《せ》ん方《かた》ないとは知りつつも、正成はそう言わずにいられなかった。

「上皇さまが足利に院宣を下されたという噂がある。聞いたか」

「いいえ。存じませぬ」

正成は方便を使った。

「すでに主上のお耳にも入っておる。誰に会うつもりか知らんが、そのことを伝えておいた方がええやろな」

上皇に刺客が向けられるおそれがあるという意味である。忠顕も後伏見法皇の急逝にはひそかに心を痛めていたようだった。

正成はその足で、京極高辻の西隣にある竜泉寺をたずねた。

ちょうど昼時で、境内では施粥《せがゆ》が行なわれていた。三ヵ所にすえられた大鍋の前に、そまつな椀《わん》を持った者たちが列を作り、粥をもらう順番を待っていた。

道誉に会いたいと世話役の僧に申し入れると、本堂脇の庫裏《くり》に案内された。

道誉は太った体に麻の小袖をまとって横になり、いつぞや会った阿修羅という白拍子に扇子であおがせていた。

「ほう、これは意外な」

道誉は居ずまいを正し、少々体調をくずしているので失礼したと言った。

「本日は相談があってまかり越しました。これは施粥のたしにでもしていただきたい」

革の袋につめた銀の小粒をさし出した。

「有難くいただくが、この寺に兵を向けられずともよろしいかな」

「決着は先日つき申した。楯を投げていただいたお陰で、一人の死人も出さずに引き取ることができました」

「正成どのは火矢を使われなかった。そのお返しでござるよ」

「上皇さまの御身に危険が迫っておりまする。できることなら洛外に難をさけられるべきと存じます」

「主上のお申し付けでござるな」

「噂にすぎませぬが、充分にご用心あってしかるべきと存じます」

「かたじけない。そのようなこともあろうかと、すでに手を打っており申す。同じ過ちは二度とくり返さぬゆえ、ご安心いただきたい」

「どうぞ。暑おすよって喉が干上がってはるやろ」

阿修羅が竹筒にくんだ井戸水をはこび、正成に茶碗を差し出した。

「ほう。気づかいがこまやかではないか」

道誉がからかった。

気位が高い白拍子なので、普通はこんなことはしないという。

「そうどす。うちは真っ直ぐなお方が好きやよって」

正成の働きぶりを耳にし、前々から親しみを持っていたと、阿修羅は頰をそめて打ち明けた。

「かたじけない。頂戴いたす」

正成は甘い香りのする冷たい水を飲み干してから、天皇と足利方の和をはかりたいので知恵を貸してほしいと申し出た。

「もはや勝負はつき申した。これ以上戦いをつづけても、国を荒らし民に迷惑を及ぼすばかりでござる」

「そのお覚悟なら、方法はただひとつ。足利どのを将軍に任じて幕府を開かせることでござる」

道誉の考えは正成と同じだった。

「そう申し入れたなら、足利どのは応じて下されましょうか」

「足利どのとて戦を好んでおられるわけではない。主上が綸旨《りんじ》をもって申し入れられたなら、喜んで応じられるはずでござる」

「その仲介を、道誉どのにつとめていただけますか」

正成はこれを頼むために和解策を道誉にたずねたのだった。

「正成どのも人が悪い。そのような配慮をなさらず、腹を割って話して下されば良いものを」

道誉は正成の策をやすやすと見抜き、水ではなく酒を持てと阿修羅に命じた。

「うれしい。うちも呑ませてもらいます」

阿修羅は嬌声《きょうせい》をあげて奥に下がった。

「しかし正成どの。主上を説得できますかな」

「この争乱を招いたのは我らでござる。きちんとした形で終らせる責任がございます」

正成は身命を賭して説得する覚悟を定めている。そのためならすべてを失っても構わなかった。

阿修羅が五升は入りそうな樽《たる》を縁側にはこんできた。

「今日はご出陣の話やさかい、陣場の酒盛りにいたしまひょ」

竹の柄杓《ひしゃく》で酒をくんで二人に渡した。

「いや、それがしは」

宮さまの無事なお姿を拝するまで酒を断っている。正成はそう言おうとしたが、道誉の心尽くしを無にしたくはなかった。

二人は中庭から入ってくる涼しい風に吹かれながら茶碗酒を呑んだ。

梅雨もようやく明けたようで、空は久々に青くすんでいる。中庭に雀《すずめ》が来て、せわしない鳴き声をあげながら餌をついばんでいた。

「赤坂城でお目にかかったのは三年前でござるな」

道誉はうまそうに酒を呑み干した。

「貴殿に説得されて天皇方に参じる決意をしたのが、まるで昨日のことのようじゃ」

「あの時は、主上の御旗のもとに天下が変えられると信じておりました」

正成も道誉と会った日のことを鮮やかに覚えていた。

「変えられたではござらぬか。我らは北条家の幕府を倒し、主上を隠岐から呼びもどして新政の世を生み出した」

わずか三年とはいえ、この経験は決して無駄ではない。この国がひとつにまとまるためにも、どのような形で治めるべきかを探るためにも、さけては通れない苦難だったと道誉は言った。

「何が失敗の原因だとお考えですか」

正成は辞を低くして教えを乞うた。

「言っても構わぬかな」

「是非とも、お教えいただきたい」

「大塔宮さまの追放や尊氏どのの離反など、理由はいろいろとあるだろう。だが根本的な原因は、主上のご新政ではこの国は治められぬということじゃ」

「何ゆえでございましょうか」

「主上に対する尊崇の念は、この国の誰もが持っておる。だがそれは神々に手を合わせたり、我子の成長を願って宮参りに行くのと同じ類の気持であろう」

そんな尊崇を受けておられる主上が政治の実権をにぎられたなら、誰も異をとなえることができなくなる。それゆえ主上と一部の取り巻きばかりが独裁するようになったのだと、道誉は手厳しいことを言った。

「ところが政《まつりごと》も商いも、誰かのやり方に従えばうまくいくというものではない。いずれも欲と妥協の産物じゃ。それゆえ多くの者の意見を取り入れ、失敗したなら改める柔軟さが必要なのだ」

「確かに……、そうかもしれませぬ」

正成にも思い当たることが多い。だが大塔宮さまがおられたならという気持は、いまだに捨てきれなかった。

「そうそう。そのことだが」

道誉は正成の思いを察したのか、鞆の浦で足利直義に会った時の話をした。

「本人は認めようとしなかったが、鎌倉を脱出する時に宮さまを害するように命じたことは間違いあるまい」

「そうですか。やはり……」

正成は力なく肩を落とした。

「だが、それを命じられた者が手を下したかどうかは分らぬ」

「命じられたのは淵辺伊賀守だったと、それがしの配下が探って参りました。土牢《つちろう》に幽閉されていた宮さまを、伊賀守が引き出して首を討ったと」

「その噂はわしも聞いた。宮さまが幽閉されていた土牢を見たこともあるが、伊賀守の郎従が言いふらしていたことは眉唾《まゆつば》かもしれぬ」

「眉唾とは……」

「伊賀守は直義から宮さまを殺せと命じられたものの、宮さまの高貴に打たれてひそかにかくまった。それを隠すために、郎従に流言させたのかもしれぬ」

「それなら、宮さまは」

生きておられるかもしれぬと、正成の胸に一縷《いちる》の光がさした。

「心利いた者を鎌倉につかわし、隼人の行方をさがさせておる。宮さまより、あの黒い犬の方が人目に立つはずじゃ」

「それがしも行方をさがさせましたが、手がかりをつかむことができませんでした。もし消息が分ったなら、知らせていただけないでしょうか」

「約束しよう。我らを引き合わせてくれた大事なお方だからな」

道誉は誓いのしるしに茶碗を軽くさし上げた。

正成は心がほっと楽になり、夕方まで長居をしてから館を辞した。


翌朝、正成は日の出前に起きて水垢離《みずごり》を取った。

たとえどれほど主上のお怒りにふれようと、天下万民のために和議を奏上しなければならない。

そのためなら、たとえ死をたまわったとしても本望だった。

何とぞ神仏のご加護あれかしと一心に水垢離を取っていると、目の前に金剛蔵王権現があらわれた。

何と、憤怒の形相をした大塔宮ではないか。

(宮さまが示現し、自分を後押ししてくだされている)

正成はそう受け取り、心が自然にしずまっていった。

部屋にもどろうとすると、縁先で正行が手拭いをさし出した。ずっとここで正成の様子を見ていたのである。

「どのようなお覚悟を定められたのでございましょうか」

「正しいことのために真っ直ぐに生きる。ただそれだけだ」

「父上は何が正しいとお考えでしょうか」

「天下万民のために尽くすことだ」

「主上に忠誠を尽くすことではないのですか」

「天下あっての主上だ。決して逆ではない」

二条富小路の内裏に着くと、すぐに千種忠顕のもとに案内された。

「よう来た。首を長《なご》うして待っとったんや」

備中の福山城が落城し、新田義貞の軍勢が兵庫まで撤退したという。これから御前で対応を協議するが、忠顕にはどうしていいか分からなかったのである。

「和議のことはあんじょういったんか」

「将軍に任じる綸旨さえいただけるなら、かならず尊氏どのを説得すると、佐々木道誉どのが請け合って下されました」

「そうか。やはりあの入道やったんやな」

「このようなことを頼めるのは、あのお方の他におられませぬ」

「そやけど、こんな状況ではとても奏上でけへん」

主上は尊氏憎しの一念でこり固まっておられる。圧倒的に不利と分れば、意地になって戦い抜けとおおせられるはずだった。

「何かいい知恵はないか。さっきからいろいろ考えとるけど、なんにも浮かばへんのや」

「新田どのを都に呼びもどし、主上を奉じて比叡山にこもるようにお申し付け下され。それがしは河内に下り、千早、赤坂城にこもって敵を引きつけましょう。さすれば敵は攻めあぐね、兵糧《ひょうろう》にもこと欠いて、次第に勢いがおとろえるものと存じます」

正成が得意とする山岳戦である。山の民や川の民など流通にたずさわる者たちの協力も得られるのだから、劣勢を挽回《ばんかい》することは充分にできる。

「そうして互いににらみ合いになった時に交渉をなされば、対等の条件で和議をむすぶことができましょう」

「そうやな。その手しかないやろな」

忠顕は迷いをふっ切ったように立ち上がり、正成を同行して評定《ひょうじょう》の間にむかった。

評定の間にはすでに十数人の参議や公卿があつまり、不安に浮き足立った様子で主上のお出ましを待っていた。

いずれも主上に追従するばかりの骨のない輩で、数日中には足利勢が攻め寄せてくると聞いて右往左往していた。

「今日は軍略のことやさかい、楠木河内守をつれて参り申した」

忠顕は正成を外廂《そとびさし》にひかえさせて皆の了解を求めた。

「そやけど、河内守は主上のご勘気《かんき》をこうむっとるのとちがいますか」

主上のお覚えめでたい坊門清忠《ぼうもんきよただ》が文句をつけた。

「再び検非違使に任じられたんやさかい、ご勘気はとけております」

忠顕は清忠を一蹴《いっしゅう》し、外廂にひかえて意見を奏上するように正成に申し付けた。

やがて御簾《みす》の内で影が動き、主上がご着座なされた。

背が異様に高く見えるのは、唐冠《とうかむり》をかぶっておられるからだ。唐冠に銀鈴《ぎんれい》を下げておられるらしく、体を動かされるたびにかすかに鈴の音がした。

忠顕はとどいたばかりの戦況を報告し、意見を聴するために正成を同席させたと付け加えた。

「賊徒の跳梁《ちょうりょう》をゆるしてはならぬ。河内守はすぐに兵庫に下り、新田左中将と力を合わせて合戦せよ」

芯の太い主上の声が御簾の奥からふってきた。

「おそれながら申し上げます」

比叡山に臨幸《りんこう》なさるべきだと、正成は御簾にむかって奏上した。

西国、九州の軍勢をひきいて意気上がる足利勢には、二万ばかりの軍勢では太刀打ちできない。

兵庫で戦ったなら一日のうちに全滅するだろうと、思ったままを直言した。

「敵を比叡山に引きつけて戦況が好転したなら、足利尊氏どのと和議をむすんでいただきたい。あの御仁を征夷大将軍にして公武の融和をはかる以外に、天下の安泰をはかる道はないと存じます」

御簾の奥から声はない。まるで御簾に描かれた大きな鳳凰《ほうおう》が二人を遮断しているようだった。

「河内守の申すことはもっともと存じます。武略の道においては、武人の知恵を容《い》れられるべきと存じます」

忠顕が懸命に正成の後押しをした。

「これは千種中将さまのお言葉とも思えまへんな」

清忠がさっそく反論に出た。

「尊氏は主上のご恩を仇《あだ》で返した逆賊です。そんな者《もん》を征夷大将軍にするとは、開いた口がふさがりまへん。それに逃げるように山門に臨幸なされては、帝位を軽んじられる原因にもなり、主上のご威光に傷がつきます。これまでたびたび少人数で大軍を打ち破ることができたのは、武略のゆえやあらしまへん。主上のご聖運が天にかなっていたからです」

だから今度も負けるはずがない。正成をすぐに兵庫に下して一戦を交えるべきだと、清忠はこの期《ご》におよんでも阿諛追従《あゆついしょう》に終始した。

「清忠の中し状、もっともである」

再び御簾の奥から声がふった。

正成は外廂から動かなかった。ここで引き下がっては大塔宮に合わす顔がない。たとえどんな処罰を受けようと、言うべきことは言わなければならなかった。

「河内守、何をしとるんや。急いで兵庫にむかわんかい」

清忠が嵩《かさ》にかかって催促した。

「おそれながら、主上は何のために戦をせよとおおせられるのでございましょうや」

「何やて」

「新政が成って三年、民の支持は失われるばかりでございます。日に日に足利方に軍勢が集まるのが、その証《あかし》ではございませぬか。それなのに、何のために戦をつづけよとおおせられるのでございますか」

「大義のためやないか。今さら何を言うとるんや」

「我らの大義は天下の安泰と万民の幸せをはかることでございます。そのことを第一にお考えになられるなら、足利方と和解し戦を終らせるべきと存じます」

正成は血を吐くような思いで訴えたが、御簾の奥から返答はなかった。

異様なばかりに大きな影がゆらりと動き、かすかな鈴の音を残して立ち去っていく。

大塔宮の時と同じように、主上は何もお答えにならないまま退席なされたのである。

正成は無念だった。

叱責《しっせき》を受けるならまだましである。厳罰に処されても構わない。だがこんな風に無視されるのは、己のすべてを否定されたようで耐えがたかった。

（おのれ……）

正成は右手の指をくいやぶり、怒りにまかせて評定の間の壁に血書した。

七生報国、たが為の謂《いい》ならむ

七度生まれ変わって国のために尽くしたいと願うのは、天下のためであって主上お一人のためではない。そのことを分別して、王道にもどってもらいたいという願いを込めた諫言《かんげん》だった。

三

十五日をすぎると、月は日を追って欠けていく。

東山三十六峰のむこうから現われるたびにやせ細るように形を失っていく。

道誉は夕方の蒸し暑さをしのごうと、縁側ですずみながら冷やした酒を飲んでいた。

昨日、正成と酌み交わした時にはあれほど旨《うま》かった酒が、いかにもまずい。すでにすえた匂いを放ちはじめている気さえした。

一刻ほど前に正成から書状がとどき、和解の工作は失敗に終ったと知らせてきた。

尊氏を将軍にするべきだと奏上したが、主上のお許しを得られなかった。この上はおおせに従い一戦を交えるつもりである。

淡々とそう記していたが、道誉には正成の無念が手に取るように分る。酒がこれほど苦いのはそのせいだった。

王政の世をきずきたいという後醍醐天皇の理想は、道誉も承知している。その強い信念があったからこそ、鎌倉幕府を倒すことができた。

だがこの三年間の新政は、目をおおいたくなるほどひどいものだった。主上が権力をほしいままにし、天下万民の平安よりご自身の理想を実現することを優先されたからだ。

これでは武士ばかりか庶民の支持まで得られなくなるのは当たり前だ。

後醍醐天皇はあまりに強い信念を持っておられたがゆえに、それが執着となってこの国に災いをもたらしたのである。

(もし主上に禅のお心得があれば)

理想や信念でさえ、人をあやまらせる執着であることがお分りになったはずである。そうして類まれな賢主になられたろうにと、足らざるを惜しまずにはいられなかった。

翌朝、阿修羅が化粧もせずに押しかけてきた。

「入道さま、お聞きにならはりましたか」

正成が出陣を命じられ、わずか百騎で摂津の湊川《みなとがわ》に向かったという。

「出陣は、いつだ」

「今朝早く、お出かけやしたそうどす」

それも尋常の出陣ではない。主上に足利方と和解すべきだと奏上して勘気をこうむり、討死《うちじに》するしかない場所に行かされたのだと、阿修羅は血相を変えて言いつのった。

「そんな話、どこで聞き込んできた」

「昨日の夜のお座敷で、お公家はんらが話しておらはりました。正成さまは評定の間の壁に、七生報国、たが為の謂ならむと、指をくい破って記さはったそうどす」

「あの正成どのが、そこまでなされたか」

よほど腹にすえかねることがあったのだろうと、道誉は大塔宮が御前で腹を切ろうとした時のことを思い出した。

「何とかしておくれやす。あのお方にそんな死に方をさせたらあきまへん」

「残念だが、それはできぬ」

正成は死を覚悟して奏上したのである。たとえ引き止めても、今さら応じるはずがなかった。

「遅かれ早かれ人は死ぬ。その方らにできることは、正成どのの見事な生きざまを後の世まで語りつぐことじゃ」

「それこそが芸能にたずさわる者の務めではないかと、道誉はめずらしく阿修羅を叱りつけた。

だが胸の内には、納得しきれないものが澱《おり》のように残っている。

どうにかならぬかと悶々《もんもん》としていると、音丸がもどったと取り次ぎの僧が告げた。

「ご命により東国につかわされていたとおおせでございました」

「手の者じゃ。ここに通して下され」

「それが犬をつれておられますので」

寺に上げるわけにはいかないという。

「犬じゃと」

もしやと飛び立つような思いで境内に出た。

山伏《やまぶし》に身をかえた音丸が、黒い大型の犬を従えてひかえていた。

「隼人じゃな。その犬は」

千早城で山の斜面を飛ぶように駆け上がった姿を、道誉ははっきりと覚えていた。

「さようでございます。大塔宮さまから預かって参りました」

「そうか。宮さまはやはり生きておられたか」

「淵辺伊賀守という者がかくまっておりました」

伊賀守は中先代の乱の時に足利直義から宮を殺すように命じられたが、二階堂ヶ谷の土牢で弱りはてている姿を見ると哀れさに胸を打たれた。

そこで家臣六人とともに宮を助け出し、自分の所領である相模の淵野辺《ふちのべ》村にかくまったのである。

ところが関東が再び足利方に支配されたために、宮を守り抜くことができなくなった。それを知った安藤新九郎という蝦夷の王が駆け付け、宮さまを奥州まで案内すると申し出たという。

「そこで宮さまは病を押して新九郎に身をゆだね、北畠顕家どのを頼って松島港に向かわれました。出港の前に、この隼人と殿への書状を託されたのでございます」

宮の書状には、自分が生きて再起をはかろうとしていることを、楠木正成に伝えてほしいと記されていた。

末尾に、近江の虎殿にお頼み申すとある。

道誉が清涼殿でそう名乗り、自決しようとした手を止めたことを、宮は忘れていなかったのである。

「まちがいない。宮さまの書状じゃ」

いったいどうして訪ね当てたか、ご様子はどうなのか、聞きたいことは山ほどある。

だが今はこのことを正成に伝えて、出陣を中止させることが先決だった。

「ただちに京極の屋敷に行き、秀綱に出陣の仕度をさせておけ」

天皇方のふりをして出陣し、正成に追いついて宮の書状を見せよう。

道誉は久々に血がたぎる思いをしながら、庫裏にもどって出陣の仕度にかかった。

四

卯《う》の刻（午前六時）に都を出た正成の一行は、桂川をわたって山陽道を下り、正午前に大山崎にさしかかった。

夏の陽射《ひざ》しが照りつけ、白く乾いた道に人馬の影がくっきりとうつっている。

騎馬百、徒兵四百という心もとない編成だが、勝ち目のない戦だからといって逃げ出す者は一人もいなかった。

正成はすでに死を覚悟している。

自分が招いた争乱の責任をとって死ぬのは本望だが、主上にあのような激語《げきご》を投げ、抗議の血書までしたことが、かすかな悔いとして残っていた。

「殿、ご覧下され。夢のかけらが残っておりまする」

橋本右京亮が宇治川にかかる船橋を指さした。

後醍醐天皇が石清水八幡宮に行幸された時に正成がかけた橋が、その後も長く用いられて人々の暮らしの役に立っていたのである。

「あれは紅葉の頃のことでござったなあ。もうずいぶん昔のことのように思えまする」

右京亮は感慨深げにつぶやいたが、まだ二年しかたっていなかった。

「あの時は配下の者たちが、水の冷たさをいとわず船橋を支えてくれた」

正成も遠いことのように思いながら、男山の山頂にある八幡宮の森をながめた。

「しかるに今はこのような体たらくでござる。我らは泥船に乗り合わせた狸《たぬき》でござるな」

浮かべようと努めても船は沈んでいくばかりだと、右京亮は久々に痛烈な皮肉を飛ばした。

桜井の宿で足を休めていると、服部善助と千草が敵状の視察からもどってきた。

「足利方の先陣は、室の津を出て明石《あかし》まで迫っております」

その数はおよそ一万で、水軍が中心だという。山陽道ぞいの要所に兵糧と薪《たきぎ》を入れ、本隊の進撃にそなえているのだった。

「海路の指揮は尊氏どの、陸路は直義どのがとっておられます。光厳上皇さまのご院宣が下ってから急に馳《は》せ参じる者がふえ、今では十万を超えておりまする」

「新田どのはどうしておられる」

「兵庫に本陣をおき、湊川を前にして敵を防ごうとしておられます」

その数は一万五千ほどにすぎない。五万と号していた軍勢は、敗色が濃くなるにつれて次々と欠け落ちていた。

「千草、具合はどうだ」

正成は戦況より千草の体調を気づかった。

「父上にさらしをきつく巻いてもらいましたので、ずいぶん楽になりました。今は何ともありません」

確かに顔色は少し良くなっているが、表情に精彩がない。病気はいっそう悪化しているようだった。

正成は二人を下がらせてから正行を呼び、善助や千草とともに河内に帰るように申し付けた。

「今度の戦は死地に入るものだ。生きて再び顔を合わせることはあるまい。わしが討死したと聞いたなら、一族郎党をまとめて千早・赤坂城に立てこもり、天下の動きを見極めよ」

足利勢が上洛すれば、主上はひとまず比叡山に逃れられるだろう。その先に和議が成ったなら大和の葛村に帰り、弟の正季とともに商いの道にもどれ。

もし主上が和議を拒まれたなら、天下の争乱が長くつづくことになる。その時にどうするかは、お前が決めるがよい。

「ただしその時には、主上への忠義や名利《みょうり》にとらわれてはならぬ。天下のため万民のためを第一義に考えて決断せよ」

「父上は参られないのですか」

正行がためらいがちにたずねた。

「わしは主上から出陣を命じられた。それに背くことはできぬ」

だからお前が菊乃に元気な姿を見せてやれと、正成は正行の頭をなでた。

「一昨日、北畠中将さまから文をいただきました」

「ほう。今度は何と記しておられる」

「中将さまは父上に奥州に来てほしいと願っておられます」

正行が小さな手で大事そうに懐から文を取り出した。

楠木正行殿と上書きされた書状は、子供でも読めるようにひらがな交じりの平易な文体で書かれていた。

「さすがに中将さまじゃ。お優しい心づかいをなされる」

正成はほほ笑みながら読み始めたが、内容は正行を一人前の武将と見なした丁重なものだった。

上洛中に世話になった礼をのべ、さし上げた黒毛は元気にしているだろうかとたずねた後で、天下の形勢について長々と記していた。

その内容は、おおむね次の通りである。

「ただ今主上は都にあって権をふるっておられるが、足利方が多々良浜の戦いに勝って筑前博多を手に入れたと聞いたので、やがて都に攻め上がることになろう。

この戦に主上がお勝ちになるとは思えない。その理由は何かと問われたなら、主上の政には非が多すぎるからだと答えざるを得ない。

その第一は九州に正成どののようなすぐれた大将をつかわして、元国との貿易を守り抜こうとなされなかったこと。今からでも遅くないので、旗頭となる親王をどなたかお一人九州に下して勢力を挽回されるべきである。

その第二は、天下の財貨を一手に集めてほしいままに使われたこと。これからは仁徳《にんとく》、醍醐《だいご》両天皇の先例にならい、三年間は諸国の税を免じて民の疾苦《しっく》をのぞき、一切の新事業を停止して倹約につとめるべきである。

その第三は、臣下の登用や恩賞を公平になされなかったこと。高位高官への登用は才能や学識により、公家や武家への恩賞は手柄によるべきである。しかし主上はご自身の好悪にまかせ類縁を重んじ、才も功もない者を取り立てておられる。

それゆえ重用された者は阿諛追従に走り、才も功もありながら冷遇された者は主上のもとを去っていく。

その第四は、後宮での愛欲におぼれ、歓楽酒宴をこととなされていること。民の苦しみをかえりみず放埒《ほうらつ》をつくすことは、聖主のもっともいましめるべき行ないである。その第五は、ご自身の都合で法令を勝手に改められていること。綸言汗《りんげんかん》のごとしとは、一度口になされたことは取り返しがつかないほど重いという意味である。しかるに朝令暮改をつづけられるようでは、法の尊厳は失われ、天下の混乱を助長するばかりである。

このような状況では御代の太平は望むべくもなく、やがて新政権はくずれ去ってしまうであろう。その時に正成どのは義に殉《じゅん》じようとなされるであろうが、それを思いとまり、もう一度奥州に来て自分の事業を助けていただきたい。

奥州の王化もすすみ経営も順調なので、大塔宮さまがめざされた王城楽土を、この地で実現できると確信している。さすればやがて主上をお迎えし、真の忠節をつらぬくことができるであろう。

それゆえ一時の激情や義理にとらわれることなく、是非とも奥州で国の建設にあたっていただきたい。

本来なら正成どのに直接お願いしたいが、弱輩の身で直言するのはおそれ多い。それゆえ正行どのに取り次ぎをお願いする。よろしくお取り計らいいただきたい」

正成は書状を読みながら、感動のあまり涙をおさえることができなかった。

北畠顕家は厳寒の奥州で困難に立ち向かいながら、これほどしっかりと天下を見据えている。その炯眼《けいがん》と志の高さが、書状から立ちのぼってくるようだった。

「父上、お願い申し上げます」

どうか顕家卿の願いを聞きとどけてほしいと、正行が床にひざを折って頼み込んだ。

「正行、父と子の間で土下座などしてはならぬ」

正成は正行の腋《わき》をかかえて抱き上げた。

ずしりと重い手応えがある。それがこの子の成長の証だった。

「それでは、お聞きとどけ下さいますか」

「それはできぬ。顕家卿のご配慮はありがたいが、父には貫かねばならぬ義があるのだ」

「奥州を理想の国にすることこそ、真の忠節だとお書きになっておられます」

「そうかもしれぬ。だがわしには別の考えがある。やがて時がきたなら、そちが顕家卿のもとに馳せ参じるがよい。そちにはそちが貫くべき義の道があるはずだ」

正成は善助と千草を呼んで、正行とともに河内の観心寺《かんしんじ》に向かうように命じた。

「わたくしは殿さまのお側にいとうございます」

千草が申し出たが、正成は許さなかった。

「そなたの他に正行の世話を頼める者はおらぬ。大和にもどって湯治《とうじ》をすれば、やがて病気も治るはずだ」

他に二十人ばかりをつけて正行を送り出し、隊列をととのえて出発しようとしていると、下流から二百騎ばかりが駆けつけた。

菊水の旗をひるがえし、金鍬形《きんくわがた》の兜《かぶと》をかぶって先頭を走ってくるのは弟の正季だった。

「どうした。大和で家を守れと申し付けておいたではないか」

楠木家の商いを取り仕切ってきた正季は、合戦には不慣れである。これまで二、三度戦に出たことがあるだけだった。

「兄者に五百ばかりの手勢で戦をさせては、楠木家の恥でござる。皆がそう言って出陣をせがむゆえ、それがしが大将をつとめることになり申した」

正季は手綱を引いて三度ばかり馬を回した。

なかなか見事な騎乗ぶりだった。

「正成どの、それがしも参りましたぞ」

湯浅孫六が馬から飛び下りて歩み寄った。

相変わらず黒々とひげをたくわえている。三井寺で会った時より太っていて、鎧《よろい》が窮屈そうだった。

「正成どのが大戦《おおいくさ》をなされると聞きましてな。このうちの半分はそれがしの郎党でござる」

紀州の阿弖川荘から百二十騎をつれてきたと得意気にひげをよじった。

「俺らも来ました。何でも申しつけて下せえ」

船引きの三太が百人ばかりの徒兵をつれている。

親分の権次が行きたい奴は行けと、銭と胴丸を用意してくれたという。

「まっとうに生きられる国を造るために始めた喧嘩《けんか》だ。どこまでもついていきますぜ」

「この戦は……」

勝ち目のない戦だと言おうとした正成を、正季が笑って制した。

「何もかも承知の上で来たのでござる。皆の好きにさせてやって下され」

そう言うなり先頭に立って馬を進めた。

騎馬三百、徒兵五百になった正成勢は、意気揚々と淀川ぞいを下っていった。

五

道誉らの一行が桜井宿（大阪府三島郡島本町《しまもとちょう》）に着いたのは、その日の申《さる》の刻（午後四時）だった。

京極高辻の屋敷に集まっていた家臣たちの多くは、足利勢の上洛に呼応するために近江の所領に帰っている。残った家臣も光厳上皇の警固に出ているので、人数を集めるのに半日ちかくかかった。

ようやく集まったのは百五十騎ばかりである。道誉はやむなく音丸がひきいる多賀衆を先頭に立て、馬を飛ばしてきたのだった。

宿場の者にたずねると、楠木勢はここで人馬を休め、三百ばかりの新手を加えて南へ向かったという。

出発したのは正午頃だった。

「徒兵も多いので、それほど速くは進めまい。日が暮れるまでには追いつけるであろう」

できれば正成が兵庫に着く前に追いつき、大塔宮の書状を渡したい。道誉はそう考え、馬に水をやる間も惜しんで先を急いだ。

茨木まで下った時、諸国遊行《ゆぎよう》の僧の一団と出会った。一遍上人《いつぺんしようにん》を宗祖とする時宗《じしゆう》の者たちで、後ろには数百人もの窮民が従っていた。

中には荷車を引いている者もいて、脇によけなければ道を通れない。その作業を待つ間に、楠木勢と行き合わなかったかと僧たちにたずねた。

「尼ヶ崎を過ぎたところで行き合いました。仰山《ぎようさん》な人数で、やり過ごすにも往生いたしました」

総勢三千人近かったという。

桜井を出た時には八百ばかりだったのだから、三倍以上に増えたのである。

「その多くは馬借や車借、船引きたちで、馬に乗っている方々は少のうございました」

「どれくらい前のことだ」

「一刻（約二時間）ばかりでございましょう。今日は尼ヶ崎で夜営し、明朝兵庫に向かわれるそうでございます」

尼ヶ崎までは五里（約二十キロ）ほどである。馬を飛ばせば夕方までには着くことができる。

道誉は道が空くのを待ち、先頭を行く音丸らに楠木家の菊水の旗をかかげさせた。

夜営をするからには、道々に関門をもうけて敵の接近や間者の侵入にそなえるはずである。菊水の旗をかかげておけば、その関門を楽に通りすぎることができるはずだった。

道誉は鎧の上からそっと胸を押さえた。懐には大塔宮の書状をおさめている。宮が生きていたこと、それを正成に伝えてくれと自分に頼んできたことが嬉《うれ》しくて、今朝からずっと気持が高ぶっていた。

（さすがに、あのお方はちがう）

身にそなわった高貴さと志の高さが、淵辺伊賀守という者にも分ったのだ。

このようなお方を手にかけてはならぬと一瞬のうちに感じ取り、命を賭して所領にかくまったにちがいなかった。

このことを知ったなら、正成がどんなに喜ぶだろう。その時の様子を思い描いただけで、道誉の心は浮き立ってきた。

突然、前方で馬のいななきが聞こえた。

はっと我に返ると、先頭をいく多賀衆が敵の襲撃を受けていた。

道の左右には水田が広がっている。荷車がようやく通れるほどの細い畷《なわて》の先に、鎮守の森の小高い山がある。何者かがそこで待ち伏せて、横矢を射かけてきたのだった。

「どうした。何者だ」

道誉は菊水の旗をかかげて楠木勢になりすましている。天皇方と知って攻撃してくる者は、摂津にはまだいないはずだった。

「分りません。土豪ではないかと思われますが」

相手は旗も立てていない。しかも狭い畷なので使い番を出して確かめることもできなかった。

敵は横から徒兵を出して道をさえぎり、先頭の五十騎ばかりを孤立させて討ち取ろうとしている。

音丸らは馬を下りて防戦しているものの、片側は泥田になっているので陣形をととのえることができず、一人二人と討ち取られていた。

「音丸らを討たすな。遮二無二押せ」

道誉は道をさえぎる敵を追い払わせようとしたが、相手は長い槍を構えているので馬では太刀打ちできなかった。

「弓じゃ。弓のない者は馬を田の中に入れて道を開けよ」

道誉は供の者から弓を引ったくり、邪魔な馬を押しのけて前に出ようとした。

道をさえぎる敵に矢を射かけて追い散らしていると、音丸が馬に飛びのって引き返してきた。鎧には十数本の矢が突っ立っているが、しっかりとした手綱さばきで馬を走らせている。

鞍《くら》にすいついたような騎乗ぶりは、大和絵にしたいほど見事だった。

「敵は崇禅寺《そうぜんじ》の郷民でございます」

崇禅寺は淀川の河口ちかくにある名刹《めいさつ》で、後醍醐天皇から手厚い保護を受けていた。

「崇禅寺は天皇方じゃ。何ゆえ寺領の郷民が待ち伏せをする。足利方だと見破られたか」

「そうではございませぬ。崇禅寺は……」

音丸はそう言いかけ、突然ぐらりと傾いて馬から落ちた。

「音丸、どうした」

道誉は馬から飛び下りて抱き起こした。

脇腹を槍で突かれ、直垂《ひたたれ》が血で赤くそまっていた。

「崇禅寺は足利方に身方し……、天皇方の軍勢を討つように、郷民たちに命じたのでございます」

音丸は苦しい息の下から切れ切れに声をふりしぼった。

「音丸、しっかりしろ」

「事は一刻を争いまする。どうぞ、お急ぎを……」

音丸はそう言いかけてがくりと前にうなだれた。

道誉はなきがらを抱いたまま、しばらく茫然《ぼうぜん》としていた。音丸ほどの名手を、こんな戦で失うとは思ってもいないことだった。

「おのれ。許さぬ」

前方では道誉の手勢が勢いを盛り返し、郷民たちは四半里ほど北にある集落に向かって敗走をはじめていた。

集落の高台には城構えの寺がある。劣勢になったならそこに逃げ込むと、初めから決めていたようだった。

「追え追え。火矢を放って寺ごと焼き払え」

激怒した道誉は、仁王のような形相で深追いした。

六

正成のもとに兵庫の脇屋義助から急使が来たのは、夜もとっぷりと暮れてからだった。足利勢が明朝攻め寄せてくる形勢なので、今夜のうちに兵庫の本陣に来てもらいたいという。

「新田どのはどうしておられる」

「軍評定《いくさひょうじょう》をしておられますが、なかなか方策が決らないようでございます」

そこで義貞は正成に救いを求めたのだが、総大将の身で頼るのは外聞にかかわるので、弟の義助に使者を送らせたという。

「承知した。すぐに参ろう」

「待たれよ。慕ってきた者たちを置き去りになされるおつもりか」

橋本右京亮が引き止めた。

「軍勢の指揮はそちが取り、明日の明け方までに兵庫に来てくれ」

正成はそう命じ、使者とともに馬を出した。

幸い星月夜である。

闇の底に白く浮き上がった道を駆け、一刻ばかりで兵庫に着いた。

義貞は生田《いくた》神社の南の森に軍勢を夜営させ、神社の舞殿を本陣にしていた。

「夜分にかたじけない」

義貞は負け戦つづきで自信を失っている。目はうつろで表情にも精彩がなかった。

「着陣がおくれて申し訳ござらぬ」

正成は床に広げた絵図をのぞき込んで戦況をたずねた。

「足利直義勢五万は、須磨《すま》に夜営しており申す。尊氏がひきいる水軍二千艘《そう》は、明石、垂水《たるみ》に分れて船をつないでおるとのことでござる」

脇屋義助が兄にかわって説明した。

水軍だけでも六万にのぼる大軍である。これに対して新田勢は二万にも足りないのだから、正面から戦っては勝ち目がなかった。

「それゆえ都まで兵を引き、比叡山に立てこもるべきだとおおせられる方も多いのでござる」

「それがしも先般、そのように奏上いたしました」

正成はかがり火に照らされた武将たちの顔を見回し、意見を容れられずに兵庫に下るよう命じられたいきさつを語った。

「主上はこの地で敵を討てとおおせでござる。それに背くことはできませぬ」

「何かござろうか。勝つ手立てが」

新田一門の大館氏明《おおだちうじあきら》がたずねた。

「かつて赤松円心どのがなされたように、摩耶山の城にこもって敵を引きつけることでござる」

「それは無理でござる。今からでは籠城の仕度もでき申さぬ」

氏明が反論し、他の武将たちも一様にその通りだとうなずいた。

「仕度など無用でござる。この季節なら木の芽を食べてでも一月や二月は戦えまする」

「我らは山岳戦になれており申さぬ。それに摩耶山に立てこもれば、足利方は押さえの兵だけ残して都に攻め上がるはずでござる」

この意見にも皆が賛同し、気持が次第にひとつにそろっていった。

正成はその頃合いを見計らい、

「ならば取る手立てはひとつしかござるまい」

ここが墓所《はかどころ》だと覚悟を定め、死力をつくして戦うことだと言った。

「我らは今日《こんにち》まで綸命《りんめい》にしたがい、身命をかえりみずに戦って参り申した。そうして鎌倉幕府を倒し、ご新政の世をきずいたのでござる。もし天命が我らにあるのなら、敵が何十万といえども打ち破ることができましょう。さにあらざる時は、いさぎよく義に殉じて名を後世にとどめるばかりでござる」

すでに覚悟を定めた正成の言葉は、他の武将たちの心に真っ直ぐにとどいた。

「その通りじゃ。何をくよくよ思い悩むことがあろうか」

義助が真っ先に同意し、他の武将たちも急に晴れやかな表情になった。

皆の心さえそろえば話は早い。

和田岬の近くの小松原に大館氏明の兵三千、その北側の経島《きようがしま》に脇屋義助の兵五千、生田の本陣に義貞の本隊一万をおき、海から攻めてくる敵にそなえると一決した。

陸路を攻め上ってくる直義勢には、正成が湊川の東に三千の兵を配してそなえることにした。

「正成どのは水軍を持っておられる。我らと持ち場を替られたほうが良いのではござらぬか」

氏明がそう申し出た。

「ご配慮、かたじけのうござる」

正成は礼を言ったが、真の狙いは別にある。ご懸念にはおよびませぬと丁重に断わった。

翌日の明け方、橋本右京亮が三千の兵を引きつれてやって来た。

正成はすぐに湊川の河原まで移動し、それぞれの部隊ごとに柵や土塁をきずいて陣地を作らせた。

川を渡ってくる敵を、水際で食い止める作戦である。相手が足場の悪い川の中にいる間は、馬借や車借、船引きたちでも武士と対等に戦えるはずだった。

「よいか。無理は禁物じゃ。危うくなったら太鼓を打つゆえ、すぐに逃げよ」

その時にそなえて、山中へ向かう退却路を確保していた。

川ぞいにずらりと配置を終えると、正成は八百ばかりの本隊とともに小高い丘の上に陣をとった。

不利を承知で陸路の守備を買って出たのは、直義の首を取って大塔宮の仇を報じるためだった。

七

その日の辰《たつ》の刻（午前八時）、道誉は百騎ばかりに打ち減らされた兵をひきいて兵庫についた。

寺に立てこもった賊徒の討伐に手間取り、尼ヶ崎には夜半にしか着けなかった。

正成はすでに兵庫に向かったというので夜通し駆けてきたが、こんな時刻になったのである。

尊氏の水軍は、すでに和田岬をまわって港の沖に大船団をならべている。海が船でうめつくされ、帆柱が冬枯れの林のように立ちならんでいた。

陸路の直義勢も湊川の西岸まで迫り、合図を待って渡河にかかる仕度をととのえている。

天皇方も生田、経島、和田岬の小松原に布陣して迎え討つ態勢をとっているが、菊水の旗をかかげた楠木勢の姿は見えない。

三千にもふくれ上がったというので大きな陣所を構えていると思っていたが、どこにいるか分らなかった。

道誉はあたりを見回し、生田の森の北西にある小高い山に目をつけた。

諏訪神社がまつられている諏訪山である。あの高台からなら、正成の陣所を見つけられるかもしれなかった。

山際の道を進み、諏訪山の中腹まで上がった。生田の森から湊川までひと目で見渡せるが、菊水の旗をかかげた陣所はなかった。

（いったい、どういうことだ）

道誉には理由が分らない。もしや新田義貞と対立して引き上げたのではないかと思ったが、確かめる術はなかった。

やがて小松原の大館勢と沖に停泊した足利水軍との間で、鏑矢《かぶらや》の応酬《おうしゅう》がはじまった。

双方から三人が出て鏑矢を射つくすと、陣太鼓が打ち鳴らされ、足利方が鯨波《とき》の声を上げた。

十万もの軍勢がいっせいに上げる声は、地を震わせ天を突き抜けるほどすさまじい。つづいて天皇方もこれに応じたが、劣勢はおおうべくもなかった。

（あるいは正成どのは）

敵の大将を討ち取って一気に形勢を挽回しようと、どこかに身をひそめているのではないか。

（左馬頭だ）

正成は直義が大塔宮を殺したと思っているのだから、その首をとって仇を討とうとするはずである。

道誉はそう思って川の東岸をつぶさにながめた。

川から五、六町ほどはなれた所に、こんもりと雑木が茂った小山がある。その中でうごめく軍勢の姿が、枝葉をすかしてかすかに見えた。

（あれだ）

そう思った時、合戦が始まった。

足利水軍は小松原と経島に船を乗りつけ、直義勢は馬の腹を川にひたしながらいっせいに渡河にかかった。

これでは戦場に駆け込んでも、正成の所へ行くことはできない。どうしたものかと気をもんでいると、音丸の配下の猿丸が自分に任せてほしいと申し出た。

「それがし音丸さまとともに大塔宮さまをさがし当てたのでございます。音丸さまの無念を晴らすためにも、宮さまの書状をとどけさせて下されませ」

平伏する猿丸に隼人がすり寄った。

自分も連れて行けというのである。

「さようか。ならばお前がこの文をとどけてくれ」

道誉は隼人の首に巻いた兵庫鎖に大塔宮の書状をむすびつけた。

八

正成は林の陰にひそんで戦況をうかがっていた。

湊川の河原では、正成の配下となった者たちが急ごしらえの陣地に拠《よ》って足利直義勢を押し返していた。

川を渡ろうとする敵に矢を射かけ、石つぶてを投げ、間近に迫ると長槍を構えて突撃する。

危うくなれば陣地の中に走り込んで、柵の内側から反撃するので、五万もの直義勢が川を渡れないまま攻めあぐねていた。

港の防御線は、すでに破られつつあった。

尊氏の水軍は小松原や経島の守りが固いと見ると、五百艘ばかりを兵庫の東側に回りこませて上陸させようとした。

生田の森にいた義貞勢はこれを阻止しようと、敵が船を着けそうな場所に先回りして迎え討とうとした。

そのために天皇方の軍勢は東と西に分れ、真ん中にぽっかりと穴があいた。

尊氏はすかさずそこに百艘ばかりの船をつけ、軍勢を上陸させて陣地を確保し、ぞくぞくと後続を送り込んだ。

その数は一万、二万、三万と見る間にふえていき、東と西に進撃して敵の背後を衝こうとした。

もはやこれまでである。これ以上河原に兵をとどめては、逃げ場を失うことになる。正成はそう判断し、退《の》き太鼓を打ち鳴らさせた。

柵の内側で戦っていた者たちが、最後の矢を射つくして敵を追い払い、手はずどおり北の山中に向かって退却していった。

直義勢は柵を引き倒して追撃しようとしたが、道の数ヵ所に落とし穴がほられている。穴に落ちて竹槍を踏みぬいたり、転倒して馬の足を折る者が続出した。

それを見た後続の者たちは追撃をあきらめ、生田の森の義貞の本陣に向かって突撃していった。

正成らがひそんでいる木立の前を、家重代《いえじゅうだい》の鎧を着けた数万の軍勢が砂煙をあげて走っていく。

正成はそれをやり過ごし、直義の本隊が来るのをじっと待った。

二つ引両の紋を染めた旗をはなやかに押し立てているので、本隊の位置はすぐに分る。前後に三千ばかりの軍勢をしたがえた直義は、敵が敗走したのを確かめてから用心深く渡河にかかった。

金の鍬形を打った兜と緋《ひ》おどしの鎧を着け、葦毛《あしげ》の馬にまたがっている。

建武の新政がなった頃に朝議の席で何度か顔を合わせているので、見間違えることはなかった。

直義は湊川を渡り、急ぐ様子もなく馬を進めてくる。

もはや勝ったと思っているのか、前後にしたがう五百騎ばかりも太刀を鞘《さや》におさめたままだった。

正成は直義が目の前に来るのを待って、真っ先に馬を駆った。

「ねらうは左馬頭の首ひとつじゃ。つづけ」

太刀を右肩にかつぎ、直義めがけて突っ込んでいく。

正季や右京亮、湯浅孫六らが、菊水の旗を立ててそれにつづいた。

直義勢は思わぬ奇襲に浮き足立ったが、さすがに源氏累代《るいだい》の武士《もののふ》たちである。即座に魚鱗《ぎょりん》の陣形をとり、中に直義を入れて守り抜く構えを取った。

正成らはすでに命を捨てている。

前をさえぎる者は馬ごとぶつかって道を開け、向かってくる者は刀をふるって急所を打つ。その強襲に敵の陣形はくずれ、直義がいち早く逃げはじめた。

正成らは勢いに乗って相手を打ち破り、直義を湊川の河原まで追いつめた。

矢尻でも踏みぬいたのか、直義の馬は足をひきずる不様な姿をさらしながら逃げていく。

「左馬頭、大塔宮さまの仇討ちじゃ。取って返して勝負せよ」

正成が直義に馬をならべて打ちかかろうとした時、前方から馬を飛ばして割って入る武者がいた。

「薬師寺次郎左衛門公義《きんよし》と申す。いざ」

名乗りを上げて勝負を挑んできた。

正成は太刀を打ち合わせて追い払ったが、その間に直義は虎口を脱し、湊川の対岸まで逃げ落ちていた。

「多聞さま、敵が後ろから迫っております」

馬を寄せて告げる者がいた。

千草である。忍び装束の下に鎖帷子《くさりかたびら》を着込んでいた。

「父の許しを得て参りました。最後まで一緒に」

そう言っている間にも敵は迫ってくる。千草は斬りかかってくる敵の手首を、見事な太刀さばきで打ち落とした。

正成らは馬首を転じて背後から迫る新手を追い払ったが、斬っても斬っても敵は地からわき出たように攻めてくる。

半刻ばかり戦いつづけるうちに人馬の息が上がり、力も気力もおとろえて、手勢は半数ほどに打ち減らされた。

正成は山ぎわの寺に駆け込み、門を閉ざして息をついた。

したがったのは正季や右京亮ら六十人ほどである。

湯浅孫六は正成らを落とすために踏みとどまり、一族郎党とともに敵の大軍に飲み込まれていった。

「おう千草、やはり来おったか」

右京亮が竹筒の水をうまそうに飲みほした。

「はい。正行さまは無事に河内にお着きでございます」

命令に背いた申しわけなさに、千草は消え入りたげだった。

「よいよい。実は殿もそれを望んでおられたのよ」

右京亮がからかったが、まんざら出まかせではない。それに千草の一途な気持を思えば、それくらいのことは言ってやりたいようだった。

「外界には敵がみちみちておりまする」

正季がしゃれたことを言い、ここで自害するか最後のひと戦をするかと正成にたずねた。

「楠木は死に方を知らぬとあざけられるのも心外じゃ。御仏の前で心静かに腹を切るのが良かろうと思う」

寺に駆け込んだのは、そうした心づもりがあったからだった。

「番場の宿の北条勢のようでござるな。武士の見栄《みえ》とはつまらぬものじゃ」

右京亮は最後のひと戦をしたがった。

正成は鎧の胸紐《むなひも》をとき、切腹の用意にかかった。千草が後ろに回って甲斐甲斐《かいがい》しく世話をした。

その時、黒い犬が塀を軽々と飛びこえ、寺の本堂に駆け込んできた。

「隼人、隼人ではないか」

正成は夢でも見ている気がした。

隼人は正成になつかしげに体をすり寄せ、頭を上げて首を伸ばした。兵庫鎖にこよりのようにして書状がむすびつけてあった。

「それは大塔宮さまの書状でございます」

遅れて塀を乗り越えてきた小柄な男が告げた。

「そちとは確か、九品寺で」

「猿丸と申しまする。道誉さまから宮さまの書状をとどけるように命じられ、隼人とともに参上いたしました」

「宮さまはご無事なのか」

「ご無事でございます。頭《かしら》とともに坂東へ行き、じかに会って参りました」

「そうか。生きていて下されたか」

正成は嬉しさのあまり涙を流した。

宮が生きて自分の力を求めているのなら、こんな所で死ぬわけにはいかなかった。

「右京亮の言うとおりじゃ。我らは武士ではない。理想のために立ち上がった悪党じゃ」

正成は再び鎧を着け、本堂の二階に上がって外界をながめた。

すでに十重二十重《とえはたえ》に包囲されているが、北側には山が迫っているので他より手薄である。こちらに討って出て血路を開くしかなかった。

「隼人、入道どのにこれをとどけてくれ」

正成は宮の書状に血判を押して兵庫鎖に巻きつけた。

九

正成らがこもった寺は、諏訪山の南西に位置していた。

距離は四半里ほどしかないので、道誉にもはっきりと様子が分った。

寺に駆けつけて降伏をすすめたなら、正成らを助けられるかもしれない。しかし隼人が書状をとどけたかどうか分らないので、道誉は決行をためらっていた。

包囲しているのが尊氏や師直の軍勢ならこれほど気づかう必要はないが、きびしく面《めん》罵《ば》した直義だけにどんな面倒なことになるか分らなかった。

（正成どの、血路を開かれよ）

道誉は心の中でそう念じ、じりじりしながら成りゆきを見守っていた。

やがて寺から火の手が上がった。

正成らが本堂に火を放ったらしい。白い煙が上がり、炎がちろちろと軒下から赤い舌をさし出した。

（遅かったか）

得意の策略であってくれと祈りながら目をこらしたが、本堂の屋根を突きやぶるほど火勢が強くなっても寺の中は静まりかえったままだった。

道誉はやはり駄目かと諦めかけた。

包囲している直義勢も、火の粉をあびるのを嫌がって寺を遠巻きにしはじめた。

その時、北門から楠木勢が討って出た。十騎ばかりを先頭にして、包囲が手薄な北に向かって突っ込んでいく。

「そうよ。やはり策略だったのじゃ」

道誉はおどり上がらんばかりに喜び、配下の将兵に旗を巻けと命じた。

何者とも知れぬ軍勢が背後から迫ったなら、直義勢は天皇方が正成を救いに来たと思って浮き足立つだろう。

そうすれば陣形が乱れ、正成らの脱出に力を貸すことができる。その後で佐々木家の旗をかかげれば、言い訳は何とでもできた。

「行くぞ。派手に駆けよ」

道誉は真っ先に山を駆け下りたが、山ぎわの狭い道に軍勢がひしめいているので、思うように進むことができなかった。

「どけどけ。邪魔立てすると怪我《けが》するぞ」

他勢を馬で蹴散らすようにして先を急いだが、ようやく寺の近くにたどりついた時には戦は終り、正成主従は身に数十本の矢をあびて倒れていた。

猿丸も死んでいる。正成を大塔宮のもとへつれていこうと共に戦ったのである。

猿丸が宮の書状を持っているかどうか確かめようと、道誉は馬から下りて前に出ようとした。

「ならぬ。何者じゃ」

直義の家臣が槍をかまえてさえぎった。

「近江の佐々木道誉じゃ。用向きあってまかり通る」

道誉は槍を素手ではねのけ、猿丸の懐をさぐったが何もなかった。

やがて足利直義が武将たちをつれてやって来た。

すでに生田の森の新田義貞は敗走し、足利方の大勝のうちに戦は終っていた。

「本陣に運べ。首実検を行なう」

直義が近習の若侍に命じた。

緋おどしの鎧を着けて額金《ひたいがね》を巻いた若侍が、二十人ばかりの足軽に首を取れと命じた。

正成や正季、右京亮らが兜をぬがされ、首を押し切られていく。骨を断つにぶい音がするたびに、道誉はいたたまれなさに身をすくめた。

怒りと哀しみが鋭い針となって胸をさしたが、戦陣の作法なので止めることはできない。目をそらさずにこの現実を受けいれるしかなす術がなかった。

「楠木河内守が敵方の張本人じゃ、槍をさして高くかかげよ」

若侍が声高に命じた。

勝利を誇示するために、首をさらしながら運べというのである。

足軽たちはためらいもせずに、命令をはたそうとした。

「待て。それは武士にあるまじき行ないじゃ」

道誉はさすがに黙っていられなくなった。

「何者でござるか。貴殿は」

東国から出てきたばかりの若侍は、道誉の顔も佐々木家の旗印も知らなかった。

「近江の佐々木道誉じゃ。敵を辱しめるような真似をしてはならぬ」

「左馬頭さまのお申し付けでござる。口出しは無用に願いたい」

「この者の申すとおりじゃ。入道どの」

直義が勝ち誇った笑みを浮かべて近寄ってきた。

「ご出陣なされておるとは知りませんでした。しかもこれしきの手勢とはいかなる所存かな」

「尊氏どのが湊川で決戦をなされると聞いたゆえ、微力ながら加勢に駆けつけたのじゃ」

「ほう。さようでござるか」

「首を槍にさしてさらしものにするとは、あまりに礼を欠いた行ないじゃ、ご配慮いただきたい」

正成とは共に戦った仲ではないかと、道誉は命令の取り消しを求めた。

「入道どのとも思えぬお言葉でござるな。戦に勝って敵の首をさらすのは、源平の昔からつづいてきた武家の作法ではありませぬか」

直義はたちどころにいくつか例を挙げて反論を封じ込め、若侍に向かって早くやれとあごをしゃくった。

「お申し付けじゃ。早くいたせ」

若侍が声高に足軽に命じた。

「やめろと言うのが、分らぬか」

道誉は血を吐くような叫びを上げ、足軽をおしとどめようとした。

「無礼な。待たれよ」

若侍が鎧の肩に手をかけて引き止めた。

「ふとどき者が」

道誉はふり向きざまに刀を一閃《いっせん》させた。

若侍の首は高々と宙を飛び、鎧を着けた胴体だけが踏みとどまって血をふき上げた。

「このバサラが。このようなことを仕出かしてただですむと思うか」

直義が蒼白になって刀の柄《つか》に手をかけた。

「面白い。やってみよ」

道誉は刀の切っ先を突きつけて迫った。

直義は刀を抜く度胸もないまま後ずさりし、まわりの家臣たちに助けを求めた。

「この鎧は当家重代の家宝である。この若侍が断わりもなく手をかけたゆえ、無礼討ちにいたした。異存があればいつでも相手をいたす」

道誉がひとにらみすると、槍をかまえて取り巻いていた足軽たちが凍りついたように立ちすくんだ。

道誉は救援に駆けつけた家臣たちを制し、生田の森にすえた尊氏の本陣に向かった。

すると松林の間から一匹の黒い犬が駆け出してきた。首に兵庫鎖を巻いた隼人である。

「隼人、生きておったか」

道誉は馬から飛び下りて抱き止めた。

隼人は早くこれを見てくれと言いたげに首を差し伸べる。

鎖に巻かれた書状には、血判が色鮮やかに押されていた。

正成はこの書状を見て、大塔宮のもとに駆けつけようとしたのだ。道誉はそう察した。

衆寡《しゅうか》敵せず血路を開くことはできなかったものの、宮が生きていると知らせてやれたことがせめてもの救いだった。

前方には六甲山地の山並みがつづいている。

新緑におおわれてもえ立つような山の上に青い空がひろがり、ひと筋の雲が西に向かってたなびいていた。

（ああ、正成どのが……）

龍となって西方浄土へ向かうのだと、道誉は馬を止めてながめ入った。

その雲が次第ににじんでいく。

それは雲が風に吹き散らされたからではない。こらえきれずにこみ上げてくる涙のせいだった。

付　記

執筆にあたって参考にしたのは、おもに左記の文献です。

『佐々木道誉』（日本を創った人びと10）　林屋辰三郎　平凡社
『佐々木道誉』　佐々木道誉編集委員会編　甲良町教育委員会発行
『甲良町史』　甲良町史編纂委員会編　甲良町発行
『分裂する王権と社会』（日本の中世10）　村井章介　中央公論新社
『網野善彦著作集・第六巻』　網野善彦　岩波書店
『楠町史』　楠町史編纂委員会編　楠町教育委員会発行
『護良親王の伝説』　山地悠一郎　近藤出版社
『南北朝異聞―護良親王と渕辺義博』　中丸祐昌　ＭＢＣ21
『蒙古襲来―対外戦争の社会史』（歴史文化ライブラリー）　海津一朗　吉川弘文館
『神風と悪党の世紀―南北朝時代を読み直す』　海津一朗　講談社
『南北朝内乱』（展望日本歴史10）　佐藤和彦・小林一岳編　東京堂出版

『蒙古襲来と徳政令』(日本の歴史10) 筧雅博 講談社

こうした堅実な研究を杖とし、取材で出会った方々の教えと励ましを明かりとして、闇の中を手さぐりで進むような仕事をようやく終えることができました。この場をかりて厚く御礼申し上げます。

解　説——長調の『太平記』……この国の未来を信じて

島　内　景　二

安部龍太郎はこれまで、「この国のかたち」を決定づけた「天皇」についての思索を、歴史小説というジャンルで繰り広げてきた。日本の歴史と文化は、天皇が作り、天皇が破壊し、天皇が新生させてきた。正確に言えば、日本人の願いと祈りを体現した天皇が歴史と文化を作り、破壊し、新生させてきた。その思索の集大成が、本書『婆娑羅《バサラ》太平記　道誉と正成』（以下、『道誉と正成』）である。

歴史小説の大きなテーマの一つである幕末物では、勤皇（勤王）あるいは尊皇（尊王）の志士たちは、衷心から天皇を恋い焦がれる「恋闕《れんけつ》の情」を心の中で燃やしている。「闕」は、天皇のいる宮殿の「門」という意味である。「みかど（帝）」という言葉が「大きな門」を語源とすることも思い合わされる。志士たちは、憧れの女性への恋心にも似た気持ちを、天皇に対してぶつけた。天皇という観念は、人々の情熱を無尽蔵に収納できる魔法の容《い》れ物《もの》だった。天皇制が、この世に存在することで、志士たちは自らの理想と夢の実現を目指して、命がけの行動に挑むことができた。

安部龍太郎の鋭い嗅覚は、文学を志した当初から、天皇の存在を発見し、その意味を追いかけ、食いついてきた。彼の目指した歴史小説は、司馬遼太郎を意識した文化小説・文明小説だったのである。「令和」という新しい元号となり、大嘗祭《だいじょうさい》が催される年に、天皇制の本質に肉迫した『道誉と正成』が文庫化されたのは、まことにタイムリーなことである。

『信長燃ゆ』などで、天皇制と真っ正面から戦った織田信長の生き方を、安部は何度も描いた。『天馬、翔《か》ける　源義経』などで、「日本一の大天狗《だいてんぐ》」である後白河法皇に翻弄された源義経の生と死も見つめた。『浄土の帝』では、その後白河法皇の心を正面から描いた。『戦国秘譚《ひたん》　神々に告ぐ』もまた、天皇が司る神事の意味と、その天皇を支える摂関家の存在意義を、掘り下げた。時代が乱世であればあるほど、天皇に期待される役割は大きくなる。

志士たちや、織田信長や、さらに言えば三島由紀夫たちは、自らの主観によって極限まで膨張させた「天皇」という概念の中に、自分のありったけの夢や希望や志を吹き込み、天皇と自分を一体化させ、沈滞しつつある日本の歴史を変えようとした。あるいは、天皇制を壊すことで、この国の悪しき伝統を断ち切ろうとした。むろん、天皇自身も、この国の舵取《かじと》りをしようとして、懸命に模索し続けた。

けれども、歴史を動かし、政治経済システムを変え、新しい文化を生みだしたエネルギーは、「天皇」本人よりも、「天皇に寄せる日本人の思い」の方が大きかった。だが、人々の天皇を思う真心からなされた行動は、必ずしも十全に報いられたとは言えない。

この無念さは、誰が慰めるのか。ここに、文学と小説の果たすべき大切な使命がある。安部は、天皇に夢の実現を託した者たちの「語り部」たらんとして、現在まで歩み続けている。

私は、国文学者として『源氏物語』の研究をライフワークとしている。この物語もまた、天皇制と深く関わっている。光源氏という人物は、天皇の子どもではあるが、天皇にならなかった。けれども、実際に天皇となった人々と比べると、天皇にならなかった光源氏の方が、天皇となった人々よりも、天皇にふさわしい超越的なカリスマ性を強烈に発散している。その光源氏にして、「もしも天皇となったあかつきには、国が乱れるだろう」という予言が、なされていた。光源氏には、光と影がある。天皇制にも、希望と絶望、創造と破壊、隆盛と衰退の「光と影」がある。

天皇とは、天皇制とは、そして王権とは、いったい何なのだろうか。

古代から近代まで見渡したうえで、安部龍太郎の目は南北朝の時代に注がれている。彼が「歴史小説」というジャンルに開眼したのは、新田義貞の遺児・新田義興《よしおき》の旗揚げを描いた短編を書き上げた時だったという。「知謀の淵《ふち》」（『バサラ将軍』に収録）が、その記念碑である。そもそも、安部の郷里である福岡県八女《やめ》郡黒木町《くろぎまち》（現在は八女市）

には、南朝の伝承が濃密に残っていたという。

南北朝の時代には、足利幕府が擁立した北朝の天皇と、三種の神器を保持する南朝の天皇という、「二人の天皇」が一つの国に同時に併存していた。なぜ、このような異常事態が起きたのか。

本書は、異常事態を生みだした淵源としての後醍醐《ごだいご》天皇と、良かれと思ってパンドラの箱を開けてしまい、後醍醐天皇に翻弄される楠木正成たちを描いている。そして、北朝の天皇を擁立して足利尊氏を支えた佐々木道誉も描かれる。『道誉と正成』というタイトルは、北朝と南朝、それぞれの名参謀という意味もあり、「この国の理想のかたち」をめぐって二つの構想力が激突したことが暗示されている。

このように、安部版『太平記』である本書の深さは、天皇論にある。では、新しさは、どこにあるのか。それは、経済システム・流通システムに着目して、政治や軍事で起きた社会現象を説明する視点である。本書では、楠木正成たち「商業的武士団」の勃興を描いているし、佐々木道誉の琵琶湖の「水運」を掌握したいという野望が強調されている。

高校の日本史の時間には、楠木正成が「悪党」と呼ばれた事実を学習し、暗記させられる。でも、なぜ彼らが「悪党」と呼ばれたのかという根源的な理由は、教えてもらえない。『道誉と正成』では、「神領興行法」のもたらした帰結として、すっきりと説明されている。

　生きた歴史は、天皇と日本人の「心の結びつき」と、商業経済による「物と金の結びつき」の絡み合いによって形づくられる。それが、安部の骨太の経済史観である。

　これは、鉄砲で合戦を勝ち抜く際に必須の「硝石」に着目して、織田信長の運命を読み解く姿勢とも繋《つな》がっている。古代から現代まで、一貫して「流通」を追う安部の視点は、アジアや世界的な空間の広がりの中に日本を位置づけるスケールの大きさを作品にもたらした。

　これまで『太平記』は短調の物哀しい涙に彩られてきた。「南朝哀史」という言葉もある。それに対して、本書は絶望で終わらず、未来を切り拓《ひら》く突破口が用意されている。私は安部版『太平記』を「長調の文学」と見なしたい。

　楠木正成が死を覚悟して、湊川《みなとがわ》の戦いに望む場面。『太平記』では、正成の「七生報国」の思いが切々と語られる。「短調の文学」として『太平記』が読まれる際の、最高の泣かせどころである。そのような歴史観（いわゆる皇国史観）を胸に、カタルシスの涙をこぼすことを期待して本書を読み終わった読者は、「七生報国」という言葉に込められた楠木正成の怒りが誰に向けられていたかを知り、衝撃を受けるに違いない。涙など吹き飛んでしまう。

　正成の好敵手である佐々木道誉も、この国のかたちを一新させる決断を下している。

正成と協力して建武の新政の実現に協力した道誉は、後醍醐天皇と、その取り巻きには失望した。けれども、この国には天皇の存在が必須である。

そこで道誉は、北朝の天皇を足利尊氏に擁立させて、後醍醐天皇を牽制《けんせい》するという発想を得た。北朝の天皇たちは、後醍醐天皇によって屈辱の極みを体験させられたにもかかわらず、天皇として持つべき美しい心を持っていた。後醍醐天皇に嫌われた大塔宮と同じように。国文学者である私は、北朝の天皇たちが、「玉葉《ぎょくよう》・風《ふう》雅調《がちょう》」という、格調高い叙景歌の名手揃《ぞろ》いだった事実を知っている。

こうして、南朝の天皇と北朝の天皇が、二人同時に並び立つという異常事態が生まれた。それを描いた『太平記』は、南朝に肩入れして愛読され続けたが、本書は後醍醐天皇という巨大な魔力を浮かび上がらせている。

「文学」という夢と魔。それこそが、安部にとっての天皇であり、その二面性が露呈しているのが、「異形の帝」である後醍醐天皇だったのだろう。

短調の文学観に汚染されていた中学生の私は、「桜井の別れ」のシーンでも泣いた。九州に住んでいたため、関西に土地勘のない悲しさで、「桜井」は奈良県桜井市で、三輪山のあたりだろうと、勝手に思い込んでしまった。

後年、本物の桜井（大阪府三島《みしま》郡島本町《しまもとちょう》）を訪ねた。鎌倉幕府を倒そうとして承久の変を起こし、敗れて隠岐の島に流された後鳥羽院が愛した水無瀬《みなせ》離宮の跡とされる水無瀬神宮が、近くにあった。また平安時代に、弟である清和天皇と即位を争って敗れた惟喬《これたか》親王が、在原業平《ありわらのなりひら》と共に失意の心を癒した「渚の院《なぎさのいん》」も、淀川の向こう側にあった。「高貴なる敗北」という言葉が、何度も心を過《よ》ぎった。この地には、天皇制という大渦に巻き込まれた悲運の人々の霊が眠っている。その霊魂が今にも目覚めそうな予感におののいた。

足を伸ばして、湊川神社（兵庫県神戸市中央区）を拝んだ。『平家物語』で、平清盛が日宋貿易の拠点とした福原の近くである。源平の激戦地として知られる一ノ谷は、西である。『万葉集』の歌聖・柿本人麻呂《かきのもとのひとまろ》を祀《まつ》る柿本神社（兵庫県明石市）も、それほど遠くはない。明石は、『源氏物語』で光源氏がさすらった地でもある。このあたりには、古代・王朝・中世の歴史の分厚い記憶が埋まっている。

湊川神社では、徳川光圀《みつくに》の筆になる「嗚呼忠臣楠子之墓《ああちゅうしんなんしのはか》」の碑も見た。何ゆえに、楠木正成は「忠臣」と呼ばれたのか。正成は、誰に対して忠誠を献《ささ》げ、誰に対して渾身《こんしん》の異議申し立てを行ったのか。読者は、本書『道誉と正成』を、ぜひとも熱読していただきたい。もしかしたら正成は、七度も八度も生まれ変わり、今でも誰かを呪詛《じゅそ》し続けているのかもしれない。

正成が転生した分身たちは、現代日本と現代世界を生きている。その一人である安部もまた、何物かに対して渾身の異議申し立てを行っている。そして、それを見抜く慧眼《けいがん》の読者たちを、力強い味方として募ろうとしている。

新しい歴史小説の旗手として安部の掲げる「旗」には、何という字が書いてあるのか。それを読み取ることから、未来の日本が姿を現してくる。長調の明るい日本史が。現代人が自らの夢と祈りのすべてを注ぎ入れるに足る「日本」の姿が。

私たちは、日本の未来を、決して「夢のかけら」にしてはならない。

（しまうち・けいじ　国文学者）

初出誌「小説すばる」
正成挙兵　二〇〇八年四月号
両雄会談　二〇〇八年四月号
護良追放　二〇〇八年六月号
尊氏謀叛　二〇〇八年八月号
王城奪回　二〇〇八年十月号
院宣工作　二〇〇八年十二月号
渦中の玉　二〇〇九年二月号
永訣湊川　二〇〇九年四月号

本書は、二〇〇九年八月、集英社より刊行された『道誉と正成』を文庫化にあたり、『婆娑羅太平記　道誉と正成』と改題し、加筆・修正したものです。

集英社文庫　目録（日本文学）

集英社文庫

婆娑羅太平記《ばさらたいへいき》 道誉《どうよ》と正成《まさしげ》

2019年9月25日 第1刷 定価はカバーに表示してあります。

著 者 安部龍太郎《あべりゅうたろう》

発行者 徳永 真

発行所 株式会社 集英社

東京都千代田区一ツ橋2-5-10 〒101-8050

電話 【編集部】03-3230-6095

【読者係】03-3230-6080

【販売部】03-3230-6393(書店専用)

印 刷 凸版印刷株式会社

製 本 凸版印刷株式会社

フォーマットデザイン アリヤマデザインストア マークデザイン 居山浩二

ISBN978-4-08-744020-1 C0193